"一带一路"民间文化探源工程

邱运华 总主编

# 点亮智慧人生

——阿凡提类型故事调研文集

马雄福 主编

学苑出版社

图书在版编目（CIP）数据

点亮智慧人生：阿凡提类型故事调研文集 / 马雄福主编 . -- 北京：学苑出版社，2022.5
　　ISBN 978-7-5077-6415-4

Ⅰ.①点… Ⅱ.①马… Ⅲ.①维吾尔族—民间故事—文学研究—中国—文集 Ⅳ.①I207.915-53

中国版本图书馆 CIP 数据核字（2022）第 123382 号

**责任编辑**：杨　雷
**印制总监**：张　翔
**出版发行**：学苑出版社
**社　　址**：北京市丰台区南方庄 2 号院 1 号楼
**邮政编码**：100079
**网　　址**：www.book001.com
**电子信箱**：xueyuanpress@163.com
**联系电话**：010-67601101（销售部）、010-67603091（总编室）
**印　刷　厂**：北京建宏印刷有限公司
**开本尺寸**：880×1230　1/32
**印　　张**：12.25
**字　　数**：310 千字
**版　　次**：2022 年 8 月第 1 版
**印　　次**：2022 年 8 月第 1 次印刷
**定　　价**：60.00 元

## "一带一路"民间文化探源工程编委会

总主编　邱运华
副总主编　吕　军
执行总主编　王锦强
编委　孔宏图　张礼敏　程　溪
　　　覃　奕　马媛媛
　　　玉素甫·依莎克　李　红
本书主编　马雄福

# 总　序
## 开通大道，走向世界

"一带一路"这个新鲜词汇在新世纪最初几年开始发出耀眼的光芒，成了中国式发展理念"世界不同民族和不同国家文明互通互鉴"的代名词。"丝绸之路"，这个由德国地理学家李希霍芬在其地理学著作里提出的术语，获得了从未有过的崇高荣誉。李希霍芬是自然地理学家，他总体来说不太注重人文和社会地理因素而偏重于自然地理，但这一学术倾向并不妨碍他在《中国》（1877年第一卷）一书中叙述大量的人文和社会元素与自然地理之间的关系。他把《汉书》、马里努斯、托勒密简要点及的中亚大道，把贯穿中国新疆与中亚、西亚阿拉伯世界腹地的道路，用"丝绸之路"这一术语表达出来。尽管他更多地使用"交通""道路"这样的术语，而不是诗意性的"丝绸"，甚至"丝绸贸易"这样的术语。现在想来，李希霍芬看重的"交通""道路"，未必离得了人与社会。我以为，"交通"和"道路"更为精确地表达出地理学家李希霍芬的真实意图。

"丝绸之路"在本质上是古代中国走向世界的一条通衢大道。当然，这样性质的大道不仅仅只此一条。

古代中国走向世界的道路有很多条，每一条都充满艰险与神秘。但是，中华民族祖先血液里流淌着探险冒险的基因，他们走向未知领域的勇气巨大无边。西部的戈壁、沙漠阻挡不了他们的雄心，北部的无边草原、沙漠和森林也不能阻挡他们。张库大道从张家口经由包头可以直达乌兰巴托（旧称"库伦"），有人认为：张库大道作为贸易之途，大约在汉代已经开始，出现茶的贸易，大约不晚于宋元时代。东北部从辽宁省和吉林省之交的腹地开原往东，明代设有辽东镇25卫，皆设置有交通驿站，沿着驿路，每15～30千米建有一座驿站或递运所、铺、亭、路台等，形成交通传递系统。东北亚所谓"丝绸之路"，并不像通往西域的丝绸之路那样，沿途扬起阵阵烟尘，来来往往的中西商贾带着满载货物的驼队、马帮，构成一幅壮观的瀚海行旅图，而是通过设关互市、贡赏等形式，把明朝内地的彩缎等物运往东北边陲，与各民族进行交易。在古代，正是靠这条交通要道，把内地的丝绸、茶叶等商品运往东北亚地区，把古老的长江、黄河流域文化与东北亚文化联系起来，使这一地区在明代显得生机盎然。2017年，中国民间文艺家协会组织了一批专家沿着这条道路一直走到黑龙江与乌苏里江交汇口，进行了一次系统的民间文艺考察调研活动。

西北和东北的道路仅仅是古代中国走向世界的一部分，在西南部和南部还有多条通向域外的交通道路。例如商业化程度很高的"茶马古道"。有若干条"茶马古道"从中国西南各地通向东南亚和南亚，而在西藏边陲的阿里地区，原古格王朝所在地，就发现了在丝绸上绘就的古代唐卡。中国民间文艺家协会唐卡调查组在阿里地区的科迦寺发现两幅传统唐卡，一幅背面边沿有"浙江杭州织局益昌"的字样，另有一幅唐卡有吉祥童子图案。可以想见自古以来中国内地商贸、文化与西部边陲之地的长久交往。

在通往世界的道路中，特别应该提到的是海上"丝绸之路"。当然，海上"丝绸之路"更是一个比喻。著名历史文化专家常任侠先生把先秦时期徐福的故事视为海上丝绸之路的最早起源之一，他在《海上丝路与文化交流》里，叙述了中国通过海上丝路与古代日本、印度、东南亚诸国进行物产、宗教、文学、艺术等方面的相互交流；郑和七下西洋更是海上丝绸之路谈论的重点内容。2017年11月，中国学者与来自亚洲、非洲、欧洲等地的学者汇集科伦坡城，召开了"国际儒学论坛：科伦坡国际学术讨论会"，主题是"海上丝绸之路的历史交往与亚非欧文明互学互鉴"。会议上，埃塞俄比亚学者把中国与非洲的交往追溯到公元前2世纪的西汉时期。斯里兰卡卡凯拉尼亚大学学者阿玛勒赛格尔（Amarasakara）通过总结斯里兰卡境内有关中国的考古发现情况，如古都博隆纳鲁瓦山寺中国晋代高僧法显故居遗址，以及古代中国钱币、古代中国陶瓷瓷片等，证实了中国古代与斯里兰卡地区存在着经贸、文化、宗教的交流情况。澳门大学学者汤开建则就耶稣会士传入澳门的欧洲图书，结合16世纪末中国境内的第一座西式图书馆——圣保禄学院图书馆藏书的相关史料，详细考证了明清之际欧洲图书传入澳门的情况，认为中国大陆的西学东渐在很大程度上与此相关。

2017年是中国民间文学的"丝路文化年"。中国民间文艺家协会主持的"一带一路"民间文化探源工程，针对"一带一路"沿线民间文化资源进行系统梳理和选点研究，开展了福建海上丝绸之路重要节点的代表性民间文化考察活动；以冼夫人传说为核心议题对南海（广东茂名博贺）开渔节以及海上丝绸之路与岭南文化进行了调查研讨；围绕"阿凡提类型故事"主题展开了新疆民间民族文化调研；"重拾黑水魂——黑龙江丝绸之路"沿着明朝亦失哈将军走过的水路梳理了"鹰路"文化历史脉络；召开了探索"丝绸之源"的嫘祖文化调研座谈会；展开了贵州"南方丝绸之路与夜郎古国"民间文化生态考察调研等活动。这个系列的民间文化探源，力求立足当代、观照历史、面向未来，致力于通过新经验、新启示、新方法、新途径来提振民族文化、地域文化的精气神，得到专家学者以及所在地民间文艺工作者的高度认同与积极配合。上述调研成果及今后开展的系列考察活动成果，均将以调研文集形式陆续出版。

鲁迅先生有句名言："世上本无路，走的人多了，也便成了路。"这句话反过来说更具当下价值：世上原有的路，若是没有人走，便无所谓路了。中国古人踏出了迈向世界各地的通衢大道，在上下几千年的历史长河中，通过中外商贾、政治家和平民百姓的来往，成为交换、交流、交往的大道。古人常把"道路""大道"哲学式理解为通向真理的路径。而我们当代人自谓"世界公民",切莫冷落了这些"大道",使之荒芜了;自中国通往世界各地的大道,中国人要继续走下去,也欢迎世界各地的人们继续走进来。在这个意义上,重拾"一带一路"上的民间文艺,重温"一带一路"上世界各地民间文化交流交往历史,具有重大的现实意义。

是为序。

邱运华

2018年4月13日于北京万芳园

# 序

"一带一路"民间文化探源工程是由中国民间文艺家协会策划并实施的重要工程,涉及民间文学、民俗学、民族学等诸多学科领域。新疆地域辽阔、民族众多,在历史发展的长河中,各族人民创造和积累了丰富多彩的民间文化,为中华文化宝库增添了宝贵资源。作为民间文化的组成部分,民间文学占据着重要地位。民间文学是深深植根于生活、文化中的,它的社会功用也和专业的书面文学颇有不同的地方,它更紧紧地贴近人民群众的生活。在祖国民间文学机智人物艺术典型的长廊里,有这样一个由人民群众集体创造的光辉的艺术形象——阿凡提。

"阿凡提"是一张记忆中的老照片,是一条时光的河流,是在广泛的时空中流传的人物。然而,阿凡提故事的流传不是孤立地、平行地演进的,而是在各种文化背景下,于相互交流和影响的动态中传播和发展的。他是人民群众在历史的进程中,用自己的高度智慧和艺术天才塑造出来的一个理想化的机智人物。

长期以来，诸多学者关注和研究"阿凡提故事"，先后有戈宝权、段宝林、赵世杰、祁连休、艾克拜尔·吾拉木等一批专家学者，在阿凡提故事的搜集、翻译、整理、研究等方面做了大量工作，取得了一定成果。从《民间文学》1955年7月刊载的《纳斯尔丁·阿凡提的故事》开始，之后阿凡提的故事通过书刊和影视媒体传播的方式，在全国范围内广为流传。

出版这本论文集的初衷是想通过对阿凡提类型故事的研究，寻找它的发展轨迹：它是怎样发生、发展的？怎样创作怎样变异的？怎样在社会上发挥作用的？《点亮智慧人生——阿凡提类型故事调研文集》分为两大板块，前一板块收集的是相关论文，后一板块收集的是流传在新疆的各民族阿凡提类型故事。论文从不同的角度对阿凡提类型故事做了深入细致的分析，这些文章有的意见针锋相对，有的则互相补充，使问题更加深入，但这些看法并非最后的结论，还有待于我们做更深一步的研究和探讨。

之所以称之为"阿凡提类型故事"，是因为阿凡提故事并不仅仅是我国维吾尔族特有的民间文学形式，生活在我国新疆的哈萨克、柯尔克孜、乌孜别克、塔吉克等民族中也有类似故事的流传。遗憾的是，在组稿时我们发现，大多数论文都是针对维吾尔族的机智人物进行研究的，其他民族的机智人物故事的研究文章相对较少，这也是这本文集的一大缺憾。我们期待在以后的工作中能够搜集、整理更多的相关文章，以弥补这一缺憾。

从故事中我们可以看出，文学作品里的"阿凡提"，有时精灵聪慧，有时机智勇敢，有时乐于助人，有时呆傻愚昧，有时行为怪异，有时耍小聪明，总之是一个具有多面性的喜剧人物。阿凡提人物形象的多面性，提醒我们了解同一人物形象在不同民族间的差异是非常必要的。民族间的交流从古至今源远流长，彼此的文化相互融合。"阿凡提"是少数民族民间文学为中国文学做出的独特贡献，"阿凡提"还是一个文化的符号和象征，他的诞生和传承本身就是一个奇迹，是中国多民族文化相互交流融合的典范，其意义已超越了民族、超越了国界，是全人类的宝贵财富。

编　者

# 目 录

## 民间传统与文化视野

试论民间笑话的美学价值和结构方式 　　　　段宝林 / 002

艾沙木笑话三题 　　　　陶立璠 / 020

论阿凡提形象的美学价值 　　　　薛宝琨 / 031

论阿凡提故事的思想艺术特色 　　　　朱宜初 / 044

毛拉·纳斯尔丁与阿凡提 　　　唐孟生　孔菊兰 / 061

统摄整个生命的性格特征
　　——阿凡提幽默文学形象论析 　　　　李四成 / 072

试论中国各民族机智人物故事的幽默情趣 　　　　祁连休 / 081

论少数民族机智人物故事的本质特征 　　　　肖　莉 / 102

《阿凡提的故事》浅析 　　　　胡振华 / 117

阿凡提故事：维吾尔族人民智慧的结晶 　　　　赵世杰 / 125

生成过程中的民间英雄
　　——试述阿凡提形象的变化特征 　　　　田　欢 / 137

笑的意义和力量
　　——谈阿凡提故事　　　　　　　　　　　李稚田 / 147

阿凡提"话语"的土地情结
　　——在多重交往中的"腹地效应"　　　杨亦军 / 163

民族文学的"就近差异"与阿凡提"话语"的审美
　　内涵　　　　　　　　　　　　　　　　杨亦军 / 183

跨越与构建
　　——阿凡提"话语"研究的新视域　　　李玮炜 / 204

活跃的艺术
　　——谈维吾尔民间艺术"恰克恰克"
　　　　　　　　　　　　　　　艾克拜尔·卡德尔 / 214

阿凡提：为新疆文化产业发展提供新思路
　　　　　　　　　　　　　　阿布都外力·克热木 / 225

以冲淡、恬静、豁达面对被欺凌、被压迫命运的生活智者
　　——阿凡提精神的内涵和特质探究　　　李　红 / 233

解密阿凡提的故事　　　　　　　　节肯·哈吾提 / 243

关于传承和发展"恰克恰克"艺术的探索
　　　　　　　　　　　　　　　　马合木提·伊沙木 / 246

## 机智人物故事汇编

阿凡提的故事（维吾尔族） / 250

毛拉再丁的故事（维吾尔族） / 269

赛莱·恰坎的故事（维吾尔族） / 276

艾沙木·库尔班的故事（维吾尔族） / 288

霍加·纳斯尔的故事（哈萨克族） / 292

阿勒达尔·阔赛的故事（哈萨克族） / 299

吉林谢的故事（哈萨克族） / 311

阿尔嘎其的故事（蒙古族） / 315

伊斯哈的故事（回族） / 322

玛纳坎的故事（柯尔克孜族） / 335

霍加·纳斯尔的故事（柯尔克孜族） / 336

霍托的故事（锡伯族） / 339

巴图和他的章京岳父（锡伯族） / 341

乌拉迪·莫尔根的故事（达斡尔族） / 351

阿凡提的故事（乌孜别克族） / 353

# 附 录

民间文化是我们生活方式的积淀
——访中国文联副主席、中国民间文艺家协会主席潘鲁生
玛依古丽·艾依提哈孜 / 358

多彩边疆文艺民间故事溯源
——"一带一路"中国民间文化探源工程之"阿凡提类型故事"调研侧记　玛依古丽·艾依提哈孜 / 362

"一带一路"民间文化探源工程走进新疆伊犁
覃　奕 / 368

## 对精神世界的探索永无止境（代后记）　　　　/ 372

民间传统与文化视野

# 试论民间笑话的美学价值和结构方式

段宝林[*]

民间笑话是喜剧性很强的故事。刘勰在《文心雕龙·谐隐》中说：笑话可以"振危释惫"，起讽刺和娱乐作用。笑话是我国各族人民非常喜爱的语言艺术。作为一种喜剧性的艺术形式，笑话有很大的审美价值，它可以使人得到很好的美的享受，使人厌恶丑，热爱美，还可以给其他艺术形式（如小说、戏剧、曲艺等）的创作提供生动的素材。笑话同作为戏剧的喜剧有共同的美学特征，它们都具有喜剧与滑稽的特性，属于同一个美学范畴。

法国古典喜剧大师莫里哀曾经这样谈到喜剧："一本正经的教训，即使最尖锐，往往不及讽刺有力量；规劝大多数人，没有比描画他们的过失更见效的了。恶习变成人人的笑柄，对恶习就是重大的致命打击。责备两句，人是容易忍受下去的，可是人受不了揶揄。人宁可作恶人，也不要作滑稽人。"

---

[*] 段宝林，北京大学中国语言文学系教授。

(《达尔杜夫·序言》)莫里哀在这里对喜剧的艺术教育作用和审美价值做了很深刻、很精辟的论述,这是这位蜚声世界的喜剧大师的经验之谈,是发人深思的。然而他的最后一句话是有问题的。当然,这不是莫里哀个人的问题,而是整个传统的西方美学的喜剧理论的问题。这个问题反映了西方传统喜剧美学理论的严重缺陷。这种缺陷在分析我国民间笑话时暴露得尤为明显,值得我们进行深入的探讨。

## 一、传统美学中喜剧与滑稽概念的严重缺陷

在莫里哀的上述言论中,认为人宁可作恶人,也不要作滑稽人。就是说,滑稽人比恶人更令人反感。如此说来,喜剧的主人公——滑稽人就都是反面人物了?就只能是被讽刺的对象了?正是这样,整个西方美学的喜剧和滑稽的概念就是如此。从古希腊的亚里士多德到现代的西方美学家(包括唯物主义美学家),尽管在许多问题上存在分歧,但在这个问题上却是比较一致的。亚里士多德说:

> 喜剧总是模仿比我们今天坏的人,悲剧总是模仿比我们今天好的人。(亚里士多德,《诗学》,第二章,罗念生译,人民文学出版社,1980年。)

又说:"喜剧所模仿的是比一般人较差的人物。'较差'并不是通常所说的'坏'(或'恶'),而是丑的一种形式。可

笑的对象对旁人无害，是一种不至引起痛感的丑陋或乖讹。"（《诗学》第五章，朱光潜译，见《谈美书简》第154页）

　　亚里士多德认为喜剧人物是"比一般人较差的人物"，滑稽即"丑的一种形式"，是"丑陋或乖讹"的，如此等等。这样的人物当然只能是讽刺对象，是反面人物。在亚里士多德的美学体系中，喜剧与悲剧是对立的。照他看来，悲剧人物是崇高的，只有贵族阶级的人物才能成为悲剧的主角，而喜剧人物则是滑稽的，一般是底层的人民。这显然是一种贵族的偏见，这种喜剧理论的阶级局限和时代局限是很明显的。莫里哀受文艺复兴进步思潮的影响，在一些剧作中对情侣、贵族等上层人物也进行嘲讽，扩大了喜剧的讽刺面，但他仍然认为喜剧人物与滑稽人物是反面人物。在这一点上，仍然因袭了传统的美学观念。后来的哲学家虽对戏剧概念有所发展，但均未能脱出亚里士多德的窠臼。19世纪杰出的哲学家、革命家车尔尼雪夫斯基，是一位具有革命批判精神的学者，对唯心主义进行了激烈的批判，但在喜剧与滑稽的理论上，他对黑格尔美学的传统观点仍然是肯定的。他说：

　　　　我们不能不同意这个关于滑稽的流行的定义："滑稽是形象压倒观念"，换句话说，即是：内在的空虚和无意义以及假装有内容和现实意义的外表来掩盖自己。（《生活与美学》第34页，周扬译）

　　当然，车尔尼雪夫斯基对传统观点也有所匡正，但这种匡正并未改变问题的性质。他认为应该扩大滑稽的范围，因为"将滑稽的概念只与崇高的概念相对照，滑稽的概念就过分地被限制了"。因此，他提出了一个更全面的看法：

> 滑稽地渺小和滑稽地愚蠢或糊涂当然是崇高的反面，但滑稽地畸形和滑稽地丑陋却是美的反面。（《生活与美学》第34页，周扬译）

在这里，车尔尼雪夫斯基虽然扩大了滑稽的概念，但是说来说去，仍然认为滑稽是反面的特性，不只是崇高的反面，而且还是美的反面；不仅是渺小的、愚蠢的，而且还是畸形的、丑陋的。"丑乃是滑稽的根源和本质"（《车尔尼雪夫斯基美学论文选》第11页），这就是他的结论。

近代英国经验派哲学家霍布士认为："笑的情形只是在见到旁人的弱点或自己过去的弱点时，突然想起自己的优点所引起的'突然荣耀感'。"霍布士显然也是将喜剧和滑稽作为人的弱点这种反面特性的。现代法国哲学家柏格森在他所著的专论《笑——论滑稽的意义》一书中说："我们深信，滑稽首先表示人对社会的某种不适应"（第81页），"一般说来，引人发笑的确是别人的缺点"（第85页），"笑的目的是纠正"（第104页）。从全书看，柏格森仍然同传统的美学理论一致，认为喜剧人物只能是被纠正的、有缺点的人物，即反面的人物。

革命导师马克思曾经在两处谈到喜剧。在较早期的著作中顺便谈到悲剧和喜剧，沿用的也是传统的喜剧概念。马克思说："世界历史形式的最后一个阶段就是喜剧。"（《黑格尔法哲学批判导言》，《马克思恩格斯选集》第一卷第5页）这"最后一个阶段"也就是"该进坟墓"的"陈旧的生活形式"。马克思又说："历史为什么是这样的呢？这是为了人类能够愉快地和自己的过去诀别。"（同上）在这里，马克思显然也是认为喜剧人物是反面的"丑角"，同传统的美学观点是一致的。这当然不一定是马克思关于喜剧理论的全部，他曾经准备要写作美学专著的，遗憾的是未能如愿以偿，对于他的其他喜剧观点我们也就无法知道了。

以上关于喜剧的观点在当时都是正确的、深刻的。因为古典喜剧的确是暴露性的、讽刺性的。在不少喜剧中甚至找不到一个正面人物。果戈理就说《钦差大臣》这出喜剧中的正面人物就是"笑"。显然，在古典喜剧中，喜剧人物、滑稽人物，确实就是被讽刺的对象，就是有缺点的反面人物，就是行将就木的陈旧生活形式的代表。美学理论只能以文艺实践和生活实践为基础。传统的喜剧理论是有充分的事实根据的。在民间文学尚未得到充分发掘和研究的情况下，产生这些观点是很自然的。但是，如果对我国民间笑话进行较深刻的研究和探讨，就会发现，传统美学理论中关于喜剧与滑稽的概念已经不够用了。在我国民间笑话中，除了将大量反面喜剧人物作为讽刺对象之外，还可以看到另一类新的人物形象，这些人物不是反面的喜剧人物，或是相反，是正面的喜剧人物、滑稽人物。这种正面的喜剧人物，不是被嘲笑的对象，而是被赞美的对象。他们机智而勇敢，善于巧妙地进行斗争并取得胜利，使人痛痛快快地发出爽朗的笑声。这类喜剧人物不是丑的，而是美的；不是愚蠢的，而是聪明的；不是糊涂的，而是智慧的；不是渺小的，而是高大的。总之，不是该否定的反面人物，而是应肯定的、正面的喜剧人物，这就同几千年来从未被怀疑的传统喜剧概念发生了尖锐的矛盾，使人们认识到传统美学的喜剧概念是过于狭隘了。古老的鞋子穿在劳动人民的大脚上就显得非常挤脚了，这是值得很好研究的理论问题。后面我们就来尝试着分析一下这类正面喜剧人物在民间笑话中的种种表现形式。

## 二、民间斗争笑话的喜剧结构方式

民间笑话中，大量的是"暴露笑话"，其喜剧主人公是被讽刺的对象，是反面人物。这些人物，是符合传统喜剧概念的。但是民间笑话中，还有一类"斗争笑话"（在最近出版的一本《中国民间笑话选》中，这种"斗争笑话"占三分之一）。这种"斗争笑话"在结构上同"暴露笑话"显然不同。如果说，在"暴露笑话"中只有一个喜剧人物，即反面喜剧人物，可以称作"单相笑话"，那么，"斗争笑话"则常常有两个主要人物，除了反面喜剧人物之外，还有一个正面喜剧人物，这是一种"双相笑话"。这"双相笑话"中，反面的喜剧人物不占主要地位，往往居于劣势，而占支配地位的，却是正面喜剧人物。"斗争笑话"的表现方式很多，在喜剧的结构构成上，大致有如下几种：

1.正面人物运用归谬法巧妙地揭露反面人物的丑恶本质,使人感到荒唐可笑。不少反面人物和反面现象是人们习以为常的,在一般情况下,并不引人发笑,但是,在笑话中,经过正面喜剧人物的巧妙斗争,将矛盾以"归谬法"推向极端,使之激化而突现其本质,就往往使人惊奇而大笑。这种形式远在2500多年前在我国即已存在。春秋时代,楚庄王爱马,一匹马死了,要以大夫之礼来安葬,引起群臣反对。庄王下令:"有敢以马谏者,罪至死。"优孟听说后,入殿门仰天大哭。王惊问其故,他说:"用大夫的礼仪葬马,规格还不够高,用国王的礼仪岂不更好,用雕花的美玉做棺材,用坚美的梓木做外椁,让各国诸侯都来送殡……这才使人们都知道大王真正是贱人而贵马呀!"如此一说,庄王猛省:"寡人的过错,竟然到了如此地步吗?"看来这种幽默的劝谏作用是非常大的,优孟在这里使用的就是归谬法,将矛盾推向极端。古代的优,即是说笑话的人,归谬法是他们在劝谏时常用的手法。《史记·滑稽列传》除记载了优孟的故事外,还记了一个优旃讽秦二世漆城的事,也是用的"归谬法"。

这类笑话在各族民间笑话中相当多。如维吾尔族阿凡提笑话中的《国王的属相》《洒油扫院》《请口袋喝茶》《请衣裳吃》,佤族达太的笑话《沙子着火》,壮族佬巧的笑话《是臭地不是龙池》等都是如此。在这类故事中,一般有两个人物,反面人物多为国王、财主、官吏等上层人物,他们往往提出一些荒谬的要求,同正面人物为难。如财主要阿凡提扫院子,却规定不能洒一点水,地还要是湿的,否则要扣一年工钱。这是多么无理，但是这难不倒阿凡提，他把财主的油洒的满地都是，既没洒水，地也湿了，巧妙地解决了这个难题。阿凡提的做法突出地暴露了财主提出的条件是多么荒谬，他完全符合财主的条件，使财主只好自认倒霉，这就痛痛快快地惩罚了坏心的财主。又如《请衣裳吃》，对于只认衣裳不认人的势利眼，也是很好的"归谬"。阿凡提穿了旧衣裳去做客，朋友不让进门，怕丢了面子，阿凡提换上新衣服去就受到了优待，于是他巧妙地将酒菜拿给衣裳吃，并说："你请的是衣裳，不是人，所以请衣裳吃。"这样的做法出人意料，引人发笑，使势利行为的荒唐本质暴露无遗了。在这些笑话里，反面人物的行为是荒唐的，但不一定可笑，经过正面喜剧人物的斗争，通过归谬法夸张并突出了其荒唐可笑之处，使人惊异而发笑。在这类双相笑话中，正面喜剧人物占主导地位，起决定作用。如果没有这样的正面喜剧人物，也就不能构成这个笑话了。

2.正面喜剧人物装成无能的样子，说自己不行，实际上，这种反话是以退为进的巧妙计策，可以称为"反话法"。如蒙古族巴拉根仓的笑话《让王爷下轿》《智慧囊》，藏族阿古登巴的笑话《惩罚偷牛贼》，纳西族阿一旦的笑话《拿鱼去》《木师爷爬粮架》，达斡尔族的笑话《孤儿阿力布》，侗族的笑话《闹鱼》等。在《让王爷下轿》中，王爷一定要巴拉根仓骗他下轿，不然要受处罚。巴拉根仓说："不敢，不敢，我怎么能把王爷赶下轿来呢。如果王爷下了轿，我倒有办法马上请你上轿。"王爷不知是计，决定下轿不再上去，当他脚一落地，却已经上了巴拉根仓的圈套，使人感到十分可笑。本来王爷的行动没有什么可笑之处，在巴拉根仓巧妙的摆弄之下，中了计，上了当，这才使人感到可笑。我们笑王爷的愚蠢，但更笑巴拉根仓出人意料的巧智。不是巴拉根仓的巧计，就显不出喜剧性来，也就没有这个笑话了。这个笑话在许多民族都有流传，情节大同小异。在壮族是《哄上司下马》，正面喜剧人物为佬巧或公颇，在纳西族是《上楼下楼》，正面喜剧人物为阿一旦。在山西忻州汉族是《哄县官》，正面喜剧人物为"哄煞人"。这类笑话虽然在细节上各不相同，有的是下轿，有的是下马，有的是下堂等，但主题和结构是一致的，都是斗争笑话。这种斗争很巧妙，以反话为伪装使反面人物失去警惕，不知不觉上了圈套。这是一种欲擒先纵的策略，出人意料，使人情不自禁地对正面喜剧人物超人的计谋发出赞美的笑和斗争胜利的笑。在结构上，正面人物始终是对立双方的主要方面，掌握着主动权，反面人物完全处在受摆布的地位，正面喜剧人物的言行是构成喜剧和滑稽的决定因素。

3.机智人物模仿反面人物的行动或语言，以其人之道，还治其人之身，巧妙地揭露或惩罚他们，可称之为"学样法"。这类笑话很多，如维吾尔族阿凡提笑话中的《报复》《算鸡账》《至理名言》《世界末日》《兔汤》，哈萨克族霍加·纳斯尔的笑话《饭的味道和钱的声音》，彝族罗牧阿智的笑话《世代的规矩》《案子断颠倒了》，藏族阿古登巴的故事《升天的秘密》，哈尼族笑话《糠和马鹿》，蒙古族巴拉根仓的笑话《精明强悍的随从》，壮族公天的笑话《找跳蚤》，纳西族阿一旦的笑话《公喜？母喜？》，以及汉族长工与地主的故事中的《捉虱子》《真本事》《鱼头鱼尾》《朱老爷》《出来怕狗咬哩》《有初一没十五》《福气好》等。这种学样，其实也是一种归谬。通过学样，进行一定的夸张，使不合理的事物，愈益显得荒谬可笑。

当然，学样作为一种巧妙的斗争方式，不仅可以对反面人物进行讽刺和揭露，在民间笑话中，它还常常作为对反面人物进行报复和惩罚的重要方式。在维吾尔族阿凡提笑话《报复》中巴依（财主）把尿当油借给阿凡提炸丸子过节，而阿凡提则照此办法拿干粪当药，把巴依弄得满嘴是粪，还说这是油炸之后的"油渣"，要巴依尝尝。又如《至理名言》《世代的规矩》等笑话中，正面人物通过学样都使财主受到了很大损失。在藏族《升天的秘密》中，阿古登巴识破了大喇嘛残害人命的机关，巧妙地用他自己的法子把大喇嘛这个害人虫给整死了。这种学样法在长工故事中特别多，甚至成了长工传授斗争经验的"教本"了。长工们常用此法惩治财主，这种惩治往往同揭露和讽刺结合在一起，使人得到双重的快感，真是大快人心，让人不能不笑。从结构上看，正面喜剧人物仍然是笑话喜剧性的决定性条件，他的幽默机智的性格是可爱的，让人赞美的，人们不禁对他发出衷心的钦佩和赞扬的笑声。

4.正面喜剧人物利用同音词的歧义，进行合法斗争，讽刺和惩罚反面人物。这种喜剧结构手法可以称作"谐音法"。如汉族笑话《太师爷问路》《论理应叫姑姑》《对对子》《秃地主》《牛病》《"七"与"漆"》《三两酒》，布依族甲金的笑话《买肉》《巴独便》，藏族阿古登巴的故事《九克税》

等。在藏语中，小麦叫"卓"，一种舞蹈也叫"卓"，阿古登巴没有粮食交税，对宗本（县长）说："我实在没有青稞，但有不用斗量的'卓'，不知行不行？"宗本想，小麦比青稞还好哩，当然行了，不用斗量用秤称也一样，于是很爽快地答应了。到交税的时候，阿古登巴背上鼓，敲着跳着来到宗政府，跳了几圈卓舞问宗本："我的'卓'好不好？""很好，很好。"这样，舞蹈就顶了小麦了。徐文长的故事《三两酒》也是如此。高利贷者要四两银子利息，徐文长为穷人讲情定为"三两九"，利用"九"和"酒"同音，到时候让穷人用三两酒当利息，顶替了利银，使高利贷者啼笑皆非。这个笑话纯系斗争笑话，反面人物只是受到愚弄，在故事中没有什么行动，全靠正面喜剧人物的巧智构成喜剧，使人发出同情与赞美的笑。

这种以"谐音法"结构故事的笑话，在古代参军戏中即有。如唐代参军戏著名优人李可及的故事即是一例。他曾在宫廷演出《三教论衡》，说佛教教主释迦如来佛"是一妇人"，理由是《金刚经》中有"敷坐而坐"的句子，以"敷"谐"夫"，"如非妇人，为何等夫坐然后坐"。又有《老子》中有"吾有大患，是吾有身，及吾无身，吾复何患"之句而说道教的太上老君也是女的，以身体的"身"与身孕的"身"同音相谐，说"若非妇人，如何有身"。又以《论语》中孔子有"沽之哉，沽之哉，吾待贾者也"之句，说儒教教主孔丘也是女人，以"贾"谐"嫁"，说："如非妇人，如何待嫁？"就这样，李可及把三教神圣的教主都戏称为"妇人"，真是大胆的亵渎。尽管如此，唐懿宗听了还十分赞赏，不但没处罚他，反而给他封了一个官职。在这里艺人联想巧妙，喜剧性很强，使人笑乐不止，被嘲笑的是三尊偶像，他们都没有什么行动，全靠艺人的谐言妙语，巧妙地利用"谐音法"才构成了喜剧，甚至可以说这是正面的单相笑话，它显然同一般"暴露笑话"作为反面的单相笑话很不一样。

5.正面喜剧人物有意利用语言的歧义构成喜剧进行斗争，可以叫"曲解法"。如维吾尔族阿凡提的笑话《给大阿訇理发》。因大阿訇理发从不给钱，阿凡提就想狠狠整他一下。阿凡提给大阿訇剃光头之后，问他："要眉毛吗？"他说："当然要。"好，阿凡提把他的眉毛刮了下来交给了他。大阿訇气得没法说，确实是自己说"要"的呀！阿凡提又问："要胡子吗？"这回大阿訇可学乖了，回答说："不要不要！"阿凡提又是几刀把胡子也给刮了下来，并说："不要就不要吧！"这样，大阿訇的眉毛胡子都被阿凡提剃掉了，整个脑袋成了光溜溜的蛋，于是大骂不止。阿凡提说："这不都是您吩咐的吗？要依我，连头也不愿给你剃呢！"阿凡提这样利用语言进行巧妙的斗争，使大阿訇大吃其亏而又无话可说，都是照他吩咐做的，有什么办法呢？再说，谁让你理发不给钱呢！活该！这种惩治真是大快人心，十分可笑。如果只是说大阿訇理发不给钱，会使人感到可恶，但并不可笑。可笑的是他的眉毛胡子全给剃光了，整个脑袋成了一个大光蛋。是谁刮的呢？是阿凡提。喜剧人物阿凡提，这才是笑话真正的主角。

运用曲解法进行斗争的笑话不少，如藏族《绛拉的故事》,阿古巴登的笑话《一袋烟的工夫》《砸锅》《领主挨揍》,聂局桑布的笑话《赔骡子》,布依族甲金的笑话《打蚂蚁》,汉族长工故事《下刀子》等。有的故事还将语言中不严密的地方加以发挥,构成喜剧。如布依族甲金的笑话《买橘子》,侗族卜贯笑话《租牛》,汉族笑话《我睡着也比你清楚》《划得着》《住店》等。财主要甲金去买一百个橘子,要他挑最甜的,不要酸的。甲金上街买了一百个又大又红的橘子,见人们正在地里干活,就拿出橘子来请大家吃,说只要每个橘子留下一半就行。回去之后,财主见橘子都是半个半个的,火了。甲金说:"你不是要我选最甜的不要酸的吗?眼又看不出酸甜来,只好一个个尝一下再买,害得我从二街尝到下街,下街尝到七街,尝了一天,好不容易才尝出这一百个来。"甲金在这里把"甜"和"尝"加以引申,证明全是照财主的吩咐办的,使他受到损失而无可奈何。藏族阿古登巴的笑话《领主挨揍》,壮族老登的笑话《打官》,布依族甲金的笑话《打蚊子》,等等,都是借口拍打蚊子或牛虻等昆虫而打上层人物一个大巴掌的笑话。"拍"与"打"只是动机不同,对象不同,动作本身则是相同的。正面喜剧人物利用此二字的歧义,构成了一个喜剧场面:卑贱者打了高贵者一个耳光,惩罚了有权势的恶人,这是大快人心的事,十分可笑。这也是一种主动斗争的笑话,而且也使用了事先安排好的一种巧计,因为牛虻或蚊子是事先打烂了放在手掌里的。

6.正面喜剧人物利用反面人物贪财、迷信、骄横自大等特点,设巧计愚弄他们进行斗争,构成喜剧故事,可称为"巧计法"。利用反面人物贪财的弱点进行巧计斗争的，如维吾尔族阿凡提的笑话《锅生儿》《种金子》，哈萨克族阿勒德尔·库沙的笑话《种头驴》，苗族反江山的笑话《反江山和守备老爷》《反江山和同知老爷》，侗族卜贯的笑话《腌酸肉》，佤族达太的笑话《土官"戴"帽子》，汉族长工故事《金马驹与火龙衣》，等等。藏族登巴俄勇的笑话中也有《铜锅生儿》的故事，情节同阿凡提故事《锅生儿》差不多，都是先给财主一点甜头，说大锅生了个小锅，财主有福。贪财的财主以为有油水可捞，又借个大金锅给他，结果登巴俄勇将金锅砸碎分给穷人，然后对财主说"锅死了"。是啊，"凡是会生儿子的东西都是要死的呀"，铜锅能生儿子怎么不会死呢？财主傻眼了，只好自认倒霉。这锅生儿子的巧计，完全是正面喜剧人物出的点子，是构成笑话喜剧性的决定因素。如果没有正面喜剧人物这个巧计，也就没有这个笑话了。类似的笑话有锡伯族的《巴吐、地主和章恩》，哈萨克族《霍加·纳斯尔和可汗》等。在这类笑话中，正面喜剧人物以石子或擀面杖等物，放在衣袋或袖口内，故意摇晃摆弄，使法官或可汗在审官司时，误以为要给他银子或银棒而秉公判了财主的罪，最后当法官要喜剧人物拿出银子时，却见到了石头或木棒。问他为什么要摇晃？则说："如果你不秉公判案，我就砸烂你的脑袋。"汉族笑话中也有《一袋石子》的笑话，说的是一老汉因儿子不供养自己而使用了这种巧计。在这些故事中，正面喜剧人物的巧计及其胜利，是构成喜剧的主要因素。

利用反面人物的迷信，设巧计进行斗争的笑话也不少。

如蒙古族巴拉根仓的笑话《老佛迷拜师傅》，纳西族阿一旦的笑话《木家败》，藏族阿古登巴的笑话《鞭打国王》、登巴俄勇的笑话《杀神牛》以及《木且苦苦的故事》，维吾尔族阿凡提的笑话《胡大的吩咐》，锡伯族笑话《财迷精》《帕尔塔魂》，瑶族卜合的笑话《神仙烟筒》《自滚锅》《治禾》等等，在这些故事中正面喜剧人物都能巧妙地设计，使迷信的财主、头人、国王受到惩罚，他们的胜利使人笑乐。其中瑶族卜合的故事治的是财主岳丈，有些类似某种呆女婿故事了。在那些故事中，"呆女婿"其实是很聪明的。

利用反面人物愚蠢自大的特点进行巧计斗争的有藏族寓言笑话《兔子报仇》、布依族甲金的笑话《扛树》等等。蒙古族巴拉根仓的故事《斗阎王》中，巴拉根仓设计戏弄派来抓自己的牛头马面、秃史、瞎鬼、钻缝鬼、猴鬼等等，鬼怪一个个吃尽了苦头，最后把阴间最高统治者阎王爷也给整死了，这是多么令人高兴，又是多么出人意料，在惊奇之中，你怎能不笑呢！在巧计型的这类笑话中，正面喜剧人物显然是笑话的主体。

7.正面喜剧人物以出人意料的诙谐语言进行斗争，造成喜剧效果，这种喜剧构成方式可叫"巧语法"。这在我国古代即有。如南宋时，金人入侵，以敲棒击人脑而毙，滑稽艺人说："若要胜金人，须一件件相敌乃可。如金有粘罕，我有韩少保；金有柳叶枪，我有凤凰刀；金有凿子箭，我有锁子甲；金有敲棒，我有天灵盖！"这最后一句是个喜剧包袱，这种妙语构成的喜剧是对不抵抗主义的很大讽刺，表现了艺人的语言艺术天才。在阿凡提故事中这类妙语性的笑话很多。有嘲讽意义的如《金钱和正义》《国王的灵魂》《当官瞎了眼》《县官和狗》《四骆驼货（一名《奇怪的商队》）》《它骂你也是一只狼》《智慧》《别找死》，乌孜别克族阿凡提的笑话《国王的同胞》等，往往能巧妙地、一针见血地揭穿反面人物的丑恶本质，使人哑然失笑。汉族笑话《糊涂县官》《草地牧牛图》等也是以妙语构成笑话的。有个县官特贪，外号"刮地皮"，有一次他要画家给他画张画，画家很妙，只在白纸上写了"草地牧牛图"几字即交给了他。县官见画上只有几个字，即问："草地在哪里？"画家说："牛把草吃光了！""牛呢？""草光了牛还在这里干什么呀？"说得非常巧妙，联想到县官的"刮地皮"，使人感到讽刺，非常深刻。这种妙语是笑话喜剧性的主要成分。

也有些笑话以幽默的妙语，进行内部讽刺，如阿凡提的笑话《剃头》《什么声音最好听》《惭愧》《毒药》等。阿凡提去理发，理发师在他头上剃破了好几处，都用小棉球给敷上。阿凡提从镜子里见到头上的棉花，说："啊呀，你真是好手艺！你瞧，我这半边头你都种棉花了，得啦，那半边让我自己去种胡麻吧！"这种妙语生动可笑，很幽默，是笑话构成的主要因素。如无此妙语，只是说理发师手艺不好，是不能称其为笑话的。

此外，还有以诙谐的问答来造成喜剧效果的。如有人问阿凡提："新月亮出来时老月亮哪儿去了？"阿凡提说："胡大把它切碎做成星星啦！"又有人问阿凡提："我吞下了一个活老鼠，你看怎么办？"阿凡提说："好办，再吞个活猫下去嘛！"在这些诙谐的笑话中，问答双方结构精巧，问题很荒唐也很奇妙，而回答则很幽默，而且更奇妙。如果只是荒唐的问题，还构不成喜剧性，只有有了阿凡提机智巧妙的回答，才使人发笑，构成喜剧性。同样，在《搬家》中，贼娃子把阿凡提家的东西差不多都拿走了，这还构成不了喜剧性。阿凡提也提着东西跟在后面，并且说："好些日子了，都因为缺驴少马的，没搬成家，这回借大伙儿的光，可搬成家啦！"这就引人发笑了，这笑话可笑就可笑在阿凡提这段诙谐的妙语。

## 结语

以上我们分析了斗争笑话的几种喜剧结构方式，虽各有自己的特点，但也有一个共同的特点，这就是它们都是双相笑话。笑话中的喜剧人物不止一个，往往一正一反，正面喜剧人物居于主要的地位，是主动的、起决定作用的；反面喜剧人物却是被动的，处于从属的次要的地位。这就是这些双相笑话最主要的结构方式。

斗争笑话的正面喜剧人物也会因地区不同、民族不同而有不同的事迹和个性，但他们的共性仍然是非常明显的，他们都是喜剧人物、幽默人物、滑稽人物，而且都是正面人物，他们为人民出气，为穷人解忧。他们是机智的、美好的、聪明的、幽默的、诙谐的，又是可敬可爱的、崇高的。他们的这些特点，同传统美学中的喜剧性概念几乎完全相反。如果我们坚持传统的美学观点，那么这些喜剧人物就只能被认为是愚蠢的、丑陋的、糊涂的、畸形的、渺小的了。这显然是不符合事实的。这样的正面喜剧人物，确实是过去的美学家们见所未见、闻所未闻的。而这些正面喜剧人物的存在，正是对传统美学理论中喜剧性概念的挑战。这些正面喜剧人物，似乎在大声疾呼，要求扩大喜剧的概念，要求将喜剧和滑稽的概念从反面人物的框子中解放出来。当然，并不是要否定反面喜剧人物的重要性，而只是要求不局限于反面喜剧人物，应扩大喜剧的范围。这种要求无疑是合理的，必要的。由此可见，这些双相笑话中的正面喜剧人物和双相笑话的结构特点，具有很大的美学价值。它不仅在理论上对传统美学理论中的喜剧和滑稽的概念有所突破，而且，在艺术实践方面，对社会主义新喜剧创作可能也会有所启发吧！

注：文中所引笑话，均见以下各书刊，为避免烦琐起见，不再一一注明出处，计有：贾芝、孙剑冰编《中国民间故事选》（共二册），祁连休编《少数民族机智人物故事选》，董森、丁汀编《中国民间笑话选》，赵世杰等译《阿凡提的故事》，陈清漳、赛西、牧林整理《巴拉根仓的故事》，开斗山编译《阿古登巴的故事》，陶学良整理《娃子的笑声》，贵州印《民间文学资料》第44集，孟志东编《达斡尔族民间故事选》，刘发俊编《维吾尔族民间故事选》，中央民族大学编《藏族民间故事选》，黔东南《民间故事集》（1），《山西民间文学资料》第一集，《山西民间文学》第一期，《云南少数民族机智人物故事选》，黔南布依族《甲金的故事》等书。

# 艾沙木笑话三题

陶立璠*

在我国少数民族民间传统故事中，有一类以笑话、趣闻、幽默、讽刺形式出现的故事，特别为人们所喜爱。在所有的民间故事中，这类故事似乎具有更强的生命力，它往往超越民族界限，在各民族中不胫而走，迅速流传开来，乃至家喻户晓，众口皆碑。这类故事有一个共同的特点，即以某一特定的正面人物作为贯穿，通过幽默与讽刺，忠实而又确切地显示社会生活的真实，勾画出各类人物的情态，以及他们的精神。

这类故事中的主人公，常被人们尊为聪明人物和机智人物，各民族中又都有他们的故事在流传。如维吾尔族的《阿凡提的故事》《毛拉·再丁的故事》，蒙古族的《巴拉根仓的故事》《沙德格尔的故事》，藏族的《阿古登巴的故事》，傣族的《召玛贺的故事》，壮族的《公颇的故事》，纳西族的《阿一旦的故事》，傈僳族的《黄江桑的故事》，布依族的《甲

---

\* 陶立璠，中央民族大学资深民俗学教授，民俗文化研究中心主任。

金的故事》，侗族的《甫贯的故事》，苗族的《反江山的故事》，等等。这简直是一个独特的，饶有风趣的，带有鲜明民族特色的人物画廊。这些栩栩如生的机智人物身上，无不体现着各民族人民勤劳、质朴、机智、勇敢的高尚品质。他们往往是某一民族智慧的化身和象征。

各民族传统的机智人物故事，具有感人的艺术魅力。它像生活的一面镜子，又像一把把解剖刀，把生活中的真善美与假恶丑现象展示给你看。

然而，社会生活是在不断发展的，优秀的传统民间故事，无疑具有现实意义，它可以启发人们去观察和思考现实生活中存在的各种现象和问题，但它不能代替新的民间口头创作对现实的反映与回答。各民族的机智人物故事，在民间文艺的历史长河中，绝不会停滞下来的，它会随着生活的激流，去劈波斩浪，选择新的航程。事实上，在我们的现实生活中，只要还存在着先进与落后、矛盾与斗争，存在着真善美与假恶丑的话，人们的智慧便会闪现出新的火花，新的机智人物故事必将在传统文学的基础上，在现实生活的土壤里不断产生。广泛流传于维吾尔人民中间的艾沙木笑话，就是这一崭新的社会生活的产物。

## 一、艾沙木笑话的性质

当《艾沙木笑话选》（赵世杰翻译整理，新疆人民出版社出版）第一次与读者见面时，立即引起了广大民间文学工作者的重视。题材的新颖，主题的深刻，形式的巧妙，使人们交口称赞；新型笑话的强烈的时代气息、民族风味扑面而来。但也有人提出了这样的问题：艾沙木笑话，究竟是作家文学，还是民间文学？这显然涉及艾沙木笑话的文学属性问题。弄清这一问题，对研究艾沙木笑话，对发展我国各民族的民间文学事业，是十分有益的。

艾沙木，实有其人（据说纳斯尔丁·阿凡提、阿一旦等也实有其人，这并不重要）。他原名艾沙木·库尔班，1930年生于新疆伊宁一个手工艺人家中。只上过四年小学，曾当过短时期的文工团团员，后又当了人民公社社员。童年时代起，他就从擅长辞令、会讲笑话的祖父和父亲那里，接受了维吾尔族民间文学的熏陶。加之他的机智聪颖、诙谐幽默的性格，使他经常被人们请去参加民间举行的麦西来甫[1]和婚礼，成了受人爱戴的民间故事家和笑话员。他讲述的大量笑话，无论是思想性还是艺术性都达到相当的水平，堪称"故事艺术家""活着的阿凡提"。因此，我认为艾沙木笑话应该属于民间文学范畴。理由有三：

第一，艾沙木会讲很多维吾尔族传统故事和笑话，他的笑话继承了维吾尔族民间文学的优秀传统，特别是对维吾尔族机智人物故事的讲述形式，融会贯通，运用自如。

民间故事家、民间艺术家本来就是人民群众中的一员。他们既是民间文学的优秀创作者、传播者，又是民间文化遗产的

---

[1] 麦西来甫：维吾尔语，意为聚会、集会。

出色保存者和发扬者。民间文学传统的不断创新和发扬，正是它得以流传、发展的客观规律。艾沙木生活在社会主义时代，他见识多，阅历广，而且能把自己的生活阅历巧妙地编织成人们所喜闻乐见的笑话故事，这正是一般民间故事家所共同具备的特点。

第二，艾沙木笑话注意吸收维吾尔族机智人物故事的艺术表现形式，并力图以完美的形式来表现现实生活。他熟练地运用了"蓝提盘"（笑话、奇闻、趣事）。因为这一形式在维吾尔族民间文学中，具有短小精悍、语言简练、幽默风趣、讽刺性强、引人入胜、耐人寻味等特点。艾沙木笑话，一般篇幅都很短小，语言，特别是人物的对话，不但精练，而且是个性化的，格调也很轻松，往往把抽象的道理寓于生动的形象之中，发人深思，耐人寻味。他的笑话中，绝没有作家文学中那种环境的渲染、人物描写和内心的独白，对话成了他塑造人物形象的主要手段。这也是一般民间故事所共有的特点。

第三，艾沙木笑话所描绘和传递的是普通劳动者的生活、思想和愿望，且具有鲜明的时代特色和民族特色。他的笑话，在某种意义上讲，不是他一人的创作，而是群众智慧的结晶。艾沙木笑话所选取的题材，都是我们日常生活中所司空见惯了的，一些看来是极平常的琐事，无足称道，但当独具慧眼的艾沙木运以匠心，赋予其具体形象（常常是一两个人物的活动），并用诙谐有力的语言道出事物的本质，揭示出某一道理时，我们才会在讥笑中引起警觉。啊，原来如此。这也正是劳动人民在艺术创造上的卓越之处。

## 二、幽默、讽刺与生活

幽默是笑话的灵魂。语言的含蓄和人物举动的生动有趣，是幽默文学的两大特色。当幽默用于对社会生活中敌对的和落后事物的讽刺和嘲讽时，则成为讽刺。在艾沙木笑话中，我们经常可以看到幽默和讽刺手法的交替使用。艾沙木很懂幽默、讽刺对于社会生活的作用。试看《第七十三种手艺》：

有人问艾沙木："俗话说：'年轻人学会七十二种手艺还嫌少。'你会什么手艺呀？""难道你还不晓得？"艾沙木说，"我会第七十三种手艺哩！"

那人挺感兴趣地问："啊，那是什么手艺？"

艾沙木回答说，"讲笑话让人捧腹大笑，治好他的疾病。"

的确，艾沙木是把笑话当作日常生活中劝善惩恶的一种思想武器。对人民群众中存在的自私自利、吹牛说谎、投机取巧、阿谀奉承等落后思想意识和庸俗习气，艾沙木是极端厌恶的。但他总是抱着与人为善的态度，通过幽默风趣的笑话，告诫人们，要克服旧社会遗留下来的不良习气和思想，树立高尚的道德情操。他对社会上流行的不正之风，如对工作的不负责任，文过饰非、打击报复、官僚主义等深恶痛绝，但他的抨击是善意的，不是冷嘲，而是热讽。对"四人帮"之流的种种倒行逆施，他才给予无情的嘲讽和揭露。

社会生活是文学创作的源泉，也是幽默讽刺故事产生的土壤。戏剧中的正剧、喜剧、悲剧，有时也用幽默、讽刺的手法，那么，以幽默讽刺为主体的笑话，正起着讽刺喜剧的作用。在艾沙木笑话中，许多笑话是揭露"四人帮"的。因为那十年是非颠倒，真理混淆，社会生活是变形的，它为艾沙木提供了丰富的创作素材。如《形势在变化》《早就枪毙啦》《搜查》《名叫迪慕格热特燕》《照你交代的写上》《碰在了金桩上》《头上不闲》等笑话，从不同的侧面揭露了"四人帮"给人民生活带来的种种灾难，在笑声中表达了人民群众强烈的不满情绪。打倒"四人帮"后，像这样的笑话各地都有流传，但艾沙木笑话是其中最出色的。

幽默讽刺的力量在于真实，真实离不开社会生活。艾沙木生活在群众之中，他熟悉和了解自己民族的生活，懂得自己民族的性格和心理，作为一个故事讲述家，他总是巧妙地传达着人民群众的思想和愿望。比如在表现维吾尔族人民在粉碎"四人帮"后的喜悦之情时，艾沙木讲了这样一则幽默笑话：

> 艾沙木戴着顶崭新别致的巴旦花帽，昂首挺胸，目光炯炯地在大街上踱来踱去。他的一位朋友看见了，打心眼里感到羡慕，热情地走过去问道：
> "朋友，我真羡慕你的花帽，以前为什么不见你戴呢？"
> "哎，伙计，"艾沙木耸耸肩膀说，"二十年来，我戴的'帽子'很多，头上一直不闲，哪有机会戴花帽呀！"

这则笑话意味深长，含有无尽的辛酸，十分耐人寻味。

## 三、新时期对各民族民间文学的要求

我国各民族都有着悠久的历史和文化传统，民间文学遗产是十分丰富的。在各民族文学发展史上，民间文学向来占有极重要的地位。今天，随着各民族人民文化水平的不断提高，作家队伍迅速成长起来。这样就有人担心：各民族的民间文学的创作会不会越来越为作家的创作所代替？这种担心是不必要的。事实上，在我国众多的少数民族中，特别是那些没有本民族文字的民族中，民间的口头文学创作，还占着十分重要的地位，不仅传统的民间文学作品仍在人民口头流传，而且新的口头文学作品也在不断产生。解放后，许多民间文学工作者搜集、整理、发表的新民歌和新故事就是证明。就是一些文化比较发达，又有文字的民族，也不可能人人都成作家，人民群众的口头文学创作也不会间断。从这一点上讲，《艾沙木笑话选》的出版，是很有意义的。它体现着民间文学在新时期的新发展，也向民间文学工作提出新的要求：

第一，如何对待遗产和创新问题。

过去，我们的民间文学工作重点放在抢救各民族民间文学遗产上，这无疑是对的，在今后相当长的时间内，抢救文化遗产仍然是迫不及待的任务。但是我们民间文学工作的全部注意力不应都集中在遗产的抢救上，而是要在抢救各民族民间文学遗产的同时，注意搜集、整理各民族民间的口头文学作品。过去我们在新民歌的搜集上，做了不少工作，但对新的民间故事的搜集、整理是不够重视的，《艾沙木笑话选》是我国少数民族新的民间故事的第一个结集。这是一个良好的开端，我们希望今后有更多的此类故事集出现。

第二，新故事的创作问题。

新时期的新故事，和人民群众的生活发生着最直接的关系，所以它应直接取材于各民族人民的现实生活，注意塑造新人形象。这也是艾沙木笑话的显著特色。和维吾尔族脍炙人口的《阿凡提的故事》《毛拉·再丁的故事》《赛来·恰坎的故事》相比，读《艾沙木笑话选》，无疑给我们以强烈的现实感和亲切感。鲜明的爱憎，具体生动的艺术形象，常常把我们带到现实生活中去。好像艾沙木所经历的种种趣事，无时无刻不发生在我们身旁，他的思想与读者发生共鸣。

艾沙木笑话中塑造的各类人物形象，多数是栩栩如生的。生活中一个极抽象的道理，往往经过艾沙木的渲染，立即化为生动的形象，而且具有普遍意义。如《没听到过》就涉及对青年一代的教育问题。笑话是这样写的：

艾沙木在大街上走着，一位身着艳丽服装，头发垂到肩头的姑娘突然打老远喊了他一声。艾沙木扭过身子走过去一瞧，认出他并不是姑娘，而是一个小伙子，还是自己挺要好的朋友哩。

"啊？"艾沙木吃惊地说，"你……你……还真够时髦的哩！"

朋友耸耸肩头，摸着黑黝黝的胡须，得意地眯缝着眼笑着说：

"伙计，别大惊小怪啦，难道你不晓得现代化的文明？"

"当然晓得啦！"艾沙木说，"不过，像你这样男扮女装的现代化文明，我压根儿是没听到过的！"

艾沙木的这位时髦朋友，当然不能代表当代维吾尔族青年的主流，但这种以着艳丽服装，蓄长发，追求西方社会的生活方式，且误以为这就是现代文明的青年，在我们生活中并不少见。艾沙木对这位朋友的变化和举动，不能不表示惊讶和否定。

艾沙木笑话是生活化的。他常常取材于生活中的一件小事，生发开去，挖掘较深的主题，对生活起着防微杜渐的作用。如《真理的标准》：

艾沙木工作机关的首长，是一个自以为是的人。艾沙木曾针对他的这一缺点提过几次意见，可是每一回都碰了钉子。

一天，机关干部学习讨论真理的标准时，大家发言好热烈，可是艾沙木却默然静坐，一言不发，主持会议的首长问道："艾沙木同志，真理的标准是什么，也谈谈你的认识嘛！"

"这是个非常清楚的问题，您的话就是真理的标准。"艾沙木回答说。

这则以日常政治生活为题材的笑话故事，对那些自以为是、不虚心接受群众批评、一意孤行，且认为自己就是真理的化身的领导者，是多么生动的写照和辛辣的讽刺呀！

第三，新故事的民族化问题。

每一个民族都有他特定的生活、习惯、性格特征和心理素质，也有他不同于另一民族的审美意识和审美趣味。维吾尔族人民具有勤劳、乐观、幽默和富于智慧的品格，和维吾尔族人民相处，你处处会被他们那诙谐、幽默的性格所感染。你会发现他们对事物的观察和思维都有其独特的方式。"蓝提盘"式的形象思维和表达方式，贯穿于他们生活之中。表现在口头文学创作上，是格调的风趣、明朗，语言的简练、准确。艾沙木笑话中不乏这样的例子。比如，在我们的生活中，私拆别人的信件是侵犯别人公民权利的不道德行为。艾沙木知道公社秘书经常拆看社员的私人信件，对此他很不满意。用什么办法制止这一行为呢？艾沙木以子之矛攻子之盾。当他收到远方一位亲戚的来信时，就跑去找公社秘书，别人问他："你找秘书有什么事呀？""没有别的事，"艾沙木指着自己手中的信说，"这是我刚收到的亲戚的来信，想找秘书亲手给我拆一拆。"试想，那位秘书面对此情此景，当是何等尴尬呀！《两种习惯》《脾性的变化》讽刺更是入木三分。所以新时期的民间故事，要想得到群众的喜闻乐见，必须要保持民族特点，尽量使其民族化。

《艾沙木笑话选》是一部好书。它继承了维吾尔族民间故事的优秀传统，反映现实生活具有一定的深度，内容和形式有不少创新，在民间故事的生活化和民族化上迈开了可喜的一步，这是值得称道的。但也有些笑话显得简单粗糙，在语言的提炼和主题思想的开掘上，还不够深；有些笑话，有套用传统故事的倾向和痕迹。瑕不掩瑜。我们相信，艾沙木·库尔班定会创造出更多更好的笑话来，发挥它们针砭时弊、扬善弃恶的作用，为社会主义服务，为人民服务。

# 论阿凡提形象的美学价值

薛宝琨[*]

霍加·纳斯尔丁，据有的学者研究是真有其人。有的研究者指出："霍加的形象起源，是一个愉快的说笑话的人，他嘲笑了一切不合理的，在当时的时代中有足够基础的东西。在纳斯尔丁形象的后面，我们可以想见有些自由思想的人，在那个时代的某些情况下，他们甚至达到了否定宗教的地步。"[1]这就是说，霍加·纳斯尔丁笑话的流传过程是人们不断丰富、加工、改造的过程。作为艺术形象的霍加·纳斯尔丁，非但荡尽了宗教的痕迹，甚至成为他原来信仰的对立物。在中世纪的小亚细亚半岛上，他还不能算是一个被压迫阶级的劳动者形象，只能说是"东方自由思想的传统体现者"。大概在中世纪以后，随着"丝绸之路"的开拓，霍加·纳斯尔丁的故事，开始传进我国新疆少数民族地区，特别在维吾尔族人民中流传开

---

[*] 薛宝琨，南开大学文学院教授，中国著名曲艺理论家。
[1] 《中国民间文学论文选》（下），上海文艺出版社1980年，第304页。

来。这个形象一踏进我国的国土，便立即和我们民族的文化传统、生活方式融为一体。维吾尔族素有热情、爽直、开朗的性格。类似霍加·纳斯尔丁式的人物，如毛拉·再丁、赛莱·恰坎、艾沙木等，早就活跃在维吾尔人民的生活之中。因此，被尊为"阿凡提"（先生）的纳斯尔丁，对于他们并不陌生而是熟知的朋友。他一旦在这里定居下来，便自然地采取了新的生活方式，也同时具有了新的性格特点，这就是作为劳动者的阿凡提形象的由来。

阿凡提是生活中的强者，他敢于和历史上的一切丑类对峙，皇帝、国王、大臣、官吏、老财、高利贷者，以及靠宗教迷信欺骗麻醉人民的伊玛目[1]、毛拉[2]等等，都成了他揭露打击的对象。他从不相信什么上帝真主，直率地说："上帝要给房子就现在给吧，别等我到了阴间时才给，我到那世界要宽大的屋子做什么，我也不在屋子里叼羊。"驳斥了宗教要人忍耐、苦度苦修、等待来世的骗人鬼话。此外，对于无知、虚伪、自私、懒惰等统治阶级强加在劳动人民身上的种种枷锁，他也是不留情面、一针见血地给以鞭笞。阿凡提这种勇敢的性格，是被压迫阶级意志和力量的反映。但他不是那种传奇式的英雄，他没有孙悟空那种突出的叛逆性格，更不像堂吉诃德那样富于幻想和神经质，他不采取四面为敌、主动出击的斗争方式。阿凡提是劳动者，他种过地，当过陶瓷匠和首饰匠，补过鞋，行过医，还开过独资经营的磨坊。因此，他的勇敢有他自己阶级

---

[1] 伊玛目：伊斯兰教教职称谓，阿拉伯语音译，意为"领拜人""率领者"。
[2] 毛拉：伊斯兰教教职称谓，阿拉伯语音译，意为"先生""主人"。

的特色。一方面，他是作为一个阶级的集体代表，以普通的老百姓身份出现；另一方面，他的勇敢精神总是和老实性格结合在一起。或者说，他的勇敢是生活重压下的一种"反弹力"，与其说是自觉地进行斗争，不如说是本能地采取自卫。请看，阿凡提是怎样把皇帝、国王比喻成驴子的：

> 皇帝举行盛大的宴会。来参加宴会的，都是有钱有势的人。在宴会上，皇帝赐给每个客人一套华丽贵重的衣服。同时，皇帝也叫来了阿凡提，当着众人，赐给他一块披在毛驴身上的麻布。阿凡提恭恭敬敬地从皇帝手里接过麻布，再三向皇帝道了谢，然后高声向客人们说："贵客们！皇帝赐给你们的衣服，虽然都是绫罗绸缎的，可都是从巴扎（集市）上买来的。他是多么尊重我呀！你们瞧，他竟然把自己的皇袍赐给我了！"
>
> ——《皇袍》

这种以牙还牙、以眼还眼式的自卫，尖锐、犀利、不留痕迹，生动地概括了那个时代的阶级关系，在勇敢的斗争精神里蕴含着阿凡提纯朴、老实的性格本色。他默默无闻、勤勤恳恳地劳动，不期显达，只求生存，尽力承受着生活倾压在他身上的重负。国王行围打猎，他为他们背着行装；巴依要霸占他的新居，他只得腾出来一层；大阿訇让他给理发，他只好前去听命；就连小偷、强盗去偷抢他的东西，他也悄悄地躲起来，以便让他们干个痛快。他把头垂得低低的，把嘴闭得紧紧的。尽管如此，生活的鞭子仍然无端地向他抽来，使他不得不起来反抗，而这种反抗也只能是"阿凡提式"的，即作为劳动者形象阿凡提所特有的幽默的武器。

幽默是审视生活、抒发感情的一种方式。从看待生活的角度分析，艺术大体经历了对生活的仰视、正视和俯视几个阶段。不是在具体样式里而是从美学上宏观地看，悲剧、正剧和喜剧正是这几个阶段的象征。幽默是喜剧发展的最高阶段，是喜剧精神的本质反映，是一种轻松、机智、含蓄的审视和反映生活的方式。幽默的轻松是深刻地洞悉了生活的本质，清醒而敏悟地把握了一切矛盾在时空关系上的"坐标"，从而获得了极其自由的超脱感的轻松。这种超脱也不是宗教徒狂热而后的冷漠，不是把自己超然物外，而是也极其幽默地看待自己的位置，审度自己的感情，在理智和感情不断锤炼中纯化出来的"庄后之谐""情笃之理"。它不仅善于发现丑更善于溶解丑，找出它们现实存在的必然性和历史的可笑性。幽默的含蓄是一种深进而浅出，厚积而薄发的诗的含蓄。它绝不只滞留在生活的表层，而是极其娴熟、圆通地潜入生活的底部，寻找现象和本质、历史和现实之间的联系。由于它开掘了深层的潜流，因此其形象总是既单纯又丰满的，既浅俗又深厚的，既谐趣又有哲理的，一切矛盾总是那么完满地对立着又和谐地统一着。轻松是体式，含蓄是效果，机智是手段。幽默的机智是大彻大悟，是深刻的理性思考与朴拙的表现形式的统一，它非但不采取花哨的手段甚至还穿着傻相的外衣，因为它是一种"优美"的艺术色调，越朴实，本色越具有魅力。当然，幽默作为喜剧精神的本质体现，一方面有它自己的历史进程，另一方面如前所述又只是相对而言，即总是和讽刺、滑稽等喜剧范畴彼此交叉。如同美和美感的关系一样，幽默和幽默感总是取决于审美的个性、情趣、修养和水平。因此喜剧范畴相互之间的"模糊圈"也就极富弹性。往往一些人认为是幽默的，另一些人只视为讽刺或滑稽。其实，从横向关系分析，幽默和讽刺多半反映对象肯定或否定的态度。幽默所肯定的常常是审美主体的形象和性格，而讽刺所否定的更侧重于被讽刺对象的种种品性。离开讽刺的幽默和离开幽默的讽刺是不存在的。单纯的讽刺不属于喜剧范畴，单纯的幽默情同于机智，也无喜剧性可言。同样，幽默和滑稽联在一起作为矛盾的"对子"，则不是指肯定或否定的态度，而是指艺术品级或格调。"日本人曾译'幽默'为'有情滑稽'，所以别于单单的'滑稽'……"[1]正是指它们相互转化的相对性，作为喜剧的源泉——丑的表现是无法排除的，只不过前者消融了丑而后者还借重于丑而已。把握阿凡提的幽默形象，势必要廓清喜剧某些理论的意蕴，阿凡提的美学价值也正在这廓清过程中得以体现。

阿凡提是一个极其轻松的喜剧形象。轻松的效果往往从"逆境反转"的情势下取得。在许多阿凡提的故事里，开始他总是处在难堪受窘，被奚落或被嘲弄的地位。但是很快地就能够化险为夷、反败为胜，不仅使自己变为主动，更且使进攻者备受惩罚。如前面曾援引的《皇袍》，阿凡提不是直视他的对

---

[1] 《鲁迅全集》第5卷，人民文学出版社1963年，第272页。

手，以执着、灼热的态度和情感指斥对手，和他们站在同伦并列的同一水平线上。不是的，阿凡提绝不按照对手的逻辑轻易就轭，绝不把他的态度和感情如喷泉般地倾泻出来，而是站得更高，采取更为理智的方式，或者是沿着对手的逻辑引申发挥顺势而击，或者是逃脱对手的圈套避实就虚、曲折迂回。看似戏谑的口吻实际是愤怒情感的升华，极其轻松的态度里蕴含着深刻的思想。《量渠水》里国王问阿凡提："人人都说你很有智慧，你知道这条渠的水有多少桶吗？"阿凡提回答说："如果桶像这条渠一样大的话，那就只有一桶水；如果桶有这条渠一半大的话，那就有两桶水；如果这个桶是这条渠的十分之一的话，那就有十桶水……"阿凡提不是正面回答而是虚拟假定，他在桶的大小上兜圈子从而使自己变得主动，因为国王不是测验他的智慧而是故意使他难堪，提的只是一个愚不可及的问题，阿凡提就在桶的大小上侧面地袭击其不合逻辑、界度不清的谬误。《四十只母鸡当中应有一只公鸡》讲国王想让阿凡提出丑，就令他的四十个大臣都钻到水里去，每个人都带上一个鸡蛋来，并问阿凡提是否能够做到。阿凡提不假思索地回答"当然可以"，但他并没把鸡蛋带上来。国王责问他，阿凡提回答："陛下，要是在这四十只母鸡当中没有一只公鸡的话，那怎么行呢？"阿凡提既避实就虚又顺势而击，他在退却中进攻并取胜。这种举重若轻的本领，当然来自他深邃的历史感和清醒的理智感。历史感使他能穿透种种恶势力跋扈、残暴的表象，从而敏锐地窥透其虚弱、愚蠢的本质；理智感使他在极度蔑视、鄙夷的情感里蒸发出一种看似超脱实则冷隽的抒情方式,从而准确地把握矛盾之间的生动联系。《最欢乐的日子》皇帝问他什么时候才是老百姓最欢乐的日子,阿凡提顺口而答:"就是陛下有幸上天堂的那一日!"《国王的枪法》说国王打猎时对一只黄羊连打了三枪都没有射中,阿凡提为他"解窘"说:"如果不是黄羊,而是老百姓的话,你一枪也不会虚发的。"《它骂你也是一只狼》描述伯克从狼口里救出一只羊,阿凡提直率地说:"它还在骂你,因为你也是一只狼。"《没有喀孜的地方》讲述人们问阿凡提死后去天堂好还是下地狱好,阿凡提没有正面回答,他不相信有这样的地方存在,就说:"哪儿没有喀孜[1],哪儿就算是最好的地方!"所有这些都来自阿凡提式的深刻——一语破的、清澈见底,没有遮掩和滞碍,由于抒情的淋漓酣畅,因而使我们获得了感情的轻松。同时,至情也是至理,由于阿凡提故事的思辨性和哲理性,人们在感情轻松的同时也得到理智上的愉悦。一个利欲熏心的富商向阿凡提询问什么时候容易丧失理智,阿凡提回答:"当财欲驾驭你的理智时。"(《财欲驾驭理智时》)这一回答因为具有概括性而更有普遍意义。总之,阿凡提作为极其轻松的喜剧形象,不是来自他的肤浅和油滑,而是来自他的严肃和深刻,来自他是那么自由地把握和驾驭矛盾,不仅能够清醒地认识他所触及的一切,更能够清醒地审度自己,自由地把握自己的表情方式。而所有这一切当然要借助阿凡提特有的机智。

一般说来机智和讽刺都不纯属于喜剧范畴,它们只是半

---

[1] 喀孜:伊斯兰教的宗教法官。

渗着喜剧，另一半则被其他范畴所采取，它们分别是肯定和否定的两个极端。机智所产生的当然是一种和谐的优美，如同讽刺所形成的是一种被遏制状态下迸发出来的"壮美"一样，它们是两种不同的艺术色调。喜剧的机智只有当它有助于酿发喜剧性矛盾，即和喜剧性失调结为一体时它才是可笑和有意味的。阿凡提的机智即采取"理性倒错"的形式，以促成"逆境反转"的成功。所谓"理性倒错"即是理性的思考采取非理性的方式，非但是非理性的甚至是"悖理性"的——傻相的、呆痴的、愚迂的，这便是人们常说的大智若愚、似愚实智。在阿凡提机辩的言辞里流露着憨厚的性格特征，在他敏锐的眼光中带有执着的生活态度。他是以愚为智、因智而愚的。一方面，由于他的被压迫阶级的地位，不能毫不遮掩地展现他智慧的光芒，只能以似智似愚的手段，在阶级重压的间隙中，利用矛盾来抒发自己沉郁的感情；另一方面，由于剥削阶级的偏见，将阿凡提因智慧而逾越的当时社会的传统观念和世俗看法，竟被当作一种"似愚"的行为。《洒油扫院》中的巴依让阿凡提打扫院子，要求不准洒一点水，院子还得湿漉漉的。阿凡提就把巴依的油倒在地上，以对付他这种难以实现的无理要求。《拆我那一层》中的巴依侵占了阿凡提的新居，住上了他的二楼。阿凡提就拆掉第一层，并安慰他说："请你好好看住你那层楼，可别让它塌下来压伤了我们呀！"在《毒药》中，阿凡提的老师担心他偷自己的蜜吃，就说那是一碗毒药。阿凡提故意打碎了墨水瓶，把蜜喝光，并对老师说："你看我闯了多大的祸呀！我本来想在您回家之前死去，就把那碗毒药喝了。

可是我真纳闷,为什么到这会儿也没有死。"所有这一切,都是以似愚实智的手段,对付那些似智实愚的对手。形式是愚蠢的,内涵是聪敏的。只有如此,才得以在"蠢不可及"的名声下,使得对手无可奈何,既进行了反抗又保护了自己。而另外一些笑话,则是相反相成地把"智"发展到了极度,采取了"愚"的变形方式,寓有深刻的哲理意味,充满生活的辩证法。在《防贼》中,阿凡提看到王宫正在加高围墙,目的是防贼盗宝,阿凡提便问:"可是,宫廷里面的盗贼,你们又咋个办哩?"这个聪明人说的并不是糊涂话,高大的围墙非但不能防止内贼,反而是他们掩人耳目的一道屏障。《伯克坐船》中的伯克晕船,阿凡提就把他推下水,然后又拖上船。这时,阿凡提问他:"还害怕吗?"伯克说:"不害怕啦,不害怕啦,我现在挺舒服啦!"阿凡提的"恶治"充满了辩证法,晕船自然比溺水好受,也同时嘲笑了伯克们的愚蠢。《惭愧》描写贼去偷阿凡提的东西,但他不去出面迎击,反而躲在箱子里。贼问他为什么,阿凡提说:"因为我家里实在没有你们中意的东西,我觉得很惭愧,所以就躲进箱子里来了。"这实际上是对毫无眼力的蠢贼的讽刺,也说明阿凡提一贫如洗,无所畏惧。《肚痛用眼药医》写一个人吃了不干净的东西肚子痛,请阿凡提来治病。阿凡提拿给他一瓶眼药。患者强调的是"肚子痛"不是"眼睛痛",阿凡提说:"要是你眼睛没毛病,这样大的人,怎么会把发霉的饼子吃了下去呢?"极其尖锐地指出了得病的根源。生活中有很多事物,往往被纷纭复杂的表面现象蒙蔽,阿凡提这种风马牛不相及的治法,说明了事物的内在联系。

阿凡提的智慧是他力量的表现。他似乎是最善于开玩笑的人,任何一件庄严、郑重的事件和问题,他往往都给以诙谐的理解和处理.但他的玩笑绝不只是打趣,而是蕴含着严肃的感情。在《肉汤的肉汤的肉汤》中,讲了这样一个故事:阿凡提打猎时捕获了一只野山羊,他煮了一锅肉,请自己所有的好朋友吃了。第二天,几个自称他朋友的朋友来做客,于是他又把骨头煮了煮,请他们喝汤。第三天,还有几个自称朋友的朋友,也来请他招待,他便在洗衣服的大木盆里和了一盆泥糊糊,然后一一递给他们喝,说:"这是肉汤的肉汤的肉汤……"这些打着朋友招牌的食客,其实是一批蝇营狗苟的蛀虫,请他们喝泥汤既恰如其分,又充满讥讽的含义。在玩笑中流露着对生活的严肃感情。吃吃喝喝的朋友,并不是真正的朋友。《在里面不好》,是讽刺传统习俗的。有人问阿凡提:"路上碰见棺材,是走在前面好呢,还是走在后面好?"阿凡提没有正面回答,他神秘地说:"老实告诉你吧,就是在里面不好。"他的这番玩笑是讥讽,也是规劝。因为在棺材前后左右,无论哪一个方位,都是一种世俗的习惯,其本质是自欺欺人的。而"在里面不好",则是对矛盾本质的直率揭露。总之,阿凡提的机智铸就了阿凡提轻松的喜剧形象,它把一般喜剧中常见的那些平庸、粗俗、肤浅的东西吞噬了,把那些低级、猥琐、丑态的东西扬弃了,使那些反面的,否定的被讽刺的对象显得如此相形见绌、自惭形秽,喜剧从此进入了美的世界。阿凡提为喜剧艺术丰富了诗意,阿凡提本身也是一个诗化了的形象。

含蓄是诗的艺术特征。一切艺术都追求含蓄，因此，一切艺术都应该是诗。喜剧的含蓄当然要富有趣味，无论是哲理的抑或是情感的都必须和喜剧性相结合，这便是人们常说的"理趣""情趣""意趣"等。这些趣味的获得，不在艺术现象的表面，而在深层结构的内部。需要由表及里地开掘或由此及彼的想象。因此，含蓄主要不在于表现技巧，而在于思想的深刻性与形象的具体性极其生动地结合为一体。触及了表象就触及了与其紧密联系的隐含。因此，一切艺术都具有形象表面和潜藏于底部的"双重结构"。艺术家就是要发现这"双重结构"，并把握它们之间的丰富联系。他不把一切都说出来，而只把其中的关系、条件、界限告诉你，结论由欣赏者自己审度、联想。它们往往相反相成地扭结在一起，形成着喜剧矛盾的对立和失调。如同谜面与谜底的关系一样，艺术形象只不过是一个谜面，深层结构——谜底，则要由欣赏者自己体味，这便是喜剧含蓄的"意会性"。阿凡提式的含蓄，在"逆境反转"和"理性倒错"的映照和规定下，也采取虽浅犹深、亦简亦丰的形式。《炕太小了》说阿凡提前妻死后又续娶了个寡妇，晚上夫妻闲谈，各夸两人原来的亲人，阿凡提气恼不过就把续妻推下炕摔伤了。第二天续妻的父亲前来质问阿凡提，阿凡提说："谁也没推，是她自己掉下去的。"续妻的父亲不信："那么大的炕，怎么会自己掉下去呢？"阿凡提说："您不知道，我们两人正坐在炕上，忽然我的前妻来了，我们就成了三个人。一会你女儿的前夫也来了，这就成了四个人了。

你想，一个炕上怎能容得下四个人？这不，你女儿就掉下去了！"这里阿凡提表面说的是炕，其实暗指爱情借以存在的位置，原因当然不是由他推而是因她引起的前嫌造成的。谜面和谜底之间需要由表及里地审度。《钝刀剃头》描写阿凡提的朋友以很钝的刀子给他剃头，还时不时地问他痛不痛。阿凡提闭上眼睛说不痛，"你这样剃法，使我舒服得不觉睡着了，而且做了个梦，梦见一条狗咬我的头哩。"阿凡提先是表示不痛，以正面避开朋友的问题，然后又通过做梦暗讽其拙劣的技艺，这里的含蓄在情节的曲折中隐现，由谜面而揭示谜底需要由此及彼的联想。审度和联想都要靠欣赏者思维和想象的能力。谜底和谜面是一种头足倒置的矛盾失调的关系。在《人的起源》中，一个老实人问阿凡提："听说人是胡大用泥捏成的，这话当真吗？""当真，"阿凡提回答，"人若是泥捏的，那么泥里掺麦草了没有？""掺了的。如若不然，人们在这悲惨的世界上，身子早叫泪水泡散了。"这是一篇富有哲理性的笑话，阿凡提并不直接否定胡大的存在，也不正面批评"老实人"的愚昧，而是用胡大既造了人又给了他们以不幸，这个极其矛盾的现实，曲折地指出胡大的虚伪和欺骗，谜底是在"二律背反"中推演出来的，现象概括出来了本质。《猎鹰的灵魂》也是如此。阿凡提把国王的猎鹰闷死在口袋里了，国王很生气，阿凡提却感到奇怪，他说："布袋的口扎得紧紧的，鹰的灵魂是从哪儿跑掉的呢？"阿凡提意在指出：灵魂和生命是不可分离的，要么相信灵魂不死，要么相信生命的实际存在；离开了生命是无所谓灵魂的，它们之间也是一种"背律"。这里不仅需要联想和想象，而且需要推理和演绎。《塔与井》里有人问阿凡提塔是怎么修成的，阿凡提随口回答："把井倒过来，就成了塔了。"《鱼上树》里有人问阿凡提："要是水里失起火来，那么多的鱼往哪里跑呢？""就往树上跑。"阿凡提回答。这里相当形象地阐明了逻辑和前提——推理的关系。所有这些都不是采取深奥、艰涩的表现形式，而是白而又白、俗而又俗的，但它们却耐人寻味、咀嚼。应该说阿凡提已经把笑话提纯到诗的浓度，不仅有诗的简洁，同时有诗的丰厚，但它们却又是令人解颐，捧腹的"喜剧诗"。喜剧艺术进入至幽默阶段已经登上了它的高峰，阿凡提就是卓立不群站在这峰巅的风云人物。他当然不是一个世代也不是几个人铸成的，而是融汇了人民群众的智慧，积淀着历史时代的陶冶。阿凡提之所以成为不朽的世界性形象，也正因为他具有无比广阔的活动空间，和永不完结的历史时间。随着时代的前进和社会的发展，喜剧艺术必将成为整个文学艺术的一个不可避免的潮流，阿凡提的影痕和魅力也将为其他一切文艺形式所吸取，阿凡提形象不仅将不断被丰富，而且将不断分蘖、繁衍，成为人们所钟爱的伙伴。

# 论阿凡提故事的思想艺术特色

朱宜初*

阿凡提，意为"先生""老师"，它不是人名，是一种尊称。而今通常将其看成一个人的名字了。关于阿凡提的故事，在伊朗、土耳其、阿拉伯地区、保加利亚、阿尔巴尼亚、罗马尼亚，以及我国新疆等地都广泛流传。我国的维吾尔、乌孜别克、柯尔克孜、哈萨克等民族都流传有他的故事。阿凡提已经成为"世界的形象"，欧美和亚非各国也熟悉他的故事。

但在民间传说中，许多国家和民族都喜欢将他说成是本国、本民族的人物。我国新疆维吾尔族老人甚至说他们的父辈亲眼见过阿凡提。

从这些资料看来，历史上确有阿凡提其人，而民间盛传的阿凡提却又是个虚构的人物。各国、各族人民按自己的生活、理想和愿望来塑造阿凡提这个人物。

民间故事中的阿凡提，也是历代人民将一切幽默、机智

---

* 朱宜初，云南大学中文系教授。

的故事，统统集中在一个人身上，经过理想化、典型化了的人物。

本文不致力于探索历史上是否有阿凡提其人其事，本文只就阿凡提的故事进行研究。

一

几乎每个民族都有自己喜爱的机智人物。这些机智人物为大家传颂，家喻户晓，如蒙古族的巴拉根仓；藏族的阿古登巴；纳西族的阿一旦；傣族的召玛贺、细维季、艾西等。维吾尔族的阿凡提故事流传得更广泛，阿凡提是个"世界的形象"，是个艺术典型人物。

阿凡提具有劳动人民的反抗精神、乐观精神，他对巴依（财主）、国王等统治阶级上层人物，敢于斗争，善于斗争，以他特有的、幽默的、风趣的乐观主义情绪巧妙地斗争着，他的斗争艺术体现着人民的理想、智慧、愿望，体现着人民对自己事业必胜的心理。他是个幽默的、诙谐的、有趣的、可亲的游侠式的英雄人物，在艺术上、美学上，他是个喜剧性人物、传奇性人物。

阿凡提这个典型人物的塑造，有别于作家的典型人物塑造。作家的典型人物塑造，主要是作家一人塑造出来的，是个人的创作。而阿凡提的塑造是长时期千千万万人集体的创作、加工。

阿凡提的典型塑造，也不像《格萨尔王传》《娥并与桑洛》《阿诗玛》《江格尔》等作品的典型塑造。后者的典型塑造，是通过一个作品——同一题材和主题完成的。阿凡提的典型塑造，却是通过一大批短小精悍的故事来完成，这一大批故事环绕这个幽默、机智、传奇性的喜剧人物，讲着主题不同、情节不同、题材不同的各式各样的故事。由于是民间集体创作，所以这位到处流浪的游侠式人物，忽而是农民，忽而是理发师，忽而是染布匠，忽而是医生。这大约是各行各业以及各阶层的机智人物笑话都附会到他身上去了。人们的希望、理想寄托在他身上。人们希望他嘲笑一下法官，他就出现在法庭上，人们希望他嘲笑一下国王，他就出现在宫殿里……他好似适应着人们的愿望在不断地改变他的职业和身份，而这些都是为了更好地发挥他的机智和才能，更好地与不合理的现象进行斗争。

从阿凡提的职业、阶层或阶级的不固定，所在地区的不固定，也反映出他主要是个虚构出来的人物，有别于客观存在的历史人物。人们塑造这个典型人物时，安排他承担什么角色，只是为了演出那出喜剧的方便。因此这一故事中他的职业、阶级可能与另一故事中他的职业、阶级自相矛盾，这种矛盾——听众和讲述人都不去计较的，都只是着眼在他的机智和喜剧性上。阿凡提众多的故事在塑造典型时，并不拘泥于细节的自相矛盾，这在文人创作中是不会出现的。阿凡提典型性格的完成，是依赖于众多故事形成的整体性。

阿凡提典型性格具有突出的个性，他不是公式化的人物，他有血有肉，生气虎虎，他的性格不是平面的，是丰富的、多方面的，是通过众多的故事从各个侧面来塑造的。他的多方面的性格，有的表现为具有强烈的倾向性、斗争性、政治性，有的表现为更多的欢乐和幽默。他是个立场鲜明的人物，是个政治性、倾向性鲜明的人物。他总是维护劳动人民的利益，他对国王、大臣、宗教上层人物总是展开面对面的斗争，他的斗争方式是有趣的、诙谐的、幽默的。他是个乐观主义者。他不是道貌岸然的，他有斗争的时候，也有自娱、自嘲的时候，也有只是为了欢乐而给人带去欢乐。他的幽默有时与讽刺密切结合在一起，含有深意；有时幽默只是为了娱乐，不含有什么深意。前者给人教育，鼓舞斗志；后者给人心情舒畅，恢复精神。都不失为佳作。恩格斯评民间文学时说道："在一个农人晚间从辛苦的劳动中疲乏地回来的时候，使他得到安慰，感到快乐，使他恢复精神，忘掉繁重的劳动，使他的石砾的田地变成馥郁的花园。"[1]恩格斯并不认为一切作品都要具有强烈的政治性、倾向性，他认为民间文学只要给人"安慰""快乐""恢复精神""忘掉繁重的劳动"，就是好的。

人们的爱好是多方面的，阿凡提的故事从多方面满足了人们的爱好。阿凡提的故事大致有两种：有的作品幽默中有讽刺，有倾向性、政治性，有的作品则只是幽默而已。

当我们谈到作品的倾向性、政治性时，往往引起人们一种错觉，好似有倾向性、政治性的作品必然是干巴巴的、索然无味的。人们把作品的倾向性、政治性与公式化、概念化联系在

---

[1] 马克思、恩格斯《马克思恩格斯论艺术》，第4卷，人民文学出版社1960年，第401页。

一起，似乎倾向性、政治性必然要否定娱乐性、趣味性，似乎进行教育、进行斗争都只能一本正经、板起面孔、正襟危坐。阿凡提的故事却以民间创作的实践响亮地回答了这个问题，它证明了倾向性、政治性、教育性是可以寓于趣味之中、审美之中；思想性与趣味性、教育性与娱乐性是可以结合在一起的。

阿凡提的性格特征既严肃又幽默，他原则性强、斗争性强，他为人民办好事，与剥削阶级进行不懈的斗争，他的人生观是严肃的；但在严肃中却颇具诙谐、幽默的风格。阿凡提的典型性格将严肃与轻松结合在一起，将严肃的工作、斗争、教育与轻松的趣味、愉快、欢乐、笑声结合在一起。

阿凡提的性格具有鲜明的政治倾向，他爱憎分明，站在人民一边，同情人民，帮助人民，是劳动人民自己的化身，劳动人民通过阿凡提，将一些统治者、上层人物斗得节节败退。在现实生活中，旧社会的劳动人民受尽了压迫、剥削，统治者趾高气扬，而民间故事却塑造了阿凡提敢于蔑视统治者，大长了人民的志气，大灭了统治者的威风。阿凡提大胆有为，机智过人，对剥削者及权贵展开了面对面的斗争，自国王、贵族、大臣，到宗教上层人物，在阿凡提面前被揭露得原形毕露，使人民看出了他们的丑恶本质。如《国王的灵魂》《国王照镜子》《皇帝的身价》《金钱和正义》《给我与给你》等故事中，均有突出的表现。

《国王的灵魂》里，阿凡提说国王的灵魂上不了天堂，国王大怒，阿凡提说："别生气，这是因为您把应该上天堂的人杀得太多了。天堂已经让他们住满了，再也容不下您啦！"阿凡提对国王的斗争，表现出他大无畏的精神，而且十分机智地道出了国王上不了天堂的理由，揭露了国王杀好人杀得太多的残暴本质。反面人物是处于受审判的地位，而阿凡提却一开始就掌握了进攻的主动权。

有的阿凡提故事，一开始可能是反面人物得势，反面人物取得进攻的主动权，但最终总要发生转化，以阿凡提的机智取得最后胜利作为结束，最终嘲笑的对象总是反面人物。如《至理名言》：巴依买了箱细瓷器，说："哪个给我背回家去，我就给他三句'至理名言'。"阿凡提想知道那三句"至理名言"，长长智慧，就给他背了。走到半路，阿凡提请他说他的"至理名言"。巴依说："好，你听着，要是有人对你说，肚子饿着比饱着好，你可千万别相信！"阿凡提说："妙，妙极了。"又背了一段路，阿凡提问："那么第二句呢？"巴依说："要是有人对你说，徒步走路比骑马强，你可绝对别相信呀！""对，再对没有了！"当阿凡提把箱子背到他家时，问："那第三句呢？"巴依说："要是有人对你说，世界上还有比你傻的短工，你可怎么也别相信呀！"这时，阿凡提将背瓷器的绳子松了，"哐啷……"一阵响，满箱的瓷器都摔在地上了。阿凡提说："要是有人对你说，箱子里的细瓷器没有摔碎，你可绝对不要相信呀！"

这个故事里的反面人物巴依，最初狡猾地掌握了进攻的主动权，一再愚弄阿凡提，阿凡提处于劣势的屈辱地位中，但他急中生智，一下子反被动为主动，使反面人物一点好处也没有捞到，有力地嘲笑了反面人物。

阿凡提性格塑造的特征，是大胆地解除这位理想人物的社会束缚、思想束缚，放手让他与反面人物进行无所顾忌的斗争。这个人物是思想解放的人物，他毫不掩饰自己对统治者、宗教上层人物的厌恶感情，在他身上体现出劳动人民与统治阶级的不可调和的矛盾。所以当喀孜问阿凡提"死后，你想上天堂还是愿意入地狱"时，阿凡提就反问道："你呢？"喀孜说："我积善积德，是能上天堂的。"阿凡提就说："那么，我就去地狱。横竖我不跟你在一起。"这故事反映出阿凡提的机智，他宁可去地狱也不跟喀孜在一起，这深刻地揭露了喀孜造成的罪恶比地狱还可怕。

　　阿凡提的性格具有鲜明的倾向性、政治性、斗争性，但是，阿凡提性格也还有些没有什么倾向性和政治性的东西。鲁迅在《这也是生活》一文中谈到战士的时候，曾说一个战士打仗的时候，勇敢地杀敌，流血拼命，但并非战士在吃西瓜的时候，也一定要想到杀敌的大道理。鲁迅说战士在吃西瓜时，大抵只觉得它好吃，解渴，未必就想到帝国主义瓜分中国就如吃西瓜一样。鲁迅讲这些话的时候，无非叫大家创作战士、英雄的形象时，不要搞成阶级标签式的人物。阿凡提就不是那种阶级标签式的人物，阿凡提有对敌斗争的时候，也有自娱、欢笑的时候，他做的事未必件件都有教育性、倾向性、政治性，他或是自娱，或是逗笑别人。他是个可亲可爱、逗人喜爱的机智人物，他有时"大智若愚"，干出些傻事，有时是自己"打趣"和"装傻"。

　　阿凡提是个喜剧人物，人民喜爱他，有的将他讲得傻乎乎的、傻得可爱、傻得天真。有的将他讲得傻，那是装傻装得像，装傻将别人逗笑了，他自己还不笑。在现实生活中有些风趣的、幽默的人常常就有类似的特征，他自己打趣、自己寻乐、自己寻开心、故意装傻。阿凡提的某些故事，正是这样创作出来的。

因此，不要将所有讲阿凡提傻的故事，都分析成是统治阶级为了污蔑阿凡提而捏造出来的。当然，其中某些的确是给阿凡提脸上抹黑的故事，那很可能是统治者捏造的。

那种装傻、逗人发笑的事，如《遗失胡子》。故事说，阿凡提与一爱开玩笑的人一起进城，走累后，阿凡提说："我睡一会儿，你等一下叫醒我。"那人乘阿凡提睡着的时候，将他的胡子剪了，然后叫醒他。阿凡提醒后，摸摸没有胡子，就说："你怎么不守信用？我请你把我唤醒，你却把一个没有胡子的人唤醒了。"这个爱开玩笑的人给阿凡提开了一个玩笑，阿凡提也回敬了一个玩笑，看来是两个开心的人碰在一起自寻开心的了。这类故事引人轻松愉快，未必有什么深远教育意义。当然也可以说，它嘲笑了思考问题的片面性，将某人有无胡子的次要特征当成了某人的本质特征来理解，因而"认错了人"，闹了笑话。

《井中人》：阿凡提的儿子吃馕时，将馕掉到井里去了。阿凡提到井边去看，见自己的影子，就说："你这么大的年纪了，也不害臊，还抢小孩的馕。"

《守树》：阿凡提每晚都将自己种的树拔了扛回家去。别人问道："你这是干什么？"阿凡提说："万事自己谨慎些，但不要把邻居看成贼,就是这个意思。"

这类故事不过是人民信手拈来,将阿凡提点染成有趣、诙谐、幽默的人物。阿凡提的缺点、毛病、装傻、憨愚之类,都无伤他的优秀品质,无损于他为人民所喜爱;相反,甚至使人感到阿凡提人物性格的丰富性,因而更可爱可亲。

## 二

要看到阿凡提性格的丰富性和复杂性;不要将阿凡提看为一个阶级符号。

我们生活在阶级社会,就必然有个阶级性的问题,但又不能将一切生活现象、一切文艺形象都说成阶级斗争、阶级倾向,而对阶级性又曲解为只有"红、白"两种现象,于是对人物形象都用贴阶级标签的办法来分析。如认为阿凡提是个机智人物,凡属不智之处都是统治者的篡改或捏造。又认为阿凡提是个正面人物,凡属不正之处也都是统治者的篡改或捏造。这是对阶级性的简单化的理解,它不承认不同阶级可以相互影响或相互转化,不承认现实生活中的阶级现象比概念中的阶级性更复杂、更多样。这种观点无法理解丰富多彩的、复杂多样的文学现象,常常阉割典型形象的丰富性和复杂性,导致典型形象是"时代传声筒"的结论。

阿凡提不是个"时代传声筒",不是政治概念的"形象化",不是图解式的人物,他生气虎虎,有血有肉,活灵活现,丰富多彩。他嘲笑一切贪婪、残暴,也嘲笑人的缺点和错误,还嘲笑自己。他有时表现出极其的智慧；有时"大智若愚"；有时思考问题，在这一方面思考得那么深沉，另一方面却完全忽视了，因而造成笑柄。他思考问题的深刻性和片面性常常结合在一起，在一方面是太精明、太聪明，在另一方面却又是那么愚蠢、无知。真是阿凡提式的愚蠢和机智，具有它的独特风格。如《买油》，故事说阿凡提用碗去买油，油倒满后，老板问："剩下的油倒在哪里？"阿凡提却想到碗底的坑坑可以倒，这思考得太精明了。于是，他将碗翻过来，叫老板将油倒在碗坑里。当他端着这碗坑里的油回到家时，他妻子问他怎么只买这点点油，他说："这边还有哩！"将碗翻过来，连这小坑坑的油也倒掉了。这是个充满幻想的故事，情节是幻想的，不能将它当为实有其事的来分析。阿凡提的思考方式也是夸张了的、幻想了的。通过幻想，将极其聪明和极其愚蠢这一对矛盾巧妙地统一在一个人物身上，造成使人乐不可支的喜剧式矛盾，真是智中有愚，愚中有智，智愚糅合得那么巧妙，风格独特。

民间文学塑造典型人物的时候，并不把人物性格简单化、"面谱化"。阿凡提这个逗人喜爱的人物并非十全十美的，并非"神化了"的正面人物，但他始终不失为一个正面人物、机智人物。他自有其感人的可爱之处。

## 三

阿凡提故事的艺术表现手法，主要是浪漫主义的表现手法。它充满强烈的对比，极度的夸张，大胆的虚构，丰富的幻想。

强烈的对比，主要表现为阿凡提的机智与反面人物（如国王、财主等）的愚蠢进行强烈的对比。如《皇帝的身价》《种金子》《冲着国王叫驴子》《好极啦》等。民间之所以喜欢用这种对比手法不是偶然的，那是由于人民美好的理想与不合理的、丑恶的现实的矛盾。这一美一丑的矛盾就是强烈的对比，是理想的形象（阿凡提）与现实的丑恶形象（国王之类）鲜明的对比。

民间故事通过想象、虚构、假设，改变了现实，对现实生活进行了浪漫主义的描写，它带有与现实生活不同的色彩，它有显明的夸张，大胆的想象。如《锅生儿》《死了也不会往下走的》《国王有四条腿》这些故事的情节，在表面上都是远离现实生活的，不似现实生活的，但实质上它却又与现实生活紧密地联系在一起。它深刻地揭露了现实生活的本质，更符合生活的真实。

阿凡提故事的情节，经常是现实生活中稀有的、例外的、意想不到的，或是生活中未定型的，或生活中根本不可能出现的，但它来自现实生活，是从现实生活推想、联想、想象出来的，它有生活气息，能反映生活真实。如《国王的灵魂》《修行妙法》《挖掘坟墓》《最欢乐的日子》等。在现实生活中，国王是神圣不可侵犯的，而在故事中阿凡提却面对国王，说了众人想说而不敢说的话，干了众人想干而不敢干的事。他对国王说："睡觉是您最好的修行妙法，因为'恶人醒不如睡'。"他对国王说："陛下，为您自己挖掘坟墓，这是件最有意义的事情了。"他又曾对国王说，"百姓最欢乐的日子就是陛下有幸上天堂的那一日！"他还敢哄国王种金子；敢送一头完全与国王要求相反的驯服的狗……这些在生活中也可能永远不会出现，但人们却又希望它出现，或欢呼它的出现。人们不满意现实生活，在现实生活的基础上，随意点染了它，夸张了它，改变了它，从幻想中摄取形象，构思出与现实迥然不同的、簇新的、独具特色的故事，它具有强烈的主观色彩，明显的虚构成分。表面上它给人的现实的东西太少太少，实质上它给人的现实的东西，比现实生活更多、更丰富，这类故事的现实意义正在这里。

阿凡提故事将现实生活中一些不合理的现象加以想象、幻想、夸张、发展、渲染到滑稽的地步，因而突出地嘲笑了它，将它的缺陷、矛盾、不合理，夸张到荒谬绝伦，这就引起了笑，也更加深了对它的否定，更揭露了它的本质。如《锅生儿》《种金子》都是。这类故事将现实性与荒诞性巧妙地结合在一起，将真实性与假设性巧妙地结合在一起，是漫画式的形象和故事。

## 四

阿凡提故事的另一艺术表现手法，就是它的幽默与讽刺。

什么是幽默呢？幽默是英文humorous的音译。幽默是指以诙谐的态度，突然地、出人意料地揭示出讲述对象的缺陷或矛盾；而这缺陷或矛盾一向是在完美的、无矛盾的外衣下掩盖着。幽默由于用诙谐的态度和突然的手法揭示了这矛盾，听众或观众一下子从完美中发现矛盾，于是引起笑。我国的相声艺术惯于使用幽默的手法。阿凡提故事也惯于使用这种手法。

阿凡提故事说，王子的老师盛夸王子学得十分聪明了，他说："比如你手中握的什么，他只要看一眼你握的拳头，就能说出来。"阿凡提就走过去叫王子看他握的是什么，王子有难色，阿凡提就提示道："四周滚圆，中间有眼，你说这是什么？"王子端详了半天，叫道："磨盘！"阿凡提把手伸开来，原来是只戒指。

"聪明"的王子能看出你手中握的是什么，却突然转到愚蠢地认为手中可以握着"磨盘"，原来却是只戒指。故事在幽默中讽刺了王子。

《当喀孜用不着脑子》《胡大是放高利贷的》《我的车里坐的是狗吗？》，都是将幽默与讽刺结合在一起，在幽默中、笑中讽刺了反面人物，讽刺的正是社会中的本质的重要的问题。因此就不能同意那种将幽默与讽刺对立起来的说法。季摩菲耶夫在《文学概论》[1]中说："如果某一现象的缺点已经不能使人同情，对它的态度必须变为更严肃的时候，我们就在幽默形象中看到否定因素的加强，我们便离开幽默而接近讽刺了。""幽默基本上是对现象的次要的局部的因素的否定，而讽刺是对它普遍的基本因素的否定。这是幽默和讽刺之间的重要差别。"

---

[1] 季摩菲耶夫《文学概论》，查良铮译，平明出版社1953年。引文见该书第三章。

有些作品的幽默与讽刺的确是分离开来的，好些幽默作品不带讽刺意味，好些讽刺作品也很严肃，幽默成分很少。但是阿凡提故事中大量的作品却将幽默与讽刺结合起来，将严肃与轻松结合起来，将教育与娱乐结合起来，它在笑声中进行着斗争，它在幽默的笑声中所否定的因素常常是社会的本质，是社会的重要问题。

《锅生儿》《饭菜的香味和钱的声音》等都将幽默与讽刺结合在一起，是具有漫画式的形象。幽默与讽刺的结合，使真实性、可信性、严肃性与趣味性、娱乐性、怪诞性结合起来了。它像漫画一样，"形似"上好像不似现实，"神似"上却更真实。正如我国传统戏剧的演出，"形似"上好似不像现实——骑马无马，上楼无梯，渡河无船无水，但用一马鞭可见上马下马，用一木浆有如在风浪中行船，形不似，神更似。若追求表面上的"形似"，陷入自然主义，就破坏了艺术效果。

幽默与讽刺的形象，不求表面的"形似"，重在"神似"，漫画式地嘲笑了社会的本质方面和重要问题。

幽默与讽刺这种艺术手法在阿凡提故事中广泛地使用着。艺术手法与世界观有着密切的关系，阿凡提故事中的幽默与讽刺，来自民间对国王、大臣、财主的憎恨，由于对丑的憎恨，对丑引起的"突然的荣耀"感到可憎、可笑，于是丑和笑连在一起了，笑它背离真理，笑它荒谬绝伦，嘲笑了丑，对丑进行了深刻的揭露与讽刺，对丑进行了嘲笑和否定，从而树立了美。因此，丑的事物引起了美感，从丑里面产生美是有条件的，那就是需要批判丑，嘲笑丑，丑才能转化为美，否则丑不可能产生美感。

阿凡提故事中的幽默与讽刺正是这样产生的，它是通过嘲笑丑的国王、大臣、财主等等，才产生了美感，是通过嘲笑来否定。奴隶的笑、人民的笑经常是与悲愤连在一起的，鲁迅说："古埃及的奴隶们，有时也会冷然一笑，这是蔑视一切的笑，不懂得这个笑的意义者，只有主子和自安于奴才生活，劳动较少，并失去了悲愤的奴才。"[1]

阿凡提故事不仅讽刺了统治阶级，也讽刺了人的缺点和毛病，如讽刺自私、贪财、虚荣、迷信，以及吃白食、吹牛拍马等。阿凡提也嘲笑自己身上的一些毛病和缺点，如《报仇》《打鸡》等。但他对不同的对象，有不同的态度，对于敌人的讽刺，是在幽默中有尖锐的、深刻的、一针见血的抨击，在笑中语气辛辣、战斗性强、火药味重；对于普通人则是善意的笑，善意的批评，与人为善的态度，它带有柔和的打趣、轻微的嘲笑。如嘲笑蹩脚的理发师，那理发师每剃破一个地方就粘上一点棉花，于是阿凡提就给那理发师说："这半个头上你给我种上了棉花，剩下的地方让我自己去种胡麻吧！"

讽刺的对象不管是谁，无论他是敌、是友、是"我"，它总是有缺陷，有不合理之处，值得否定，值得批判。所以毛泽东同志说："讽刺是永远需要的。但是有几种讽刺，有对付敌人的，有对付同盟者的，有对付自己队伍的，态度各有不同。"[2]

---

[1] 《鲁迅全集》第五卷，第358页。
[2] 毛泽东《在延安文艺座谈会上的讲话》。

## 五

阿凡提故事在结构上有它自己的特色。

阿凡提故事是众多的，它们各自独立成篇，但它们又有相互的联系。众多的阿凡提故事，风格是一致的，艺术表现手法也相近；而且，它们都环绕着幽默、机智的性格来塑造人物，塑造了一个感人至深的阿凡提。

众多的阿凡提故事，从情节上来看，它们篇与篇之间没有相互联系的痕迹，各篇的故事自有其完整性，它们各篇表现了自己的主题。从每个故事来看，有如一颗颗明珠，但将它们联系起来看，它们又如串串明珠组成了一个完整的艺术珍品。——众多的阿凡提故事又形成了它自己的艺术特色。

阿凡提故事结构上的另一特点就是短。故事短，篇幅小，但能短小精悍。周亮工《尺牍新钞》上说从前有个张宾王，读他的朋友的文章后，不客气地批评道："他人说得少，愈多；子说得多，愈少耳。"会讲故事、会写文章的人虽说得简短、写得简短，包含的内容却很多；不会讲故事、不会写文章的人长篇累牍，包含的内容却很少。阿凡提故事篇篇都是"说得少，愈多"。它能以小见大，以少胜多，用短小的篇幅揭示出重大的社会问题。

阿凡提故事在结构上经常是"开门见山""单刀直入"，矛盾提出得快，单线索地组织故事，它根本不用双线索地组织故事，它具有民间文学的单纯美。单纯美之所以不同于简单化，那是因为它在单线索中也能使故事波澜起伏，变化多端，妙趣横生，引人入胜。这些又来自它浪漫主义的、主观性的虚构、想象，以及它独特的艺术表现手法。同时也由于故事题材的典型性和主题的深刻性，使它获得了单纯美的美学价值，使它不陷入简单化之中。

一般的笑话，其结构形式多是只用一个人物，这个人物就是被嘲笑、被批判的对象，如《笑府》《笑林广记》等。在阿凡提故事中，只有少数自嘲的故事才是如此，如《捞月》讲阿凡提捞水中月亮的故事，《灌肺法》也只讲阿凡提的故事，没有别的人物，有的话，也只起衬托作用。阿凡提故事多数是运用另一种结构形式，它使用两个人对比，阿凡提的机智、正面人物、美好形象，与愚蠢、反面人物、丑恶形象的对比，这种对比的结构形式，起到深化主题、突出典型的作用。

总之，阿凡提不论从思想性或艺术性上来看，都不愧是"世界的形象"，是劳动人民的生活思想和智慧的结晶，是艺术中的瑰宝。

# 毛拉·纳斯尔丁与阿凡提

唐孟生　孔菊兰[*]

阿凡提的故事在我国流传很广，几乎是家喻户晓。阿凡提这个人物性格鲜明，机敏过人，不畏强暴，乐于助人，是群众熟悉和喜爱的艺术形象。这个人物在阿拉伯国家叫朱哈，在土耳其和伊朗叫毛拉·纳斯尔丁，在我国新疆叫阿凡提。阿凡提这个人物形象确实可以当之无愧地被称为"世界性的形象"。

在巴基斯坦也流传着一些名叫毛拉·纳斯尔丁的人物故事。毛拉·纳斯尔丁和阿凡提是同一个人物，只是国籍不同取了不同的名字而已。探讨阿凡提和毛拉·纳斯尔丁故事之间的异同，研究这些故事在不同地区，不同国家流传过程中的变异，对于加深理解这些故事的内容，了解艺术与生活，艺术与宗教、习俗的相互影响，有着极为重要的意义。

我国搜集整理的阿凡提故事的版本很多，巴基斯坦出版的

---

[*] 唐孟生，北京大学外国语学院、教育部重点研究基地东方文学研究中心教授；孔菊兰，北京大学外国语学院教授。

毛拉·纳斯尔丁故事也有几种。现在我们仅据1959年中国民间文艺研究会编印的《阿凡提故事》与巴基斯坦斯尔达·穆罕默德·汗·阿杰孜编著的《毛拉·纳斯尔丁》做些初步的探讨和比较研究。

《阿凡提故事》中收有155则故事，《毛拉·纳斯尔丁》中收有193则故事。通过比较可以看出，两书中有一小部分故事在主题、情节、结构上是完全相同或相似的；还有一小部分故事是完全不同的；其余大部分故事主要情节相同或相似，但在某些细节上有些变异，因而导致在主题或情趣方面出现了差异。

一、《阿凡提故事》与《毛拉·纳斯尔丁》中完全相同的故事很多，如《月问》与《太阳系》、《剃头》与《吃穿都种上》、《失驴》与《寻找中的乐趣》、《一对好夫妻》与《谁的贡献大》、《看梦》与《眼花了》等大约22对。这些故事虽然题目不同，但其主要情节则大体相同或相似。在《阿凡提故事》中的《知道》与《毛拉·纳斯尔丁》中的《毛拉讲经》就是这样。在《月问》与《太阳系》中，有人问阿凡提说："新月出来之后，那老月亮做什么用了？"阿凡提回答："新月亮出来后，就把老月亮切碎做繁星啦。"同样的故事，在土耳其的《纳斯尔丁的笑话》、伊朗的《毛拉·纳斯尔丁》、阿拉伯的《朱哈的趣闻轶事》中都有记载，而且完全相同。

为什么这些借用来的故事在如此众多的国家里流传，而且经过多少世纪的口头传播，却仍然能够保持完全的一致呢？只要我们认真地加以分析、研究，不难发现下列因素具有至关重要的作用。

1.阿凡提故事这类作品是人民大众在长期的历史过程中集体创作的产物,集中反映了人民的愿望、情趣,具有浓郁的生活气息,它与产生和流传这类故事的地区和国家的生活习俗、宗教信仰有着密不可分的联系。宗教信仰是一定历史阶段社会生活的产物,反过来又作用于社会生活,对一定社会的政治、经济、文化以至社会心理、风俗习惯等产生强大的影响。阿凡提故事正是通过穆斯林教徒所熟悉的宗教礼仪和习俗,来嘲讽那种盲目无知、麻木不仁的人情世故,用诙谐的笑话幽默地回答了那些荒唐的问题,构成了人民喜闻乐见、情趣横生的篇篇故事。

2.民间故事虽然在流传过程中受彼时彼地社会生活的影响会产生某些变异,但是由于它具有产生的年代悠久、流传面广、已经类型化,所以具有较大的稳定性特点。《阿凡提故事》与《毛拉·纳斯尔丁》中部分完全相似的故事就具有这种稳定性的特点。阿凡提这个人物经过多少世纪在如此广阔的地区流传,他已经类型化,固定化了,所以这个人物成了一个带有普遍性的喜剧形象。

二、《阿凡提故事》与《毛拉·纳斯尔丁》中有一大部分相同的故事。这类故事主要情节相同,细节略有变异。这是由于各地人民根据自己的需要对其不断加工改造的结果。人们抛弃与本地习俗格格不入的东西,增加了不少新内容和一些地方色彩,使之更符合本国、本地区读者的口味。如《鹅腿》与《鸡腿》、《代笔》与《我可不去旅行》、《鹌鹑》与《夜莺的种类》、《设想》与《启发》、《死》与《识别死人》、

《催生术》与《毛拉帮老婆分娩》、《速成》与《飞毛腿》等等。这一类故事所占比例很大。它们的结构大致相同，而故事发生的环境、人物、情调却迥异其趣。如《阿凡提故事》中的《鹅腿》与《毛拉·纳斯尔丁》中的《鸡腿》，前一个故事讲的是要去皇宫给皇帝送烤鹅，后者是去镇长家送烤鸡。皇帝与镇长之差别表明社会结构不同，送礼的对象也就不同。当问及为什么鹅（鸡）少一条腿时，《鹅腿》中的回答是："今年生的鹅全只长着一条腿。"《鸡腿》中的回答是："我们镇上的鸡都长着一条腿。"侍卫奉命去看鹅（鸡）到底有几条腿，前者描绘说，一个侍卫拿着棒子去追打鹅，把它们打得连飞带叫，四处乱跑；而后者描绘说，侍卫拿着棒子把鸡打瘸了，抓到镇长面前。而结尾都一样："要是像那样用棒子来追着你打的话，你也会两条腿变作四条腿的。"再如《代笔》与《我可不去旅行》，其基本情节一样，只是故事里的地名、人称不同。《代笔》中是给在京城的哥哥写信，而《我可不去旅行》中却是给在巴格达的朋友写信。可见，《代笔》中的改动是符合中国当时的国情的，而《我可不去旅行》中的改动则反映了当时印度穆斯林与阿拉伯地区频繁交往的情况。《鹌鹑》与《夜莺的种类》，两者虽然基本情节相似，但故事中的人物在流传中都发生了较大的变异。《鹌鹑》讲的是阿凡提去偷粮食，当别人问他是谁时，他说是鹌鹑，又学了几声鹌鹑叫，情节比较简单。而在《毛拉·纳斯尔丁》中则说毛拉去偷番石榴吃，园主发现后说："你真不害臊，这么大人，还像小孩一样偷别人的果子。"毛拉说："我是夜莺，夜莺可以随便落在一棵树上,摘果子吃对夜莺是没有限制的。"听了这话后,园主说:"如果你真是夜莺就叫几声。"毛拉叫了几声,园主听了笑着说:"哎呀,我的宾主啊,这么难听的声音,我还从没听到过。"毛拉说:"也许你还不知道,夜莺有好几种呢,这是其中的一种。"就内容而言,《夜莺的种类》比《鹌鹑》似乎更生动一些。这同一个故事在土耳其的《纳斯尔丁的笑话》,阿拉伯的《朱哈趣闻轶事》中都有记载,说的是主人公爬上一棵杏树偷杏子吃,园主问:"你在树上干什么?"他回答说:"我是夜莺,正在唱歌。"园主说:"你唱给我听听。"他便唱了起来。最后,《纳斯尔丁的笑话》中的纳斯尔丁说:"我是一只年轻的没有经验的夜莺,还不能唱得更好听。"《朱哈趣闻轶事》中的朱哈说:"普通的夜莺还不如我唱得好听呢。"不同的结尾,反映了不同地区不同民族的心理素质,表现了民间笑话在流传中的变异特性。

《鹅腿》这则故事中的"鹅",在土耳其的《纳斯尔丁的笑话》和阿拉伯的《朱哈趣闻轶事》中人物都是"鹅",而在《毛拉·纳斯尔丁》中"鹅"却变成了"鸡"。故事人物的这种变异是与当地的宗教习俗和心理状态有关的。家禽中,他们只吃鸡,视之为美味的肉食。因此,在巴基斯坦这种特定的条件下,把鹅换成了鸡,不仅易被人民接受,而且也增加了笑话的可信性。中国的鹅历来闻名于世,把原故事中的"鹅"原封不动地搬过来,是符合我国国情的。再如《阿凡提故事》中的《鹌鹑》与《毛拉·纳斯尔丁》中的《夜莺的种类》的共同点都是偷东西被人发现,都学鸟叫,但不同点则是,一个是学鹌鹑叫，一个是学夜莺叫。在《纳斯尔丁的笑话》和《朱哈趣闻轶事》中讲的都是"夜莺偷杏"的故事，可见这个笑话母体的主人公很可能是夜莺。而在《阿凡提故事》中夜莺却被改成为鹌鹑，这与我国新疆地区的自然环境和飞禽的生态情况有密切关系。鹌鹑通常生活在近山平原地带，我国的新疆地区也适合鹌鹑生长，因此是一种常见的禽类。而大部分处于荒芜的戈壁滩的新疆，却不适于夜莺的生存，所以夜莺很少出现。在我国新疆流传的故事中把"夜莺偷杏子"改为"鹌鹑偷粮食"，这是因地域不同，环境不同而产生的变异。鹌鹑和夜莺这两种鸟在巴基斯坦都有。18世纪末的印度在腐朽的莫卧儿王朝统治下，当时的勒克瑙地区曾经出现过斗鹌鹑热，产生了一批斗鹌鹑的王公贵族。那段历史被次大陆的穆斯林视为最耻辱的历史，因此，斗鹌鹑被视为统治集团腐败的象征，所以鹌鹑没有给人们留下什么好印象。与此相反，夜莺是次大陆，特别是巴基斯坦人民非常喜欢的鸟类。尤其在温暖如春的旁遮普的冬天，正当番石榴第二次成熟季节，这时节气候宜人，夜莺啼啭，令人赏心悦目。所以巴基斯坦流传的这类故事中人民选择夜莺作为故事的主人公不是偶然的。在这类故事中夜莺的出现既与当地的自然环境有关，也与人民喜爱这类禽鸟的心理状态密不可分。

在同中见异的故事中，还有一部分是由所在国不同民族间相互影响、相互借鉴而发生变异的。如《阿凡提故事》中的《设想》与《毛拉·纳斯尔丁》中的《启发》，前者说肉被狗叼走，后者说羊肝被乌鸦叼走。故事中"狗"和"乌鸦"的不同,反映了民族心理好恶的不同。众所周知,我国汉族和一些少数民族历来厌恶乌鸦,多把乌鸦看成不祥之兆。反之,却把喜鹊看作吉祥鸟。而在次大陆的巴基斯坦,人们则把喜鹊视为讨厌的东西。在外面周游了许久刚回到家的纳斯尔丁,老婆骂他:"长舌头的喜鹊,还知道回窝。"对乌鸦人们却不厌恶,毛拉看到小孩伤害乌鸦时,还去解救它。我们在土耳其的《纳斯尔丁的笑话》,阿拉伯的《朱哈趣闻轶事》《伊朗的阿凡提故事》中都可以发现乌鸦叼肥皂、叼牛舌头的情节。可见,在次大陆人们并不像我国汉族人那样厌恶乌鸦。而长期与汉族聚居的少数民族虽然在宗教信仰上与次大陆的穆斯林有许多共同之处,但在生活习俗和心理素质上却又不能不受到汉族的某些影响,所以把故事中的"乌鸦"改为"狗"恐怕就是这种心理状态的反映。《阿凡提故事》的《蟒年》故事中,有人问阿凡提多大岁数了,他说:"我的生年是蟒年。"别人回答说:"我们只知道有蛇年。"而在《毛拉·纳斯尔丁》的《毛拉的星座》中却没有提到"蟒年"和"蛇年"。原因很简单,有的国家或民族,包括我国新疆的维吾尔族不使用十二生肖。显然,《蟒年》的故事情节中加入了汉族的习惯概念。同样,我们在《毛拉·纳斯尔丁》的故事中也可以找到受印度各民族生活习俗影响的痕迹,如《多蒂腰布[1]的价钱》中的"多蒂腰布"就是一例。在《朱哈趣闻轶事》和《伊朗的阿凡提故事》中都有与《多蒂腰布的价钱》完全相同的故事,但这些故事都

---

[1] 多蒂腰布:一块宽两米的布,围于臀部和大腿,是印度教教徒习用的一种服饰。

是用"浴巾"而不是用"多蒂腰布"讽刺有钱人。一般说来，这种服饰因腿裸露在外面，穆斯林教徒是禁止穿戴的。在印度由于穆斯林教徒与印度教徒长期生活在一个国度里，在社会生活、婚丧嫁娶、风俗习尚，以至服饰穿戴等方面不可避免地会互相影响、互相吸收。这就是为什么最初由印度教教徒穿的"多蒂腰布"慢慢地也为穆斯林教徒所接受，从而又出现在《毛拉·纳斯尔丁》故事中的原因所在。

三、在《阿凡提故事》和《毛拉·纳斯尔丁》中有一部分故事虽然情节、结构迥然不同，但在思想倾向上却有许多共同之处。这些故事，就其思想倾向来看，有如下几类：

1.抨击宗教头目伊玛目、阿訇，明显地表现出对真主的不信任。如在《阿凡提故事》和《毛拉·纳斯尔丁》中都有一些故事运用诙谐的艺术形式，表现了人们对那些愚笨、贪婪的伊玛目的不满。如《阿凡提故事》中把喀孜比喻成毛驴，说："因为他很少用他的智慧，所以他脑子里充满了智慧。"《毛拉·纳斯尔丁》中的喀孜是一个收受贿赂的宗教法官；伊玛目教长的讲演冗长无味，常使听经人酣然大睡，或者全都走光。对于所谓主宰万物的真主，阿凡提和毛拉都多持否定态度。在《阿凡提故事》中，阿凡提明确地说："真主要给房子就在这个世界给，在那个世界上给上宽大的房子，我又不打算在那儿抢羊。"在《毛拉·纳斯尔丁》中，毛拉对许多向真主求雨的人说："你们对真主的心不诚，不然为什么不带雨伞来？"对神圣的宗教书籍持轻蔑的态度，把它说成是最好的"安眠药"、哄小孩的最好的"玩具"。他丢失了驴，说："真主保佑我丢了驴。"鞋被水冲走了，他说："如果你（真主）想让我再次净身做祈祷，除非你还给我鞋。"从这些例子中不难看出，阿凡提和毛拉对真主也是持讽刺态度的，他们是面对现实，勇于向"宿命论"挑战的现实主义者。

2.抨击腐败的社会，嘲讽官吏的愚笨无能，是这部分故事最引人注目的闪光点。在《阿凡提故事》中，阿凡提回答皇帝问题时说："如果皇帝还是这样往下压榨，不久他的国家也就要跟我（猫头鹰）的老窝一样了。"借用猫头鹰揭露封建皇帝统治的残酷。在《寻找智慧》中，阿凡提说："倘若陛下宫里没有老百姓用血汗换来的粮食，陛下今天怎么会有这样的毛病，会来跟我寻找智慧。"在《毛拉·纳斯尔丁》中，因毛拉对一个官吏写的诗持否定态度，便被投入监狱，放他出狱后官吏再次让他看诗时，毛拉说："我回监狱去。"宁肯再去坐牢，也不去恭维官吏。一个有钱人在描绘他的旅游见闻时说，他到了那城市后，那里每天都发生死人事件。毛拉说："你幸亏很快回来了，否则那个城里的人会由于你的光临而死绝了。"以上的例子说明阿凡提和毛拉有着十分鲜明的爱憎立场。在那黑暗的年代里，统治者依仗权势，无休止地欺压搜刮劳动人民，使得剥削阶级与被剥削阶级的矛盾十分尖锐。阿凡提和毛拉利用幽默的武器对他们进行无情的揭露和鞭挞，剥去他们道貌岸然的伪装，把他们的无知、贪婪、凶狠、欺诈的灵魂赤裸裸地展现在人民面前。

3.《阿凡提故事》和《毛拉·纳斯尔丁》对世俗的恶习也做了淋漓尽致的嘲讽。这部分故事往往深入浅出，意味隽永，并富有哲理性。如《阿凡提故事》有一些故事讽刺那些迷信并且恪守旧传统的人。有人问阿凡提："路上碰见棺材，是走在前面好，还是走在后面好？"阿凡提说："老实告诉你，就是在里面不好。"这则笑话用字不多，却规劝人们不要用迷信束缚自己。在《毛拉·纳斯尔丁》中，有一则讽刺庸医草菅人命的故事：一个医生路过一片坟地，把脸捂起来，毛拉问他为什么，医生说："这里埋的死人都是吃了我开的药死的，所以每当经过这里，我都不好意思，只好把脸捂起来。"听到这儿，毛拉也用手把脸捂起来了。医生问他为什么，毛拉说："因为我是你的邻居，在死人面前我也觉得惭愧。"

以上，我们着重分析了《阿凡提故事》和《毛拉·纳斯尔丁》中的共同点。下面，我们再来看看它们的不同点。

首先，在题材方面，《毛拉·纳斯尔丁》中写宗教题材的故事居多，特别是着重写真主的威力和万能，而《阿凡提故事》中赞美真主的故事甚少，这是由不同的国情所决定的。我国历史上儒家思想长期占据统治地位，无神论具有广泛的影响。维吾尔族虽然宗教意识比汉族浓重得多，但我国这种特定的环境必然要对他们有所影响，而这种影响也必然会渗透到民间文学中去。

在《毛拉·纳斯尔丁》和《阿凡提故事》中都有反对包办婚姻的故事，但是《毛拉·纳斯尔丁》中，这类故事则更多一些。这自然同巴基斯坦的历史和现状有密切的联系，在巴基斯坦包办婚姻历来是一个严重的社会问题。青年男女的婚姻往往要听凭父母之命，媒妁之言，而自由恋爱往往被视为大逆不道，受到社会舆论的谴责。在我国新疆少数民族地区虽然过去也曾有过类似的包办婚姻和歧视妇女的现象，但解放后，随着人民文化水平的逐步提高，特别是妇女走向社会，取得了经济独立，地位有了很大的改善。现在，歧视妇女，包办婚姻已经不是一种突出的社会现象了。

以上，我们对《毛拉·纳斯尔丁》和《阿凡提故事》进行了初步的对比分析，正如本文开头所指出的那样，阿凡提和毛拉这两个人物虽然名字不一样，其实是同一个人物，在性格上他们有许多共同点和相似之处。在不同历史时期，不同地区和国度流传的过程中同一个故事，同一个人物也发生了许多变异。联系各个地区、各个国家宗教信仰、风俗习惯，具体深入地考察这种变异发生的因果联系，有助于加深我们对这些作品的理解。

# 统摄整个生命的性格特征

## ——阿凡提幽默文学形象论析

李四成[*]

阿凡提的故事自20世纪50年代在全国广为流传以后,几十年来在专家、学者的参与下,对以阿凡提为代表的机智人物故事的研究已经取得了令人瞩目的丰硕成果。特别是祁连休先生在1978年率先提出"机智人物"学说的观点后,中国社科院文学研究所于1984年在湖北咸宁又专门召开了"全国机智人物故事"学术研讨会,"机智人物故事"的学说得到了专家、学者们的普遍认同。2001年祁连休先生的《智谋与妙趣——机智人物故事研究》专著的出版,把机智人物故事的研究又推向了一个新的高峰。但是,在机智人物故事研究中存在的分歧,并未因此而消除。笔者以为,针对阿凡提在近四分之一的故事中所表现出的非机智的一面,学术界存在不同观点,从表面形式上

---

[*] 李四成,新疆伊犁师范大学人文学院副教授。

看，是关于阿凡提故事在民间文学中的类属问题，而实质上是关系到对阿凡提这个艺术形象的不同认识。

## 一、围绕机智人物说的论争

在对阿凡提人物形象研究中，国内学术界先后出现过贾芝的大智若愚说、笑话人物说，袁忠岳的"英雄的伟大人格"说，胡振华的传说人物说，段宝林的喜剧人物说，高丙中、邹明华的超常人格说，祁连休的机智人物说等好几种具有代表性的观点，其中影响最大、最具权威的乃是机智人物说。

笔者认为袁忠岳先生的分析肯定了"阿凡提的傻行为是阿凡提的完整性格不可分割的一部分"，这在理论上补充和完善了贾芝先生的观点。虽然在20世纪50年代民间文艺理论的研究难以摆脱阶级斗争的影响，但两位先生对阿凡提故事的理论探讨，为后来者的研究奠定了一个良好的基础。对此，我们应该感谢两位前辈对阿凡提故事研究所做的贡献。而传说人物说中某些分析与民间传说的理论界定显得牵强附会，没能获得其他学者的认可。"超常人格"的说法值得商榷。因为"超常人格"一般是指神话中英雄人物所具有的呼风唤雨、移山填海、上天入地等非凡的超人能力和品质。而阿凡提却是生活在维吾尔民众当中，一个招人喜爱、深受民众欢迎的实实在在的平常人，一个具有幽默性格的人。

以上这些观点，虽然他们的论析角度不同，观点有异，但大家都认识到了阿凡提故事的幽默性。正是基于这种共识，笔者认为把阿凡提看作一个幽默人物形象更符合实际，更能说明阿凡提人物形象的本质特征。

## 二、受众的审美感受，对阿凡提幽默形象的认同

对阿凡提故事进行研究的专家、学者们同时也是受众，他们对阿凡提故事的审美感受比一般的受众更为深刻，更加理性。尽管他们在观点上有所不同，但是所有的受众对阿凡提故事及阿凡提人物的幽默性的认同却是一致的。祁连休先生指出："在这些艺术的形象身上，闪耀着劳动者特有的幽默感的光辉。这是他们区别于其他民间创作中正面人物形象的一个最突出的性格特征。中国机智人物故事的幽默情趣主要表现在三个方面，在这三者之中，富有幽默感的故事主人公具有决定性的作用。"[1]薛宝琨说："总之，勇敢、机智、幽默是阿凡提形象的主导方面，它们与老实、愚憨、严肃是互为里表的。这样，就构成了阿凡提性格的相互联系，丰富了他的形象。"

虽然对阿凡提故事的研究跨越了两个世纪，经历了几十年的社会变迁，但是研究者对阿凡提这个人物或者是对阿凡提故事的幽默性所形成的一种审美共识，并没有因为时代的变迁而产生变化！

作为受众，大家对于阿凡提的故事、阿凡提人物形象的审美体验和审美感受会有所不同，但是我们从不同的研究视角

---

[1] 祁连休《智谋与妙趣——中国机智人物故事研究》，河北教育出版社2001年，第199页。

都充分地感受到了阿凡提人物形象的幽默性，正是基于这种共识，为我们下面的分析打造出了一个平台。

### 三、幽默文学形象类型及其本质特征

幽默文学形象一般都是可爱可敬的人物形象，它相对于崇高、严肃来讲是诙谐的、风趣的；相对于喜剧、滑稽来讲则更富于哲理性和正面性。大多数故事中机智、无畏的阿凡提正是这样的一个人物形象。别具哲理内核的正面性和特殊审美的喜剧性的完美结合，便构成了阿凡提幽默文学形象的本质特征。

同样一个人物由于在不同故事的题旨中表现出的人物气质、性格的差异，使得幽默文学形象在以睿智型品质为主的同时也会呈现出观照型的性格特征来。

睿智型幽默文学形象的本质特征是聪慧、机智、通晓事理而又诙谐豁达。[1]他是以正面形象出现在故事中，是处于主导地位的人物形象，如大多数故事中处于正面形象的阿凡提。

所谓观照型幽默文学形象，就是人物处于客体甚至处于被动地位时，以超脱的态度，通达的目光观察、点评事物。它不是直接出面干预生活，而是通过切身体会，用玩笑的、轻松的、漫不经心的方式，出其不意地点破生活中司空见惯的东西，逗人开颜，引人深思。阿凡提故事中表现为呆傻、刻板、愚蠢、丑陋的阿凡提即为观照型幽默文学形象。

---

[1] 殷仪《幽默文学面面观》，上海社会科学出版社1989年。

观照型的幽默文学形象是温厚的，善良的，也是很富于幽默情趣感的文学形象。他们的性格特征是豁达、乐观，这种乐观又往往带有很大的盲目性、自私性，加上性格方面体现出这样或那样的缺陷，因此，有人认为他们既不是现实的主宰，也不能观照生活。但笔者以为这类幽默文学形象照样能观照生活，而且具有特殊的审美价值和认识意义。这种特殊的审美价值就在于通过对其呆板、愚笨甚至丑陋等性格的描述和反常心理的透视，让你欲哭无泪，欲笑无声，在啼笑皆非中领略到特定人生的真谛。

我们来看《老经验》中的阿凡提："阿凡提的母牛卖不掉，于是经纪人吹嘘阿凡提的牛长得肥胖，奶头大，而且怀了孕，使牛得以脱手；阿凡提的女儿正待字闺中，他学用经纪人卖牛的话向媒人介绍，他的女儿是纯种的，长得白胖，奶头也大，而且怀了孕，谁要娶了去，真是运气。"阿凡提这样做，无非是想要个好价钱，卖牛是如此，给女儿找婆家亦如此。我们的理解如果仅停留在嘲笑阿凡提机械地套用卖牛的经验而干出的蠢事上，那么我们的审美理解显然是肤浅的，还没能从表层的故事中体验出故事的深层含义。这篇故事的幽默性和它的真正审美意义在哪里呢？

故事的创作者截取卖牛同嫁女这两个本不相干的社会生活画面却把它们紧密地联系在一起以形成一种鲜明而强烈的对比，这种情节的构成其中蕴含着什么？阿凡提表面上的刻板、愚昧、唯利是图，却让我们看到了封建社会罪恶的买卖婚姻的实质。然而，对于这种丑陋的婚姻习俗的揭露，阿凡提故事的创造者并没有采用沉重、严肃、愤怒的笔调，而是巧妙地把卖牛经验作为揭示嫁女的不协调铺垫，通过阿凡提漫不经心的悖谬荒唐的言行表现方式，把颠倒的社会现实再颠倒过来。这种以丑显美的表现手法是绝妙的，妙就妙在故事的创作者表现病毒而不是硬揭疮疤，是通过将两种不同的事物连在一起加以对照后，有力地暴露出了封建社会买卖婚姻的实质。这篇故事表现出了民间创作者的艺术表现手法的娴熟和巧妙。《老经验》所反映的家庭矛盾和冲突实际上折射出历史社会的矛盾和冲突。

阿凡提作为一个幽默人物形象，其性格内核就是自信、自由、自乐、自解或自嘲的融合，是主体保持愉快和自信超然于矛盾之上。幽默人物形象都能体现出这种相对稳定的性格因素。他确信靠自己的努力可以使问题得到解决，使目的得以实现，这也是此类人物的一种高贵的品质所在。

### 四、阿凡提是一个幽默文学形象

幽默文学形象是不同于一般意义的文学形象，它是一种较为特殊的文学形象，它必须是具备可感的声色俱全的人或者是拟人化的物像。我们说阿凡提是维吾尔族民间文学中的幽默人物形象的依据是什么呢？

第一，阿凡提是具有一定社会意义的有趣的人物形象。因为幽默是人类具有的一种高级精神活动，离开人类社会不仅幽默的价值不复存在，产生不了幽默感，而且根本无幽默文学形象可言。只有幽默文学形象具备了一定的社会意义，才能引起人们的注意，得到人们的普遍赞美或同情，才会产生共鸣。正因为阿凡提这一艺术形象具有的幽默感和可笑性，有着广泛的生活基础和深刻的社会意义，能触动广大读者的笑感神经，所以才产生了其特殊的审美价值。

第二，阿凡提是能唤起崇高的幽默美感的动人形象。他是诙谐、风趣、富有哲理、可爱可敬的人物形象，他的幽默性格能唤起人们的幽默美感。

阿凡提的故事，无论是表现聪明还是愚笨，机智还是呆傻，高尚还是丑陋，都能产生审美价值，能给我们带来美的享受。正因为阿凡提这个人物形象具备了上述两个条件，所以我们才认定阿凡提是一个具体实在的幽默的文学形象。

阿凡提作为一种典型的幽默文学形象，总是表现出以一种充分明确的个性特征为主导的多样性统一的性格。从阿凡提故事的整体来看，阿凡提性格中存在多组矛盾的侧面：正直、善良但有时又圆滑、狡黠；机智但有时又呆傻；聪明但有时又愚笨；极富同情心有时又极具私心；敢于反抗有时又甘于忍受；讽刺他人有时又嘲笑自己；疾恶如仇有时又逃避现实；乐于助人有时又戏弄他人；为人大方有时又有些贪心。由于阿凡提故事的形成是不同时代、不同社会背景、不同文化长期的融合、积累过程，就具有了"以少总多""万取一收"的巨大思想容量，形成了其内容的丰富性，人物性格的复杂性，也就决定了阿凡提性格的多面性。所有这些矛盾着的侧面都是一个处在社会底层饱受着压迫的阿凡提，带着各种社会创伤，在不同的生活境遇里生活的一种必然反映。由此，在阿凡提身上聚集了各种不同的性格特征，而每一种性格特色的背后都透射出一道历史的折光，饱含着复杂的思想内容。但是，能包容和统一阿凡提多重性格的正是，也只能是阿凡提的幽默性格。

黑格尔认为"性格的特殊性中应该有一个主要的方面作为统治方面"，它就是能"把一切都融贯成为一个整体的那种深入到一切的个性，这种个性就是所言所行的同一泉源，从这个泉源派生出每一句话，乃至思想，行为举止的每一个特征。"[1]"凡是世界所公认的典型，无不具有这个'总特征'，而且典型的品位越高，这个总特征越鲜明。"[2]笔者认为，只要读者一接触到故事中的阿凡提，便会感到有一种其他文学形象不具备的特征迎面扑来，那就是阿凡提性格中最主要的、贯穿全部活动的、统摄其整个生命的总的性格特征——幽默性。这一总的特征贯穿于阿凡提的全部言行之中，融化于他的血脉之中，深入到了他的每一个毛孔，成了他的灵魂和中枢神经，成了统摄其整个生命的东西。一个人物只要有了这样的特征，他便活了，便具有了艺术生命力。故事中的阿凡提不同的职业身份，各种不同的表现，甚至在相互抵牾的性格品质中，我们都能明显感受到阿凡提这个人物的幽默性，他的幽默性格是融贯成为一个整体的那种深入到每一篇故事中的最显著的个性特征。

---

[1] 黑格尔《美学》第一卷，第304页；第3卷下册，第265页。转引自《文学理论教程》，高等教育出版社1998年，第186页。
[2] ［美］哈维·麦德斯《幽默与解脱》，孙庆民、张采刚译，河南人民出版社1991年。

阿凡提故事作为民间艺术精品，之所以能跨越时代而存在，是因为它可以不断地介入历史进程，介入民众的社会生活。假若我们忽略了阿凡提故事的这种独特性，他独特的美学个性也会被掩盖。

一部作品可以长期地产生影响，有的延续几百年，甚至几千年，有的在长期湮灭后可以再度复生、流传，那是因为它们可以被再度发现和再度解释。阿凡提故事在民间能如此长期流传、不间断地推陈出新、形象被不断完善，维吾尔族民众如果没有对阿凡提幽默文化心理因素的认同，没有情感上主客体之间的审美关系的紧密联系，是难以想象的。阿凡提故事的创作者们作为时代最敏感的神经，能最早感受和体悟到生活的真谛，使阿凡提故事的创作成为一种社会现象并自然而然使之心理化。历代维吾尔族民众这种源源不断地创作阿凡提的故事的现象已成为社会现象的载体，不断从心理镜面上映射和反射出社会现象，同时又不断地影响着一代又一代的维吾尔族人民群众的创作激情，他们往往以自己身边的逸闻趣事为素材，不间断地去丰富阿凡提的故事，去完善社会生活中作为一个真实的人物所具有的多重性格，这是坚持以幽默形象去统摄阿凡提整个生命的民间创作规律使然。

# 试论中国各民族机智人物故事的幽默情趣

祁连休\*

中国机智人物故事，无论哪一个民族、哪一个地区的作品，大都具有比较浓郁的幽默情趣，以善于营造诙谐风趣的喜剧氛围见长。每当人们接触我国各民族机智人物故事时，就能够自然而然地领略到其中的幽默情趣，得到艺术享受的愉悦。可以肯定地说，幽默情趣是中国机智人物故事的一个重要的艺术特色，是中国机智人物故事足以抓住听众、读者，征服听众、读者，具有巨大吸引力的一个主要的因素。

中国机智人物故事的幽默情趣，主要表现在三个方面，一是富有幽默感的故事主人公，二是幽默诙谐的故事情节，三是生动有趣，不时闪耀幽默火花的故事语言，人物的对话尤以幽默风趣见长。在三者之中，富有幽默感的故事主人公具有决定性的作用。而故事主人公的幽默感，则是作为中国机智人物故事编创者和传承人的广大人民群众热爱生活、乐观自信的精神

---

\* 祁连休，中国社科院研究生院文学系教授。

状态、精神面貌的绝好体现。

中国机智人物故事的编创者、传承人乃至听众，大都是下层劳苦大众和下层知识分子，主要是农民群众和与农民群众有千丝万缕联系的下层知识分子。作品的幽默情趣，基本上是以农民和农村知识分子为主体的下层民众的幽默感的体现。这就决定了中国机智人物故事的幽默情趣具有如下两个特点：一、纯朴、真率，生活气息浓厚。作品所蕴含的幽默情趣，来自生活，来自下层民众，不是刻意追求幽默诙谐的艺术效果而故用幽默言语，故作幽默情状，而是以农民和农村知识分子为主体的下层民众的幽默感的自然流露，表现得颇为纯朴、真率，使人能够感受到浓厚的生活气息，绝少有油滑、做作等弊病。二、含蓄、婉转，耐人寻味。作品所蕴含的幽默情趣，由于是下层民众的幽默感的自然流露，往往不火爆，不直露，颇为含蓄朴厚，曲折婉转，具有较高的表现技巧和幽默品位，经得起把玩、咀嚼，能够给人留下深长的回味。

中国机智人物故事主人公的幽默感是通过其人的思想、言行展示出来的，具体表现为：幽默诙谐的思维方式，幽默诙谐的行为方式和幽默诙谐的表达方式。在不同的作品里面，具体情况各不相同，有时以一种为主，有时兼而有之。

幽默诙谐的思维方式，指故事主人公以其幽默、诙谐，富有想象力的独特思维方式去观察、思考日常生活中遇到的各种人物、事件、现象等，或由此而采取相应的行动。故事主人公的独特思维方式往往有悖常理，但按其思维逻辑又有合情合理之处，并不让人感到荒唐可笑。这种独特的思维方式颇有幽默情趣，恰好比较突出地显示了故事主人公纯朴、真率、执着、滑稽的性格，以及其丰富的想象力和鲜明的爱憎。在中国机智人物故事里面，维吾尔、哈萨克、柯尔克孜、乌孜别克、塔吉克族的阿凡提的故事，有不少作品都非常真切地展现了故事主人公幽默诙谐的独特思维方式。试看，他穷得无钱买鹅烧汤来治病，见到湖中有一群鹅，便用湖水就馕[1]并且兴致勃勃地说他正蘸着鹅汤吃馕（《鹅汤》[2]）。他当着众人虔诚地感谢没让骆驼长上翅膀。设想倘若骆驼长上翅膀四处乱飞，就会给人们带来灾害（《老天没给骆驼长翅膀》）。当妻子分娩不顺利时，他赶忙送去四个羊膝骨，认为孩子想玩抓子游戏便会立刻爬出来（《催生术》）。他在被盗以后并不追小偷，却跑到坟地里去坐着，说是等小偷死时好跟那个家伙算账（《总有一天》）。此外，像汉族贱三爷的故事《黑状》，张代刀的故事《这是一回事嘛》，哈尼族门帕的故事《喝倒水》，毛南族隆姆轿的故事《"这里怎么找得到他"》等，也展现了故事主人公幽默诙谐的独特思维方式。

幽默诙谐的行为方式，指故事主人公与人交往时，用各种幽默而富有谐趣的举动，或调侃、戏谑对方，或嘲讽、整治对方，或开导、帮助对方，借以表达自己的思想感情和愿望。其间带有较浓的幽默情趣和喜剧色彩。譬如，汉族李二的故事《点烟火》写财主到田边督工时，故事主人公知道其人喜欢吸

---

[1] 馕：烤制的一种发面饼，系维吾尔族居民的主食。
[2] 本文所引证的作品见《中国机智人物故事大观》（河北教育出版社1991年），《中华民族故事大系》（上海文艺出版社1995年）等，恕不一一注明出处。

烟,故意跑很远去点火。财主责问他为何不在近处取火,他立即将火种扔进水里,又去近处点火。当他转来时,财主叹道:"晓得要耽误这么久的工,我情愿不吸烟。"他说:"呀,老爷不吸烟!"随手就把火灭了。又如,畲族蓝聪妹的故事《稻谷与种子》写春播时故事主人公替乡亲们到财主刁贵家借谷种,刁贵在谷种里掺进三成种子,还提出日后按庄稼长势定息。回去后她把种子挑出来种在一丘肥沃的田里。一月后刁贵见这丘田的"庄稼"长得格外好,就要以它顶利息,还立了文书。等收稻时刁贵才发现上当,把鼻子、眼睛都气歪了。再如,黎族阿亮的故事《跳舞的故事》写一日峒主骑马跑来问故事主人公为何这般高兴?故事主人公说七弓峒有人结婚,邀他去跳逗娘舞。峒主硬要他先跳来看看,他灵机一动说,我把跳舞用的扇子忘带了,把你的马借我回去取吧。峒主让他骑马,他又说这样高贵的马不能驮我这样穿戴破烂的人,把你的衣裳也借给我吧。峒主很想看跳舞,就照办了。他穿上峒主的衣裳扬鞭催马过河后,大声喊道:"谢谢你把马和衣裳送给我,我喝喜酒去了!"峒主情知上当,急得又叫又跳。此类作品在中国机智人物故事里面俯拾即是,不再一一枚举。

幽默诙谐的表达方式,指故事主人公与人交往时,用含蓄、婉转的言语,俏皮地表述自己的态度、见解、要求、意愿等,借以调侃、奚落、讥刺、嘲弄、抨击对手,或者替人消除误会,排忧解纷,其间带有较浓的幽默情趣和喜剧色彩。譬如,汉族魏七爷的故事《吃鱼头》写在一次宴会上某财主问故事主人公为啥那样聪明?故事主人公谎称他吃鱼光吃头,以形补形，所以聪明。财主便提出把酒席上的鱼头让给他一人吃，并且付给故事主人公一两银子。正吃着，财主忽然问道："你我都是客，你为啥还要我一两银子？"故事主人公笑道："我说得对吧，一个鱼头没吃完，你就聪明一大截啦！"又如，白族艾玉的故事《取名》写财主喜好替人取名，但凡他家的帮工生孩子都得由他来取名。一日有个帮工生了个儿子，财主正上厕所，就取名叫"屁股"。下午财主也得了个儿子，他正在剃头，就取名叫"脑壳"。不久，"屁股"夭折了。几年后那个帮工见财主的儿子长大了，难受得直流泪。财主责问他为啥哭，故事主人公忙说："他想起他的'屁股'若还在，也有老爷的'脑壳'那么大了。"再如，哈尼族门帕的故事《摇头》写一日竜把头问故事主人公用什么方法能把头脑练灵活？故事主人公告诉他，每天饭后拼命摇头，再笨的头脑也会灵活起来。竜把头如获至宝，回家吃完饭放下碗就不断摇头，直摇得把刚吃的东西连同苦水一起吐了出来。他翻着白眼嘟囔："我宁愿做个愚人，也不愿再吃这种苦头！"话音刚落，就听见故事主人公在窗外说："是啊，世上只有愚人才会吃这样的苦头。"此类作品在我国各民族机智人物故事中也不乏其例，恕不赘述。

中国机智人物故事为了展示故事主人公的幽默感，营造作品的幽默情趣，在虚构故事情节的时候，善于调动各种艺术手段以改变现实生活的常态，造成各式各样的不协调，形成不同程度的反差，从而产生较强的幽默情趣和喜剧效果，给人们带来艺术欣赏的愉悦和享受。中国机智人物故事营造幽默情趣的艺术手段，常见的有错位法、婉转法、反话法、替代法、误会法、对比法、比疏法、曲解法、双关法等，下面逐一进行论析。

## 一、错位法

此法通常为故意使出场人物（多数是故事主人公，少数是配角）的言行举止及言行举止的场合、对象等发生这样那样的错位，造成显而易见的不协调，变得滑稽可笑，因而产生幽默情趣和喜剧效果。

在中国机智人物故事里面，运用此法造成的错位比较常见的有如下几种形态：

1.身份错位。因出场人物的身份出现错位而产生幽默诙谐的喜剧效果。譬如，汉族张十伢的故事《老爷在后边》写故事主人公作为轿夫抬财主去拜客，竟被主人当作财主而受到热情款待，财主却反受冷落。又如，汉族双倌的故事《不打自招》写财主以原告的身份在公堂上讲出作为被告的故事主人公想进行辩驳的话，不打自招，因而使故事主人公胜诉。

2.称呼错位。因出场人物有意无意搞错称呼而产生幽默诙谐的喜剧效果。譬如，汉族张慧生的故事《本家老爷欠安》写朱财主喜好咬文嚼字，卖弄学问，规定凡是同姓人必须称为"本家"，吃饭要说"进餐"，睡觉要说"就寝"，患病要说"欠安"，死人要说"正寝"。处死要说"正法"。一日朱家的猪得了病，故事主人公故意去对主人说："老爷，大事不妙！后边栏里的本家老爷欠安，要它进餐它不进餐，要它就寝它不就寝，如果不请屠户来正法，不久就会自家正寝了。"朱财主听了哭笑不得。又如，土家族冉广盘的故事《两个字赢四两银》写年终结账时，财主让长工们一人说两个字把财主婆逗笑又逗哭，办得到便开工钱，否则分文不给。伙伴们没有人办得到，全都被扣光了工钱。故事主人公前去与财主打赌，讲明赢了就付清几个伙计一年的工钱共四两银子，假如输了，非但几个伙计的工钱不要，他开春再来白干一年活儿。讲完他见一条黑狗过来，就喊了一声"爹"，顿时把财主婆逗笑了。接着，他转过身来又叫财主婆一声"妈"，气得财主婆哇哇大哭，终于获胜。

3.态度错位。因出场人物在对人对事的态度上出现错位而产生幽默诙谐的喜剧效果。譬如，维吾尔族阿凡提的故事《脚费》写一脚夫帮故事主人公背东西，趁人多拥挤时带着东西溜掉了。十天后故事主人公在集上发现了那个脚夫，非但不去抓，反而转身就逃。朋友觉得奇怪，他说："老兄，我为什么不逃跑呢？脚夫背着我的东西已经十天了，这笔脚费我怎么付得起！"又如，哈萨克族赛尔克巴依的故事《麻烦你了》写故事主人公在林中伐木，午休时有人来偷木头。那人刚绑好套绳正要拖走时，故事主人公来了，他非但没有责骂小偷，反而向小偷道谢："朋友，麻烦你了。我正犯愁如何把木头运回去哩！你真帮了我的大忙。这样我下午运木头就方便多啦！"

4.行动错位。因出场人物的行动出现错位而产生幽默诙谐的喜剧效果。譬如，汉族宋丑子的散事《异轿》写故事主人公奉命去南山抬一个土财主婆。他故意抽掉轿子的底板，让土财主婆像唱戏的坐轿一样，一路小跑跑到他主人家，叫苦不迭。又如，维吾尔族阿凡提的故事《别渴着它了》写故事主人公在婚宴上见一客人拼命往自己的口袋里装好吃的，便将茶水往那人的口袋里灌，并说："你那口袋吃多了荤腥，别渴着它了！"

5.对象错位。因出场人物在做某件事时有意无意搞错对象而产生幽默诙谐的喜剧效果。譬如，侗族卜宽的故事《爱吃盐的蚂蚓》写财主叫故事主人公挑盐去卖，嘱咐他不管哪个要都给，销完有赏。他出门后听见一群蚂蚓（青蛙）叫个不停，那声音好像在喊"要、要、要"，立即将一担盐全部撒到田里。次日财主跟他一道去收账，见蚂蚓因吃盐太多全都死在田里，这才明白是怎么回事，气得说不出话来。又如，水族金贵的故事《借孝》写土司奶奶死后，故事主人公奉命去请乐队来祭祀。路过他母亲的坟茔时，他一下扑上去痛哭。乐队以为是土司奶奶的坟，便吹奏起来。送礼的亲友连忙进行祭奠。等土司赶来人们才知道搞错了。

6.用途错位。因出场人物有意无意将物品的用途搞错而产生幽默诙谐的喜剧效果。譬如，汉族游伯佬的故事《款待差役》写差役上门传唤故事主人公时，故事主人公故意拿新夜壶打酒，用新粪箕装豆腐来款待差役。差役见了不敢吃，故事主人公乐得自己饱餐一顿。又如，汉族徐苟三的故事《三戏孟老板》写孟老板到上海看儿子时，扬扬得意，不知高低。故事主人公故意把使女送来的香皂、牙粉等物当作早点让孟老板吃，弄得孟老板呕吐不止，十分狼狈。

7.场合错位。因出场人物在做事时出现场合错位而产生幽默诙谐的喜剧效果。譬如，汉族十麻子的故事《喊礼》写财主见故事主人公嗓子好，就让他充当婚礼的司仪，并提出我怎么说你怎么喊。故事主人公，故意将财主在一旁小声交代的话一次又一次公开喊叫出来，惹得哄堂大笑。又如，白族艾玉的故事《买一饶一》写东家十分贪鄙，经常教训故事主人公无论买什么都要多饶一点。这天东家的老爹死了，派故事主人公去买棺材。故事主人公买了一口大棺材，还抬回一口小棺材，说是硬向店主饶来的，整得东家啼笑皆非。

## 二、婉转法

此法通常为故事主人公以曲折迂回、委婉含蓄的方式陈述自己的观点，显示自己的态度，而不是直截了当地表达自己的见解。婉转的表态与其人的本意之间有不同程度的反差，由此造成不协调，产生幽默情趣和喜剧效果。

运用此种表达技巧，大多是以相反的方面来进行表态的，常见的有几种形态：

1.以附和来表示异议。比如，汉族张十伢的故事《堂上作证》写李员外诬告长期受到虐待的儿媳"好吃懒做"，故事主人公到公堂上去作证时说："这女子不仅懒，还特别好吃。一次我从田里收工回来，见她在偷猪食吃呢！"县官一听就明白是怎么回事，立即惩处了李某。

2. 以肯定来表示否定。比如，维吾尔族艾沙木的故事《"咔嚓咔嚓"响》写经纪人胡吹要出售的一辆破车如何好。当一位顾客问车主他的车铃为啥不响时，故事主人公在一旁说："大哥，铃子虽不响，可旁的部位不是都在'咔嚓咔嚓'响吗？"

3. 以夸赞来表示揭露。比如，汉族吴木匠的故事《出门还好些》写故事主人公发现饭店老板娘偷了他带去加工的肉时，连忙夸奖对方想得周到，替他留一半肉下一顿吃。老板娘不得不把偷的肉退回来。

运用婉转法这种表达技巧，有时亦不一定从相反的方面来表态，而是改换一种角度，或者从另外一种方式来表态。譬如，汉族倪秋的故事《把我吊上去》写一酒店老板蛮不讲理，竟将批评他的酒酸的顾客吊在树上。老板让故事主人公评理，故事主人公品尝后并不直接说酒很酸，而是对老板说："请把他放下来，把我吊上去！"又如，乌孜别克族阿凡提的故事《叫门》写有人拼命敲故事主人公家的门，越敲越凶。故事主人公并未正面加以制止，而是从门槛下递出一把斧头，对来人说："伙计，你既然是来砸我家大门的，我索性给你一把斧子，你用斧子把大门劈开再进来，这多省事！"

## 三、反话法

此法通常为故事主人公用相反的话语来表达本意，或以虚假的奉承来讥笑、嘲讽对方，由于表面上的言辞与实际上的含义反差强烈，造成严重的不协调，因而产生幽默情趣和喜剧效果。譬如，汉族贼三爷的故事《长相富态》写县官让故事主人公为其看相，故事主人公看了看说："你的长相富态，是个大富大贵的福相，左边看像马相爷，右边看像卢太师。"[1]好！好！"又如，维吾尔族阿凡提的故事《和驴子想在一起了》写国王问油坊拉磨的驴脖子上为何吊着铃铛？故事主人公说是提防它偷懒。国王说假如它停下来却不断摇铃，不就能蒙人吗？故事主人公笑道："伟大的国王！您的智慧真够惊人呐，您和驴子想在一起了！"

反话法实际上也可以归入婉转法。讲反话只不过是以相反的话语来表达本意，以虚假的奉承讥笑、嘲讽对方的一种婉转的表达技巧。

## 四、替代法

此法通常为故事主人公故意将形似、音同或者其他有某种关联的事物相互进行替换，造成严重的不协调，因而产生幽默情趣和喜剧效果。

以形似的事物相互替代的，比如，维吾尔族阿凡提的故事《剃头》写理发师手艺欠佳，多次将故事主人公的头剃破，并且用棉花来敷住伤口。故事主人公朝镜子里看了看说："啊呀！你的手艺真好，把我这半边头都给种上棉花了。得啦，那

---

[1] 左"马"右"卢"（繁体字为盧），合起来正好是个"驴"（繁体字为驢）。

半边让我自己去种胡麻吧。"说完就逃出理发店了。

以音同的事物相互替代的，比如，汉族傅三倌儿的故事《吃鱼》写某天一京城商人在别人面前摆阔气，吹嘘天底下没有他没吃过的鱼。故事主人公听了，忍不住问他吃过囊鱼（榆）、楚鱼（榆）吗？他硬说自己都吃过。故事主人公笑道："这位客官真能啊！我们山里人把囊鱼（榆）煮来喂猪，楚鱼（榆）呢连毛驴都不吃！"

以其他有某种关联的事物相互替代的，比如，汉族董叫的故事《八个人抬》写县官坐八抬大轿巡察，到乌龟冲时闻听一声牛叫。故事主人公诓骗他说那是乌龟叫。县官同道："乌龟的叫声咋这么大？"故事主人公说："这里的乌龟大得很，大的要八个人抬哩。"

## 五、误会法

作品中出现的各种误会，绝大多数是故事主人公有意制造的，借以调侃、嘲弄、讥刺、打击不同的对手。由于误会造成了严重的不协调，因而产生幽默情趣和喜剧效果。作品中的误会有真亦有假。尽管真假各异，但其艺术效果却毫无二致。

假误会几乎都是故事主人公在跟对手进行较量时有意造成的。在中国机智人物故事里面，此种误会法颇为常见。譬如，汉族大三的故事《碰了鬼》写故事主人公瞧见东家在树丛后面监视自己干活，便故意折腾来磨时间，谎称碰见鬼了，让东家有苦难言。又如，藏族阿古登巴的故事《揭不得的锅盖》写故事主人公谎称自己闯祸想服毒自杀,故意将财主的一壶美酒当毒药喝了,教财主无法惩罚他。再如,东乡族玉斯哈的故事《进面馆》写故事主人公假装误解面馆掌柜的暗语,让其人用来坑害乡下人的花招曝了光,并且受到应得的处罚。

真误会指产生误会之人对误会之事笃信无疑,产生误会的人大都是故事主人公的对手,而这样的误会则往往是故事主人公精心策划出来的。譬如,回族伊斯哈的故事《捉弄县官》写故事主人公让贪赃枉法的县官误以为他给的石头是元宝,受到了无情的嘲弄。又如,壮族老登的故事《还债》写故事主人公使前来讨债的债主误将塘中的野鸭当作家鸭收下,因而蒙受损失。再如,黎族亚竖的故事《全家哭》写故事主人公不但让黎头的老婆误信黎头抓鱼时被溪水冲跑了,伤心得放声大哭,而且让黎头误信自己的儿子被大公牛撞死了,气得昏倒在地上,没多大工夫便使黎头一家乱作一团。

当然,在某些作品中,真误会却出现在故事主人公身上,而且并非故事主人公有意安排的。这种误会也有较强的幽默情趣和喜剧效果。譬如,维吾尔族阿凡提的故事《骑着骆驼找骆驼》写故事主人公放牧时骑在骆驼上清点骆驼,数来数去都发现数目不对,误以为丢了一峰骆驼,只得灰溜溜地回家去了。又如,乌孜别克族阿凡提的故事《一面镜子》写故事主人公拾到一面镜子后,看见自己的相貌映现在镜中,感到很不对劲。便说:"哎!这是你的吗?……我还以为没有主人,便捡了起来。"说着,又将镜子搁在路上走开了。此类误会的出现,同阿凡提这个亦智亦愚的特殊机智人物形象密不可分。应当看到，在中国各民族机智人物故事里面，这样的作品是不多见的。

## 六、对比法

作品将两种甚至两种以上相似或者不相似的言行举止排列在一起，互相对照，由于出现明显的反差形成严重的不协调，因而产生较强的幽默情趣和喜剧效果。中国机智人物故事里面的此类对比，大多数为两种言行举止的对比，其中相似的较少，不相似的比较多。

两种不相似甚至相反的言行举止形成对比的作品，譬如，汉族大二的故事《先前的话作废》写头一次老板不愿意借东西给故事主人公，为了堵住对方的口，当即宣布："我保证不找你借东西。"第二次出门遇雨，老板不得不向故事主人公借伞，连忙宣布："先前我讲的话作废。"又如，维吾尔族阿凡提的故事《女人的话》写最初故事主人公喀孜[1]，女人的话能不能听，喀孜断然回答："女人的话可千万不要听啊！"接着故事主人公又说，我女人想把我家的一只羊送给你，我却不想送，请你帮助决断。喀孜忙说："不过——女人的话有时候也可以听哩！"

两种相似的言行举止形成对比的作品，譬如，汉族韩老大的故事《你猜我还吃不吃》写财主见故事主人公的饭量很

---

[1] 喀孜：伊斯兰教的宗教法官。

大,心里非常不高兴。故事主人公灵机一动,吃完四碗饭以后请财主猜猜他还吃不吃。财主说四碗饭够多了,我猜你不吃了。故事主人公说财主没猜对,就盛一碗稀饭来喝了下去。接着,他又请财主猜他还吃不吃。财主估计他吃不下了,便猜他还要吃。故事主人公笑道:"东家,你总算猜对了。"说完又喝了一碗稀饭,把财主的鼻子都给气歪了。又如,畲族蓝聪妹的故事《拾"毡帽"》写财主两口子财迷心窍而且眼睛不好使。一天傍晚,故事主人公故意对财主说,门外不知谁丢了一顶毡帽。财主闻声赶忙跑去拾,伸手一抓发现是堆牛粪,暗暗叫苦,嘴上却说:"这毡帽太破了。"财主婆听了骂道:"破了也可以垫鞋底嘛!"于是抢上前去抓。她抓到牛粪也不好明讲,只好说:"这毡帽实在太破啦!"

在中国机智人物故事里面,也有少数两种以上相似或者不相似的言行举止形成对比的作品。此类作品的对比,一般有两种对比形态,单向对比与交叉对比。

单向对比为数种相似或者不相似的言行举止相互形成对比,对比的关系单纯,内容一致。譬如,汉族沈拱山的故事《三提灯笼过衙门》写倪知县贴出布告:"为防盗贼作案,夜晚行人必须提上灯笼,违者罚款。"当晚故事主人公提着没有亮光的灯笼到衙门前去,被衙役抓住要罚他的款。他问道:"这不是灯笼是什么?"说罢扬长而去。倪知县听说后忙让人在布告上加了"插上蜡烛"四字。次日晚上故事主人公提着插上蜡烛的灯笼,依然没有亮光。衙役见了要罚款,他说:"告示上没讲要点火,老百姓哪敢违拗?"于是倪知县又叫人添上

"点火"二字。第三个晚上倪知县见一人提着灯笼走来,烛光照出一个大"沈"字,情知是故事主人公找麻烦来了,便问他为何两次三番要县老爷改布告?故事主人公笑道:"一张布告写不全,形似安民实刮钱,行人提灯能治贼,何需请来父母官!"说罢转身离去。又如,土家族扯谎三的故事《哑谜骂达官》写故事主人公奉圣旨到京城出哑谜,他上、下、左、右、前、后各指一下,又一拍胸,伸出三根指头,两手一拱,最后把心口一指,就停了下来。接着,老土司等人出来猜他的哑谜。老土司先猜:"上知天文,下晓地理,左青龙,右白虎,前朱雀,后玄武。本人老土司,一年三百天,承皇上洪福,钱财天天进屋,喜得我心头像吃酒肉。"扯谎三摇头说没猜对。县官又猜:"上奉圣旨,下管黎民,左三班,右六役,前呼后拥,本人是县官,任满三年,若皇帝开恩,就升官作知府。敬祝皇帝万寿无疆。"扯谎三也说不对,总管再猜:"上打泰山压顶,下打老树盘根,左插花,右插花,前弓、后箭,本人总管,三军马前,仗皇爷神威,保国泰平安,皇爷欢乐,我始觉报皇恩于成一。"皇帝一听乐得合不拢嘴,扯谎三站起说:"你们只晓得说奉承话,半点也没猜对。听我的:上天无路,下地无门,左思右想,前后为难,我土家人,年节三天,锅盖揭不开,你们做官当老爷,只晓得升官发财,吃喝玩乐,不顾百姓死活,良心何在?"

交叉对比为数种相似或不相似的言行举止形成对比,对比关系不像前面一种对比那样单纯,内容并不一致,出现相互交错的状况。譬如,汉族王老二的故事《锄头不脱了》写(1)锄草时故事主人公故意将锄把儿砸脱后，跑回去见财主。财主让他安好锄把儿再下地。（2）不一会，他又回来说锄把儿脱了。为了省时间，财主把锄把儿抢过去替他安好，还特地钉上一颗铁钉。（3）没多久他又回来对财主讲，锄头果然不脱了。财主一听直冒火，骂道："没脱你回来干啥！"他说："你刚才钉铁钉时不是说这下看还脱不脱，我回来告诉你锄头不脱了。"其中（1）与（2）两次安锄把儿形成一组相似行为的对比；（1）（2）（3）为故事主人公数次回去见财主形成另一组相似行为的对比。又如，蒙古族阿尔格齐的故事《掉在地上的东西不能捡》写（1）吃饭时故事主人公从地上拾起一块肉，师父对他说不能捡地上的东西，快把脏肉扔掉吧。（2）第二天往夏季牧场搬迁时，有一袋物品从驼背上掉了下来，故事主人公故意不捡，晚上遭到训斥。师父说从骆驼身上掉下的东西可以捡。（3）过一天故事主人公将驼粪捡去送给师父。师父明知受嘲弄，却不好发作。其中（1）与（2）两次对待落地之物的态度形成一组不相似行为的对比；（2）与（3）两次对待从骆驼身上掉下的东西的态度形成另一组不相似行为的对比；（1）、（2）（3）三次对待落地之物的态度又形成一组不相似行为的对比。

## 七、比疏法

此法通常为故事主人公故意将两种原本没有关联、不能相比的事物，勉强拿来做比喻。由于比喻失当形成严重的不协调，因而产生幽默诙谐的喜剧效果。譬如，汉族张代刀的故事《这是一回事》写财主钱万刁讥笑故事主人公剃头时从来不敢站在他前面，出门时从来不敢走在他前面。故事主人公指着正在犁地的农夫说："老爷去问问他，耕了一辈子的田，为什么不在牛前面走咧？这是一回事嘛！"又如，蒙古族阿尔格齐的故事《爱吹牛的诺颜[1]》写一诺颜当众吹嘘他能言善辩，嘴上贴一块皮子照样能说赢故事主人公。这时，故事主人公迎面走来，说自己打算在锅灶旁边种一点麦子。诺颜忙问要是犁地的牛把屎拉到锅里咋办？他说不会的，我用皮子把那家伙的屁眼贴住了。诺颜张嘴叫骂，一下把嘴上贴的皮子弄掉了。故事主人公见了忙说："你先别进屋，让我把锅盖好再进去。"

## 八、曲解法

此法通常为故事主人公有意误解对方言行的本意，或者任意解释各种现象发生的原因，由于曲解形成明显的不协调，因而产生幽默诙谐的喜剧效果。

通过有意误解对方言行的本意来捉弄、嘲讽、奚落对方的作品，譬如，汉族王长年的故事《请大个的》写财主婆叫故事主人公去找人干活，叮咛他"请大个的"。他却把团头、保甲长及一些有名气的财主请来了，让女主人不得不大办招待，好不容易才把这些人打发走。又如，维吾尔族阿凡提的故事《王

---

[1] 诺颜：蒙古语，官吏之意。

袍》写国王在盛大的宴会上赏给故事主人公一块披在驴身上的麻布,有意当众羞辱他。他接过麻布高声说:"贵客们请瞧,国王竟然把自己的王袍赏赐给我了!"

通过任意解释各种现象产生的原因来讽刺、嘲笑、抨击对方的作品,譬如,汉族申红脸的故事《肚子里有腥气》写财主钓鱼时,鱼儿怎么也不上钩,就问故事主人公是何原因?故事主人公说,因为他吃油荤多腥味大,鱼儿不来。财主脱下衣服用泥巴擦身后,鱼儿仍不上钩。故事主人公笑道:"你身上的腥气擦得去,可还有肚子里的那股腥气啊!"又如,维吾尔族毛拉·再丁的故事《巴依[1]的眼疾》写有个巴依的一只眼睛失明后无人能够医治,便去找故事主人公。故事主人公对他说:祥神让我转告你,只因你经常用两种眼光看待人,他实在看不惯,才让你瞎了一只眼。往后,你就只能用一种眼光看人啦!

## 九、双关法

此法通常为故事主人公利用语言、文字同音或同义的关系,使其话语同时涉及明、暗两层意思,借以调侃、嘲笑、讥刺对方。因一句话将本来没有关联的两种事物硬拉扯在一起,形成严重的不协调,显得滑稽可笑,从而产生幽默情趣和喜剧效果。

语音双关的作品,譬如,汉族卢四运的故事《下雨天车秧

---

[1] 巴依:维吾尔语,财主之意。

水》写有一次故事主人公到一个土财主家躲大雨,土财主见来的是个远房穷亲戚,脸上很不好看。故事主人公见状,转身就走,说是回去给秧车水。土财主假惺惺留他,他说:"我要把田里的水往田外车呀,下这么大的雨,它却是要流(留)不流(留)的样子。"又如,布依族甲金的故事《接年财》写过年时土司让故事主人公砍一担柴放在大门口,初一挑进家,象征四季有财进。除夕夜,故事主人公悄悄把柴解开,大年初一早上在门外高声喊道:"苏大[1]不好了,柴(财)散啦!"土司听了差点气昏过去。再如,土家族陈贤方的故事《一窝都是蜷(捐)的》写张财主花钱替儿子捐了个监生,特地设宴庆贺。故事主人公有意姗姗来迟,并说他家的母狗把一窝崽下到灶洞里了,做饭烧火时,只听见灶洞里乱叫。哪知道这些东西不经烤(考),掏出来看一个个都是蜷(捐)的。

语义双关的作品,譬如,汉族闻筱缉的故事《我看你也是昏的》写一士绅宴请县官,邀故事主人公作陪。故事主人公假意说自己害眼病,吃饭时用筷子满桌乱戳,县官探问缘由,他说:"回禀县太爷,请恕小民无礼,实在是四周漆黑,我看你也是昏的。"维尔族阿凡提的故事《两头驴的东西》写一次国王和大臣带着故事主人公出外打猎。天气炎热无比,国王、大臣把湿透的衣衫脱下来搭在故事主人公的肩上。国王见他汗流如雨,就取笑道:"你真不简单,能驮一头驴驮的东西。"他听了十分生气,却平静地说:"不,我肩上驮的是两头驴的东

---

[1] 苏大:布依语,对土司的称呼。

西！"再如，土族巴嘎尔桑的故事《戏谑管家》写某日管家吃着肉包子走了过来，一副神气活现的样子，十分讨厌。故事主人公见了，故意说管家的包子很小，管家问他，难道你吃的包子比这还大？他说，我吃的包子有麦场那么大。我把青稞粉调好后摊在麦场上用碌碡碾平，就做成了大包子。管家问牛拉碌碡时屙稀屎咋办？他笑笑说："用你刚才吃的那种肉包子塞住牛屁股，它就不会屙屎了。"

# 论少数民族机智人物故事的本质特征

肖　莉\*

机智人物故事以其独具的特征作为民间故事的一种类型，已被越来越多的民间文学工作者所承认和重视。这一故事类型，它可以跨越相距甚远的不同年代和地域，也能够生长在不同的民族和国度里。机智人物以他那智趣横生、充满喜剧色彩的小故事深得群众喜爱。这类故事共同的特点是：都以一个聪明机智的人物做主人公，通过他（她）如何以其卓越的才智，巧妙地应付生活中种种突如其来的矛盾，从而构成一个个笑声迭起的喜剧性小故事。如蒙古族的"巴拉根仓故事"，藏族的"阿古登巴故事"，维吾尔族的"阿凡提故事"，苗族的"反江山故事"等。这类故事大多情节紧凑，短小精悍，主题多是以机智战胜形形色色的敌人，赞扬劳动人民的智慧和力量。读者和听众会情不自禁地为那突然迸发的智慧火花而欢笑，并在笑声中陶冶劳动人民的健康的道德情操和爱憎分明的阶级感情。

---

\*　肖莉，中国社科院文学研究所民间文学研究室副研究馆员。

## 一

机智人物故事，顾名思义，既是故事又要从中表现机智，否则何言机智人物故事？

机智，作为文学术语，不少人已经对它下过定义。如唐朝司马贞在《史记索隐》中说："以言捷辩之人，言非若是，能乱同异也。"陈瘦竹同志在《论喜剧中幽默与机智》一文中指出："在欧洲文艺复兴时期，机智原指'天才'而言，和'学问'相对称，到了17世纪以后，这才成为文艺理论的一个术语，表现才智机敏，迅速发现矛盾，言语巧妙，立刻压倒对方，机智来自理性和想象，几乎不假思索就能逸趣横生。"这正是我们称之为机智人物故事中的"机智"的含义。

一般来讲，在机智人物故事中出场的机智人物，总能在表面上似乎相同的各种观念和事物中找出区别；同样，也能借助各种手段把完全相异的观念和事物混同起来。比如，《阿凡提的故事》中的《给大阿訇理发》就是一例。阿凡提在给大阿訇剃光头以后，问他要眉毛吗，他讲当然要，于是阿凡提就把他的眉毛刮下来交给了他。接着，阿凡提又问他要胡子吗，阿訇怕照前例回答又要把胡子也刮下来，马上说不要，结果，阿凡提照旧把他的胡子给他刮下来。嘴里还说："不要就不要吧！"这里，阿凡提就把"要"与"不要"这样两个完全相反的概念，巧妙地混同起来，故事以其极端的荒谬，令人可笑；又以其极端的贴切，令人惊叹。按照正常人的思维方式，两个相近的事物或概念相连在一起，是较为容易的，但把两个相距甚远，以至完全悖谬的性质不同的事物或概念，相混互用，这种本领，却是常人难以做到的。这要求在无限广阔的思维领域里做大幅度的质的跳跃，而且又在有意无意之间，真真假假，扑朔迷离，让人摸不透真意，充分表现了"智者"阿凡提的过人的想象力和联想力。又如《阿凡提的故事》中一篇《智慧》：

有人向阿凡提吹嘘新近来到他们住区的喀孜，说：

"他是一个很聪明很有智慧的人。"
"可能的。"阿凡提说，"因为他很少用他的智慧，所以他脑子里充满了智慧。"

在这个小故事中，表面上阿凡提在赞扬新来的喀孜，其实却在挖苦讽刺他。这是一种在肯定中蕴含否定，在赞扬中埋伏着讥讽的手法，其实也是一种"言非若是""乱同异"的手法。这种以肯定的形式表示否定的内容，或者为了达到目的，先予以肯定，然后把否定的内容用肯定的形式表达出来，就是一种巧妙的斗争方式，表现了阿凡提出色的智慧和才能。在那个时代，公开攻击喀孜，是罪过。而赞扬喀孜，则多多益善。阿凡提把"多"与"少"相混为用，利用二者辩证的关系，在赞扬喀孜智慧的同时却否定了他。"因为他很少用他的智慧，所以他脑子里充满了智慧。"就这样以奉承的形式出现的批判，也是一种机智。由此可以看到机智人物总能在纷纭复杂的环境中找到随机应变的本领，永远立于不败之地。正如莫尔根讲的"从自己的机智中找到永远使用的手段"。阿凡提故事中的《金钱和正义》用机智的回答，刺痛了国王的痛处。仅仅用了数十个字，就把一向虚伪、反正义、贪婪的国王揭得一干二净，暴露在光天化日之下，让人们开怀大笑。这里阿凡提同样采取了在不同事物中找出其相同的地方；在相同的事物中找出不同之处，也就是"乱同异"的手法。两个不同的概念，就是"选择"和"不选择"、"缺少"和"有"、"金钱"和"正义"这样几组互相矛盾、排斥的概念，用了阿凡提的一句话，"谁缺什么就想要什么"，进行了重新组合、搭配，结果出现了意想不到的效果，高唱要正义的国王，恰恰是平日掠夺金钱、缺少正义的人。反之，阿凡提这个经常仗义疏财的人，在金钱与正义面前，却选择了金钱，令人感到意外的惊奇。而他最后的回答，更使人吃惊，并且由此造成的奇妙的结局，达到意想不到的效果。这正表现了机智人物的奇思巧智。在紧急关头，驰骋奇妙的想象力和联想力，及敏锐的判断力，才产生这样耐人咀嚼、耐人玩味的智慧。

　　机智人物故事中的机智人物为什么能在不同事物中看出相同之处，又能在完全相同的事物中找出其不同之点，这是因为他运用了一种非科学的逻辑。就是说这种逻辑，在科学中是不能成立的，带着很大的人工的幻想的成分。但这毕竟不失为一种聪明，而且也是一种过人的聪明。阿凡提的故事中的《洒油扫院》，就讲了这样一个故事。当巴依提出"扫地不洒水，还要湿漉漉的"为条件来刁难阿凡提时，阿凡提用油来洒地，结果保住了工钱。油和水是两种不同性质的东西，但有一点相同：都是液体，都可以使地做到湿漉漉的，不起尘土，这样巴依不仅得付给阿凡提工钱，而且还赔进了一罐油，阿凡提胜利了。在《吞只活猫》中，巴依问他："一只老鼠钻进肚子里怎么办？"按常人理解，进医院。但阿凡提的回答却是："吞下一只活猫"。这样富于风趣的回答，表现了阿凡提特有的机智。猫捉老鼠，这是尽人皆知的常识。既然肚子里有了老鼠，就让它的天敌——猫去对付，这还有错吗？但是，事实上这纯粹是想象，是非科学的，也是根本办不到的。设想一下，世上哪有整只猫或老鼠进得了人的肚子，况且还有活着的道理，真可谓天下奇谈。退一步讲，即使老鼠进去了，还有必要再送进去一只猫去逮吗？机智在此，引起了人们的笑声。笑的由来，正在于它所使用的逻辑是非科学的。这点和笑话中蠢人所使用的逻辑是一个样，二者的差异在于，蠢人用不科学的逻辑把本来错误的东西当成正确的，而机智人物故事则反之，是用这种非科学的逻辑解决对方为自己出的难题，而难题则在这种非科学的逻辑下迎刃而解。当然这种难题本身也是不科学的、刁难性的，甚至是无解的，所以在这种情况下，机智人物能用非科学的逻辑找出一个"解"来，而且能迅速得出答案，这就是聪明过人的表现。

　　机智人物故事中所显露出的智慧，有别于人类正常思维过程中所体现出的智慧。前者通常是指人们对事物的分析、判断能力，也有的表现为发明创造的能力。在机智人物故事中机智人物迸发出来的智慧，当然也是人的思维的一种形式，但这是一种人类思维的特有的表现形式，也可以说是一种特殊的思维形式。

机智人物故事中的智慧多以"急智"出现，要求智慧闪电般出现，以"快"著称，呈现一种"爆发型"。这种"急"智，"快"智，就是说不经过人们对事物的深思熟虑、周密思考，不是那种对事物做慎重的、通盘的研究，经过逻辑推理、判断，得出郑重的科学结论，而是临时性的，为了应付紧急出现的局面而突然爆发出来的智慧，为自己、为别人急中解围。这种智慧，打破了人们正常的思维方式，以令人惊异的、出人意料的言语，闪现出智慧的火花，显示出特有的机敏才能。但是，这种智慧，这种解题方式，也带着某种随意性，往往在某种特定场合，对某些"措手不及"的"难题"给以"出人意外"的解答，并非经过仔细推敲，也没有多少科学根据。这种答案也并非无懈可击，有的也没有对事物的本质做深刻的认识，当然更没有解开科学之谜的那种发明创造能力。但这种敏捷、灵活，随机应变的想象力和应变能力，又不能不承认是智慧。这种机智在许多富于喜剧性的文艺作品中都可以看到，这是人类智慧之树开出的一枝独具风格、别具光彩的花束。

如傣族的"召玛贺的故事"中有一个《借眼珠》的故事，讲的是一个独眼布波刁难到勐答戛苏去学本领的召玛贺，说："去年你爸爸向我借了一颗眼珠，我在这儿等你来还呢。"召玛贺说："我爸爸借你的眼珠带来了，我看你上下眼皮都粘在一起了，无法把眼珠装进去。等我用匕首把你的眼眶修好再给你吧。"这样就把企图欺侮、讹诈召玛贺的"独眼龙"吓跑了。

这里就表现出一种"快智"。在危急关头,急中生智,在凶恶的对手面前,机敏善辩,这种随机应变的能力,就是机智人物故事中机智人物中的特有的智慧。

另一个特点,就是体现出的"巧"智,往往表现为"狡计",也就是以诓骗的手段出现,以"谎"制敌。

召玛贺的另一个故事《断案》中,讲的一个富人,眼馋人家的马队,想据为己有,就找了一批打手,强抢过来。后来被抢去马队的人找当地头人召勐断案,召勐却偏向富人,把马队断给了富人。断案的依据就是富人说他晚上做了一个梦,天神把马队赐给了他。后来被抢走马队的人找到召玛贺,召玛贺便向他施以"巧"计,让他们装扮得像迎亲队伍那样送马队去。到了召勐那里,召勐问他们为什么吵吵闹闹,像迎亲似的。这时他就讲,我们是来迎亲的。昨夜天神托梦把马队赐给了他们,今天我也做了一个梦,梦见天神把您的公主赐给了我,还嘱我要好好继承您的财产,请按照神的意志办事吧。这样一来,把召勐气晕了头,再也不按神的意志断案了,因为那会把自己的女儿、财产全都断给人家的。结果穷人按照召玛贺的计策,用"巧"智,要回了马队。在这里使用了"请君入瓮"的办法,使头人陷入进退维谷的困境。

这样看来,机智人物故事中的机智人物的智慧,离不开"快"与"巧",总是以急智和巧智结合出现,二者配合,构成了这种特有的智慧。

在机智人物故事中,的确常常出现一些"骗局",搞了些假象,诱使敌人上当。在辩论中,也的确有讲"歪理"的味道,诡辩的味道。在科学中是绝对不允许诡辩的,真理只有一个,来不得半点虚假。但在喜剧性的作品中,却是允许诡辩的,这正是喜剧中的智慧不同于科学上的诡辩的地方。问题在于,以"撒谎"的形式出现,其目的是什么?是为了主持正义、公道,是为了惩治罪恶,是为了斗争的需要,这种"撒谎"是允许的,也是人民群众所欢迎的,这是机智人物面对强大敌人、对手的特殊斗争方式。机智人物故事以"谎"制敌,用诓骗的手段,利用敌人的矛盾、弱点,乘虚而入,给形形色色的敌人以嘲弄和打击,通过"撒谎",显示机智人物的过人的奇智巧思,以及机敏灵活的斗争本领。同时,斗争的结果也大长人民志气,大灭敌人威风,这正是机智人物故事的鲜明的阶级性。

机智人物故事的这一特点与它产生的特定的历史背景有关。在漫长的苦难岁月里,劳动人民始终处于被剥削、被奴役的地位,过着备受欺凌的日子,衣不遮体、食不果腹。他们是地主、奴隶主、土司、官吏的奴隶和工具,处于社会最底层。要改变这种不合理的社会制度,他们曾进行过多次的武装斗争,但终因种种原因而失败。作为农民、长工、牧民、奴隶个人来说,面对着强大的、横蛮不讲理的统治者,只能采取"合法"的斗争方式,运用智慧,进行巧妙的斗争,以期改善生活、劳动的条件,并打击敌人威风。这就是以"智斗""巧斗"方式出现的另一种斗争方式。智斗、巧斗,就在于应付对手的突然袭击,临危不惧,以"歪"制"歪",对方提出的无解的难题,以无以反驳的无解之答案予以回答,也就是以其人之道，还治其人之身，以机智置敌人于困境，同样也可以达到斗争的目的。

## 二

机智人物故事有别于其他的民间故事的重要特征，即在于它的现实性和强烈的阶级色彩。且不说它与神话中那种奇特瑰丽的神人世界迥然不同，即使同那些富于浓郁幻想色彩的童话故事（也有人称魔法故事），也有明显的区别。

机智人物故事着力于反映现实生活中人的生活现实，并不去表现人们幻想中的理想世界。机智人物故事主要反映了现实阶级斗争中劳苦大众的生活和斗争，他们的苦痛、欢乐，以及他们为改变自己命运和处境所做的努力和斗争，从中显示出广大人民群众对自己的力量的信心和对本阶级聪明人物的赞赏。

神话、童话、动物故事等的主要特点在于幻想性。当然，这种幻想性，也并不等于它们不反映现实生活，而是通过它们所表现的内容，折射出现实生活的面貌。机智人物故事对现实生活的反映更具有直接性和真实性。

首先，从人物形象来说，机智人物故事中的主人公，就是现实生活中活生生的人物，有的是农民，有的是奴隶，有的是牧民……他们不具有童话世界中那些叱咤风云、降魔伏妖的英雄人物的超人本领。其次，机智人物故事中也没有那些懂人意、会人话、能施魔法的动物。另外，也没有童话故事中的仙人和宝物，没有那些"宝匣""魔棍""飞毯""定水珠"

等为主人公急危解困、带来幸福。机智人物故事中的人是普通的人，他们凭劳动、靠智慧解决遇到的难题。故事中出现的动物，不带"仙气"，也不会施魔法。机智人物故事虽然也有所谓的"宝锅""宝棍""火龙衣"等，这些"宝物"有时候在危急中也出来协助主人公排难解忧，但都是在主人公智慧导演下的道具，所谓"宝"，施魔法，都是假的，是设的圈套，诱使敌人就范、上钩，是在机智人物的乔装打扮下呈现出来的虚假的"魔力"。机智人物故事中唯一能使人从困境摆脱出来转危为安、化险为夷的"魔法"，就是机智人物自己的智慧，凭着对自己力量和智慧的信任，战胜敌人。故事最终都是正义战胜邪恶，人民群众战胜剥削阶级，对于人民群众的聪明才智进行歌颂。

如傈僳族的光加桑故事中的《宝棍》。与幻想性强的故事中那种能施魔法、呈威力的点石成金、指啥有啥的魔棍决然不同，这是一根极为普通、极为平常的木棍子，只不过是经主人公光加桑的精心设计，巧妙安排，使之呈现假象的魔法，骗骗财主罢了。又如阿凡提故事中的《仙兔》，阿凡提谎称自己的兔子能通风报信，造了骗局，让喀孜上当，以五十银圆买去了"仙兔"，结果不但不能通风报信，还跑得无影无踪了。又如《拉金币的毛驴》，阿凡提事先在毛驴屁股里塞了三枚金币，让它在皇帝面前拉了出来，诱使皇帝上当，以为这是无价之宝，竟以一百头毛驴的价钱买下了这头毛驴，但等了好久，只给他拉下了驴粪蛋。

机智人物故事中出现的人和事，都是现实生活中的人和事，但又不是现实生活中的真人真事，而是经过劳动人民艺术加工、虚构出来的超乎正常生活状态的人和事。尽管这样，故事中浓厚的生活气息，强烈的现实性和阶级性、战斗性，都是其他类型的民间故事中找不到的。

有人说机智人物故事不应当归在故事类里，而应当归到传说类里。理由就是大多机智人物故事都是有名有姓的。他们举了阿凡提为例，认为阿凡提历史上确有其人，因此应当称为传说。

我认为机智人物故事不是传说，而是故事。因为，虽然这类故事其中有的人和事确实是真人真事，但早已不具备传说的历史性了。如阿凡提据说是生活在13世纪的土耳其人，但他作为"世界形象"，生活在中国新疆，完全具有我国新疆的地方特色和民族特点，已不再是那位13世纪的土耳其人了，当时当地人的形象已不复存在了。他是中国劳动人民特有的聪明、智慧的形象。

再如，纳西族的机智人物阿一旦，据说历史上实有其人。相传阿一旦生活在清代咸丰、同治年间，出生在云南丽江黄山一户贫农家里。阿一旦故事是由阿一旦与木氏土司做针锋相对斗争的许多小故事组成的，是纳西族人民根据阿一旦的小故事及他们自己的理想与智慧编织而成的。阿一旦形象早已不是生活在清朝咸丰、同治年间的阿一旦了，而成为劳动人民智慧的化身。因此无论是实有其人，还是虚构的，都是体现出劳动人民集体的再创造。因此说，这些人物早已不是原来流传下来的那个人了，而是经过集体加工创作，成为劳动人民集体塑造的形象，充分体现了劳动人民集体智慧的结晶。因此，不能把这些人物看作他们个人的传说，应当划进民间故事类里。

## 三

在民间文学界，以至整个文学艺术界，向来认为笑话、幽默、滑稽、诙谐、讽刺、机智等意义相近，因此有的同志便把机智人物故事与笑话看成一码事。它们意思相近是事实，但并不能等同，它们各有各的特定的内涵。

民间笑话的本质特征在于它是一种纠正手段，是用来羞辱人的。凡是引起人们发笑的行为，本身总是包含着这样那样的过失，笑就是予以纠正。有时人们未必惧怕某种批评、教育，但当人们用笑声来行使这种规劝的职能时，可能会使他非常狼狈。有些人把笑话看作恶作剧，有的同志把笑话看作讽刺人的，尽管说法不一，但意思都一样，都是认为笑话是否定性的，这也可以看作传统的美学观点吧。

《笑赞》中有一则笑话，叫《隐身草》：

> 有过人与以一草，名隐身草，手持此草，旁人即看不见。此人即于市上取人之钱，持之径去。钱主拳打之，此人曰，任你打，只是看不见我。

这个自以为得到隐身草的人，其实是蠢人，世上哪有真的隐身草，那不过是童话中的幻想世界的事。然而这个人却居然相信，竟在光天化日下手持隐身草行抢，当被抓住挨打时，还执迷不悟，说什么"任你打，只是看不见我"。这位死顽固的蠢人，无疑是个否定形象。

在《笑府选》中有一篇《藏锄》：

> 有兄弟耦耕者，其兄先归做饭。饭熟，声唤弟归，弟遥答云，待我藏锄田畔，即来也。饭时兄谓之曰，凡藏物须密，如汝高声，人皆听见，岂不被偷？弟唯唯。及饭毕下田，锄已失矣。因急归，低声附耳曰，锄被偷去了。

这也是一位缺心眼的人。藏东西要机密，人之常情，他完全不知晓，等到东西丢了后，才"大彻大悟"。这样一位该讲的不讲，不该讲的又瞎嚷嚷的缺心眼的人物，当然是被嘲讽的否定形象。

有人讲阿凡提故事就是笑话，这是不确切的。但我们不否认，阿凡提故事中也确有一些属于笑话，这当然不该算进机智人物故事类里。在这部分笑话中，阿凡提一反常态，不再是聪明、智慧的形象，反倒成了蠢笨的角色。这和整个阿凡提的形象并无矛盾。假如在一部作品中，一个人一会儿被说成聪明绝顶，一会儿又变成愚蠢至极，那是性格分裂，是不可取的。但阿凡提是一个化身，各族人民都流传不少阿凡提的故事，所以并不是一个完整的不可分的整体，因此，不同性格的阿凡提故事，也是允许的，确切地给这些故事划类，应当归到笑话类里去。

如在《井底捞月》里，阿凡提异想天开到井里去捞月亮，结果没有捞到，还让绳子钩住摔了一跤，仰头一看，明月完好地挂在天上。这时总该清醒了吧，没有，还自认为天上的月亮是他捞出来的。这是对那些自以为是、孤陋寡闻的人的有力的嘲讽和鞭挞。

从大量的阿凡提故事来看，阿凡提作为故事的主人公，都是被肯定的正面形象。他灵活机敏、智慧过人；他仗义疏财，急危解困，是劳动人民的好帮手；他常常搞得财主狼狈不堪，无地自容；他总是立于不败之地，他是一位深受劳动人民喜爱的形象。所以说，大部分阿凡提故事是应当属于机智人物故事类里，这是毫无疑问的。

笑的本质特点，尽管是对过头或荒谬事物的一种纠正，但荒谬事物的本身并不都是自然能引人发笑的，它要经过笑话作者的艺术加工，变成典型，才能可笑。仔细分析，我们发现，这种荒谬、错误的东西，要引起滑稽的效果，首先必须是本人对这种缺陷不认识、不了解，没有觉得这是一种缺陷。相反，他还真心诚意地把它当成正确的东西，并且用一种夸张到极点的荒谬的逻辑来加以证明，这时滑稽的效果就越发显著。如果笑话也有矛盾冲突的话，那么，这个冲突的内容，就是一方面是错误的东西，另一方面则是又把这错误当作不容置疑的正确的东西，二者缺少一方都不成其为笑话。比如，对某一种缺陷，他本人就认为是不正确的，是应该加以纠正的东西，那么，就绝无笑话可言。另外，如果不把这种缺陷夸大到极端，那同样也不会引起人们的笑声。

机智人物故事和笑话有时都能引起人们的笑声，那么，我们又怎样从引起笑声的不同原因寻找它们之间的区别呢？

机智之所以引人发笑，就在于使用的逻辑是非科学的，这点正和笑话中蠢人所使用的逻辑是一样的，但二者为什么又截然不同而有愚蠢与机智之别呢？原因在于，在笑话中，蠢人用这种不科学的逻辑把本来错误的东西说成是正确的；而机智人物则用这种非科学的逻辑解决对方提出来的难题。这个难题本身就是非科学的、刁难性的、无解的，所以在这种情况下，机智人物故事中的机智人物能用这种非科学的逻辑，为难题寻求到"解"来，这是智慧过人之处，这点正是机智人物与笑话的又一区别。

上述几点是我对少数民族机智人物故事本质特征的很不成熟的看法。本文试图从与机智人物故事相近的左邻右舍，如其他类型的民间故事、传说、笑话等的区别中，寻找机智人物故事独具的特征，从而划定它的范围、界限以及类别。文中缺点、错误在所难免，敬请大家批评指正。

# 《阿凡提的故事》浅析

胡振华[*]

维吾尔族民间文学丰富多彩。那些具有深刻内容和饶有风趣的笑话故事尤为人们所喜爱。其中的《阿凡提的故事》，可以说是家喻户晓的。《阿凡提的故事》，是指以阿凡提为故事主人公的无数短小的笑话故事。其实阿凡提并不是这个故事主人公的名字，而是人们对故事的主人公的一种称呼。"阿凡提"是"先生"的意思。故事主人公的名字叫"纳斯尔丁"。按照原文，把《阿凡提的故事》译作《纳斯尔丁先生趣事》似乎更恰当一些。由于《阿凡提的故事》这一名称已为我国广大读者所熟悉，所以我们这里仍沿用这一名称。

《阿凡提的故事》所包括的内容极其广泛，现分为下列四类举例介绍。

---

[*] 胡振华，回族，中央民族大学少数民族语言文学学院教授、博士生导师。

## 一、揭露、嘲弄和惩罚反动统治阶级的

如《是城里的狗吗》：阿凡提给喀孜[1]当了车夫。一天，阿凡提赶着喀孜的车从城里狭窄的街上走过时，迎面也驶来了一辆马车，那个赶车的毫不停让，横冲直撞地驱车而来，并向阿凡提喊道："停住，阿凡提，快把马车给我调回头去，我车里坐的是城里的阿奇木[2]。"阿凡提生气地说："你车里坐的是城里的阿奇木，难道我车里坐的是城里的狗吗？"

这篇故事表面看来是叙述阿凡提与另一个赶车的吵嘴，似乎讽刺了那个仗势欺人的车夫，但其实际含义在于借吵嘴而趁机痛骂喀孜，表达了劳动人民对喀孜的憎恨，同时，不给阿奇木的车让路，也表现了劳动人民对于反动统治阶级是毫不畏惧的。

又如《若是我有钱》：有一个放高利贷者问阿凡提："阿凡提，你为什么喜欢钱？"阿凡提回答说："若是我有钱，早就不受你的剥削了。"

这篇非常短小的故事，尖锐地揭露和抨击了剥削阶级对劳动人民的残酷剥削，并通过幽默的语言，表达了劳动人民对剥削阶级的憎恨。

像这一类的故事有许多，例如《皇帝和线绳》《鸟语》《两头驴的行李》《种金子》《魔鬼的脸》《驴当喀孜》《阿凡提和伊玛目》《锅生儿》等都是。

---

[1] 喀孜，伊斯兰教宗教法官。
[2] 阿奇木，维吾尔语，相当于"县官"。

## 二、对劳动人民进行自我教育

例如《读信》：阿凡提头上缠着筐一样大的"赛勒"[1]在街上走着。路上有一个人拦住他，请求地对他说："麻烦您给我读一下这封信吧。"阿凡提说："我不会读。"那人说："您头上缠着那么大的'赛勒'，还不会读封信吗？"阿凡提把头上的"赛勒"摘下来，戴在了那个人的头上，并说："如果看到头上有'赛勒'的人，就会被认为是会读信，那就请您自己读吧。"

过去一些宗教职业者头上往往缠着"赛勒"，装腔作势吓唬人，受骗的教徒也往往迷信他们。阿凡提针对这个现象一方面揭露了那些骗人的宗教职业者，同时也教育人们不要只看表面，以免上当受骗。

又如《头上种棉花》：一天，阿凡提到理发店理发，理发师冒冒失失，把阿凡提的头皮割破了好几个口子，就在伤口上贴了好几个小棉花球。阿凡提照了照镜子说："你在我半个头上种了棉花，剩下的地方让我自己种点胡麻吧。"说完便起来走了。

这篇小故事幽默地批评了那些办事不经心的人。阿凡提对劳动人民的某些缺点的批评，总是采用比较幽默而又风趣的语言去劝告和批评，这和对反动统治阶级的态度有着鲜明的区别。

---

[1] 赛勒，伊斯兰教宗教职业者头上缠的白布。

在批评劳动人民某些缺点的故事中，多半是批评人们身上沾染的懒惰、吝啬、迷信、自私、粗心等毛病的，像《懒汉》《毒药》《我的驴不同意》《口袋喝水》《汤的汤》等就是。

### 三、启发人们探索大自然的秘密

例如《海水为什么是咸的》：有人问阿凡提："海水为什么是咸的？"阿凡提回答说："为了不让海里的鱼臭了，所以才腌起来了。"

又如《星星》：有个人问阿凡提："阿凡提，当新月升起来时，让旧的月亮做什么去了？"阿凡提回答说："把旧的月亮砸碎，叫它当星星去了。"

这几篇小故事反映了劳动人民对于宗教迷信的不满，他们渴望科学地了解大自然的各种现象。故事虽然没有提出科学的回答，但却启发人们去探索、思考这些问题，表现了人们追求真理的精神和对宗教迷信的批判。

### 四、人民进行自我娱乐

每一篇阿凡提的故事，都能使人发笑，达到休息、娱乐的目的，但往往并不限于让人一笑，而在笑中使人受到教育。

例如《湖》：阿凡提长到这么大，可还没见过湖。一天，他朋友带他到湖边去。阿凡提看见水底长着许多草，就想，"要是没有这么多水，这是多么好的牧场啊。"

这一类故事，初看起来觉得阿凡提"傻"得叫人发笑，但是仔细推敲一下，这种自我娱乐的故事里，还是给了人们不少教益的。阿凡提不傻，而是纯朴、善良的劳动人民的化身，他无利己之心，处处为大家着想。这些小故事对人民有着一定的教育意义。

　　《阿凡提的故事》从其内容来看，其主流是应当肯定的。我们可以从阿凡提这个人物的形象中看到这一点。在故事里，阿凡提忽而以喀孜、伊玛目的身份出现，忽而又成了一个农民，忽而进入皇宫或去参加富人们的宴席，忽而又深入社会的底层。很难说出阿凡提是从事什么职业的人，他几乎可以成为任何行业的人，他也能在任何场合里出现。不论他以什么身份出现，他总是站在劳动人民一边，都是为了揭露和嘲弄反动统治阶级的。例如，他作为宗教人士出现，也是为了更酣畅淋漓地暴露他们欺骗、剥削的本质。总之，凡是人民需要的地方，都会找到阿凡提。阿凡提具有劳动人民的勤劳、勇敢、机智、纯朴、追求真理等优秀品质，他敢于向反动统治阶级斗争，又善于进行斗争。他爱憎分明。他批评劳动人民身上沾染的某些缺点，并不是把他当成敌人，而是劝诫人们摒弃那些与劳动人民品质不相容的坏毛病。他关心大家胜过关心自己，也常惹出笑话来，显得有些"傻"气，但这正衬托出了阿凡提的质朴。人们还把阿凡提看作一个万事皆通的人，有了疑难问题，总是来请教他，而他又总是别有风趣地启示人们去追求真理。我们认为，阿凡提的形象在维吾尔族民间文学中，主要是作为一个代表正义、富有智慧和为劳动人民喜爱的人物出现的。

维吾尔族人民历史上长期以来受封建统治阶级和宗教的残酷剥削与压榨，劳动人民对此无比愤恨，所以反映在《阿凡提的故事》里，这愤怒的匕首首先就投向了那些鱼肉劳动人民的可汗、官吏、高利贷者和欺骗、勒索劳动人民的喀孜、伊玛目们身上。在《阿凡提的故事》里，揭露宗教剥削压迫的故事非常多。这些短小的故事的产生和广泛传播，是有其一定的历史背景的。新中国成立之前，伊斯兰教是束缚维吾尔族人民的精神枷锁。人们每天要做五次祈祷，每周还要到清真寺做一次礼拜。结婚、生子、死亡、患病等等都要举行宗教仪式，请阿訇念经。订婚、结婚、继承遗产以及一切租典文书都要经过阿訇签字盖章。宗教势力是和历代反动政权紧紧勾结在一起的，他们除了在精神上欺骗奴役劳动人民以外，还设有宗教法庭和收取各种苛捐杂税，在政治和经济上迫害和剥削劳动人民。那些喀孜、伊玛目们还经常手持皮鞭抽打一些没按时礼拜的人，或没戴面纱外出的妇女等。劳动人民世世代代的痛苦经历教育了自己，喀孜、伊玛目们的所作所为也使劳动人民逐渐认识了他们的反动本质，因此劳动人民对宗教的束缚、欺骗和剥削是有着强烈的不满和反抗的。《阿凡提的故事》中关于这方面的一些故事，就是反映劳动人民与宗教进行斗争的。

维吾尔族人民之所以喜爱《阿凡提的故事》，除了是因为它反映了劳动人民的思想、感情、愿望外，还因为它在语言艺术上有着独特的风格。例如《阿凡提的故事》构思新颖奇异，与一般生活故事不同。它也叙述生活中的一些很平常的事情，但不是平铺直叙地落入俗套，而是使得人们听后能够打开思路之窗，启发人们去追求事物的本质。

《阿凡提的故事》的另一个特点是，结构短小精悍。绝大部分故事都是很短的，有的甚至只有两三个句子。每篇故事多半只叙述一件小事，情节也很简单。如果是叙述两件事情时，也是为了加深对比和表现因果关系而安排进去的，它们前呼后应，连接紧凑。另一个特点是，语言幽默生动。《阿凡提的故事》多半都是通过对话形式的句子来构成的。因为对话多是通俗易懂而又风趣的语言，不但人们听起来犹如亲临其境，而且通过阿凡提那幽默的话语，更能生动地刻画阿凡提这个人物的形象。

《阿凡提的故事》流传地区很广，不只在维吾尔族人民中间流传，在我国乌孜别克、哈萨克、柯尔克孜等民族中间也流传着。在国外，也流传于土耳其、阿塞拜疆等国家的许多民族中间。关于《阿凡提的故事》的研究，迄今有两种意见：一种认为阿凡提是一个历史人物，例如土耳其的一些研究者认为，霍加·纳斯尔丁即阿凡提是1208年诞生于土耳其西南部西甫里希萨尔城附近的霍尔托村，死于1284年；另一种认为阿凡提是一个民间文学中的虚构人物。关于这方面的材料，可参1963年第一期《民间文学》杂志上刊登的《关于阿凡提和阿凡提的故事》一文，以及1955年7月号《民间文学》、1956年8月19日《人民日报》、1961年11月30日《人民日报》、1962年1月4日《北京日报》、1962年4月28日《西安晚报》上的有关文章。

我们认为，维吾尔等民族的历史上确实有过一些善于讲笑话的民间艺人，但是这些人当中，未必真有过一个名叫纳斯尔丁的民间艺人，即使有过这样一个名字的民间艺人，而现在仍广泛流传的《阿凡提的故事》也不可能都是当时的故事，而是在不同历史时期，在不同的民族中，由劳动人民集体创造而又广泛流传下来的。所以，我们觉得把阿凡提看作一个民间文学中的传说人物较为合适。

# 阿凡提故事：维吾尔族人民智慧的结晶

赵世杰[*]

一

阿凡提，光辉的喜剧人物，著名的幽默大师。

数百年来，阿凡提就像一位不知疲倦的演员，他骑着自己的那头心爱的小毛驴，风尘仆仆地辗转于天山南北的城镇乡村。他走到哪儿，就把笑声和欢乐带到哪儿。阿凡提的笑话在新疆已流传了数百年，妇孺皆知，真正达到了家喻户晓的地步，深受各族广大群众的喜爱。抗日战争期间，温宿县还用维吾尔语上演过自己创编的喜剧《纳斯尔丁·阿凡提》。[1]

我第一次听到阿凡提笑话故事，是在1952年10月。那年我从部队翻译培训班学习维吾尔语毕业，被分配到南疆区党委组织部工作。作为土改工作队员，一天，我赴阿克苏浑巴什区

---

[*] 赵世杰，新疆人民出版社编审。
[1] 见《温宿县志》，新疆大学出版社1993年。

参加土改试点工作。一次，开罢斗争一个恶霸地主的群众大会，在返回队部的路上，一位苦大仇深的维吾尔老人对我讲："阿凡提跟财主斗了几百年，虽说扫了财主的威风，却没有斗倒财主。今天我们贫雇农总算把这个作恶多端的恶霸地主斗倒了。"我听了这话感到蹊跷，问阿凡提是什么人。他一口气给我讲了好几则阿凡提捉弄财主的故事，并说他的故事七天七夜也讲不完。从此，"阿凡提"这个神奇的人物便铭刻在我的脑海中，我的心被他深深地吸引。

1952—1956年，我先后去过阿克苏、温宿、疏附、疏勒、莎车、阿图什、和田县和喀什市，参加土地改革、征收余粮、合作化运动，以及农村党组织建设等项工作。在水渠边、树荫下，在老乡的炕头上，一有机会，便有意识搜集阿凡提故事。

1955年7月号《民间文学》最早介绍了翻译为汉文的《纳斯尔丁·阿凡提的故事》，引起著名民间文学研究家贾芝同志的重视，是他第一个写了研究阿凡提故事的评论，发表在同期《民间文学》上。1958年上海文化出版社首次推出《阿凡提的故事》（赵世杰译），受到读者的欢迎，也引起国内民间文学专家们的重视。随后，在《新疆日报》《人民日报》《光明日报》《羊城晚报》《儿童时代》等许多报刊上辗转刊登，至今在国内已先后出版了汉、蒙古、维吾尔、哈萨克、藏、锡伯等六种文字16个版本的《阿凡提的故事》，总印数达到100多万册。中国少年儿童出版社1963年出版的《阿凡提的故事》（赵世杰编译）在1980年的全国少年儿童文学创作评奖活动中获三等奖，它的修订本又被《中国少年报》列为"1982年红领巾读书奖章活动"推荐书目之一，并被北京市教育局选编入《儿童文库》，至今已印刷13次。《人民画报》的外文版、《中国文学》的英文版和法文版、《中国导报》的世界语版都曾把阿凡提故事向国外介绍过。外文出版社还将《阿凡提的故事》（赵世杰编）译成法文、孟加拉文、西班牙文等多种外文版本出版，发行国外。

此外，阿凡提的故事还被搬上银幕，1979年上海美术电影制片厂拍出《阿凡提》木偶动画片，1980年北京电影制片厂拍出《阿凡提》故事片，中央歌剧院还把阿凡提的故事编成喜歌剧《第一百个新娘》演出。改革开放以来，《北京晚报》开辟了"阿凡提新编"和"请教阿凡提"专栏；《兰州晚报》开辟了"阿凡提在兰州"专栏；乌鲁木齐市文化馆创办了《阿凡提画报》（每期介绍几则阿凡提故事）；新疆人民出版社编辑出版的维吾尔文少儿刊物《塔里木花朵》开辟了"聪明的阿凡提"专栏，在新疆维吾尔族民间还流传着许多新创编的阿凡提笑话。国内喜爱和敬佩阿凡提的人士，还以"阿凡提"为自己的企业或产品命名，譬如，"阿凡提饭庄""阿凡提香糖""阿凡提瓜子""阿凡提洗衣粉"等。用阿凡提这个人物形象做广告的就更多了。

从以上介绍中，我们可以看出阿凡提的笑话已流传到了全国各地，赢得广大读者、听众的欢迎和喜爱，具有广泛的影响。国内民间文学专家和学者们从1955年开始就对阿凡提笑话进行研究，至1987年共写出评论文章20多万字，由北京大学段宝林教授编成《笑之研究——阿凡提笑话评论集》在阿凡提的故乡出版。我国迄今为止已在汉族和40个少数民族中发掘出400多个机智人物故事。[1]专家和学者们认为，阿凡提是这些人物中最有特色的一位机智幽默人物，对阿凡提笑话给予充分的肯定和很高的评价。

## 二

《阿凡提故事》全称为《纳斯尔丁·阿凡提蓝提盘》，"纳斯尔丁"是人名，"阿凡提"是尊称，意为"先生"，"蓝提盘"为"笑话、笑的故事、逸闻趣事"。民族出版社1994年出版的《维吾尔语详解辞典》对"蓝提盘"的解释是："用带微笑的事件创编的短小故事。""蓝提盘"实际上是维吾尔族民间文学中的一种讽刺文学形式，按传统的民间故事的思想内容和艺术特征属笑话体裁。因此，《纳斯尔丁·阿凡提蓝提盘》较确切的译法应为《纳斯尔丁·阿凡提笑话》。因最初介绍阿凡提笑话时，译者们采用了"故事"一词，一直沿用至今。

我为什么要把本书定名为《阿凡提笑话故事》呢？因为民间笑话一般都只有被讽刺、被揶揄的对象登场，而阿凡提的大量故事中每篇登场的主角却是正面人物阿凡提，这些作品跟纯粹的笑话又有某些区别，实际上属于篇幅短小的讽刺故事。另外，还有相当一部分幽默笑话属于阿凡提的自我解嘲。循名责

---

[1] 见祁连休、肖莉主编《中国传说故事大辞典》，中国文联出版公司1992年。

实，或者据实立名，译为"笑话故事"，才能准确地将它概括。

新疆自古就是丝绸之路的要冲，东西文化交流的枢纽，世界各种古老文明——中原文化、印度文化、希腊文化的交融之地。维吾尔族优良传统之一，是善于吸收外来文化，消化外来文化。维吾尔族民间文学，在继承、发扬本民族优秀传统民间文学的基础上，从中原民间文学、印度民间文学、希腊民间文学以及波斯—阿拉伯民间文学中吸取营养，逐渐形成多元化特点的、开放型的民间文学，阿凡提笑话故事尤其如此。因此，维吾尔民间文学源远流长，枝繁叶茂，异彩纷呈，浩如烟海，是祖国光辉灿烂文化中的一部分。"蓝提盘"以其独特的民族特点和浓郁的地方特色独树一帜，在维吾尔族民间文学中占有重要地位。据一些学者研究，"蓝提盘"开始出现在维吾尔族民间文学艺坛约在10世纪，至今"蓝提盘"这条灿烂的文化长河流淌了1000年。

"蓝提盘"的艺术特征是短小精悍，构思独特，诙谐幽默，讽刺辛辣，具有独特的民族形式和浓郁的民族风格。通常以一个机智人物为主人公展开，题材相当广泛，内容大体可分两部分。一是揭露阶级敌人，二是嘲笑人民群众中贪婪、吝啬、懒惰的社会不良现象。在阶级社会里，它表现的主要是被压迫阶级和压迫阶级的矛盾这类主题，具有鲜明的人民性和阶级性。它既是维吾尔族人民群众揭穿封建统治者、剥削者的罪恶和愚蠢，反击他们对劳动人民的剥削和侮辱的战斗武器，同时也是人民群众进行自我教育、自我娱乐的一种形式。这种独具一格的大众化、民族化的口头艺术，深为广大群众所喜爱。

幽默是人们生活中不可或缺的一种艺术。幽默可以带来欢乐，增进身心健康，增强生活的自信；幽默可以增添智慧，化干戈为玉帛，友善地处理人际关系。维吾尔族是一个长于幽默的民族。维吾尔族文化中的幽默是源远流长的。这与维吾尔族人民性格开朗、乐观风趣、注重礼仪、崇尚智慧与知识是分不开的。在维吾尔族民间几乎不分男女老幼都能歌善舞，到处都有名噪一方的民间艺术家和幽默家、笑话家。在"蓝提盘"中就出现了一系列机智幽默人物，有的是虚构的，如阿凡提；多数是实有其人，如毛拉·再丁等，有影响的就有30多名，几乎一个时代都有一个时代的机智幽默人物，一个地区又有一个地区的机智幽默人物。其中阿凡提的笑话故事流传得最早、最多、最广，阿凡提可谓这些人物中的一位老大哥。机智人物的故事在流传过程中，被人民群众不断地加工使之丰富，并将自己编的笑话故事也加在他们的头上，于是他们成了形象丰满的机智幽默人物典型。这些机智幽默人物是各个时代本民族杰出人才的代表，是民族的精英。他们为丰富本民族的笑话故事建立了功绩，这也是维吾尔族民间笑话故事世代承传、永不泯灭的原因所在。

阿凡提的笑话故事在我国新疆维吾尔、哈萨克、乌孜别克、柯尔克孜、塔吉克等民族中都有流传。其中在维吾尔族人民群众中流传最为广泛。流传在哈萨克族中的主人公名字叫"霍加·纳斯尔"。此外，在阿富汗、伊朗、土耳其、乌兹别克斯坦、哈萨克斯坦诸国，也广泛流传着"毛拉·纳斯尔丁""纳斯尔丁·阿凡提""霍加·纳斯尔丁"的笑话。在阿拉伯国家和印度等国还流传着跟阿凡提笑话故事内容相似的作品，只是主人公名字不同罢了。实际上，阿凡提这个人物是一个"世界性的形象"，国外学术界早就在研究。1992年7月美国加利福尼亚州伯克利大学民俗人类学博士生丁兆然来我家做客时告诉我，据他所搜集的材料，至今世界上用各种文字出版的阿凡提笑话集已有100多个版本。当我向他谈到拙译《阿凡提笑话故事精粹》时，他衷心祝愿《精粹》早日走向世界。

历史上有没有过阿凡提这个人？国内外专家众说纷纭[1]。据维吾尔族人民口头传讲，阿凡提是生活在12世纪的一位维吾尔著名民间机智幽默人物。关于他的生卒年月和详尽事迹，至今还未得可靠资料。30多年来，我在搜集阿凡提笑话故事的过程中，就听到各种不同的说法：阿克苏人说他是喀什人，喀什人说他是阿克苏人，吐鲁番人说他是和田人。更有人这样回答"我父亲的父亲的父亲见过阿凡提。"

"纳斯尔丁·阿凡提蓝提盘"中的阿凡提，显然是维吾尔族人民群众在历史的进程中，用自己的高度智慧和艺术天才塑造出来的一个理想化的机智幽默人物。

三

在祖国民间文学机智幽默人物艺术典型的雕塑长廊中，维吾尔人民群众塑造的"阿凡提"这个光辉的艺术形象，是中华

---

[1] 见段宝林编《笑之研究——阿凡提笑话评论集》中《霍加·纳斯尔丁和他的笑话》一文，作者戈宝权，新疆人民出版社1988年。

民族民间文学宝库中一颗璀璨的明珠。

阿凡提勤劳勇敢，聪明机智，富有正义感，敢于蔑视反动统治阶级和一切腐朽的东西，在他的身上，体现了劳动人民的感情，反映了劳动人民的利益和愿望；他风趣幽默，语言诙谐，在某些特定场合每每来个自我解嘲，用幽默化解僵局，摆脱困境，给人们带来欢笑。阿凡提是一个深为维吾尔族人民群众喜爱的艺术形象。阿凡提笑话故事中所蕴含的丰富多样的文化内涵及深刻的哲理，常使人惊叹不已。对阿凡提笑话故事来说，幽默与讽刺是它的生命的保障，是它的本色，也是它广泛地融入社会生活的前提。阿凡提笑话故事有一种独特的表现手法：从微入手，抓住一个典型的情节，把矛盾集中在一个焦点，从而表现丰富的社会内容。因而他的笑话故事尽管很简短，却是情节完整，技法高超，内涵深厚，犹如高明的艺术作品，提供的只是一个瞬间，展示的却是一个过程。作为一种口头文学，阿凡提笑话故事几乎都是开门见山，不加雕饰，运用极富有个性的文学语言，将人民群众的思想和感情单纯而又精美地表现出来，极易被接受。人物的对话在笑话故事中具有相当重要的作用，结尾时常以妙语压轴，使人忍俊不禁，并且留下深长的回味。经过长期的辗转流传，已磨砺成颗颗璀璨的明珠，达到了思想性和艺术性的高度统一。

风趣幽默是维吾尔族人民群众生活的一个主题，是他们的艺术作品中不可缺的东西。阿凡提的幽默充满了深刻的乐观主义精神，具有欢畅明快、朝气蓬勃、欢乐愉快的色彩。在阿凡提笑话故事中，幽默和讽刺达到了水乳交融、相得益彰的境界。普希金说过"法律的剑达不到的地方,讽刺的鞭能够达到"。面对国王、大臣、伯克[1]、喀孜[2]、财主、奸商、地痞流氓的污辱和恶意的讥刺,阿凡提总是马上针锋相对地反唇相讥,并且词不穷竭,对答如流,使这伙统治者和剥削者目瞪口呆,狼狈不堪。在对待客人、朋友、理发师、懒汉、儿童、妻子的保守、自私、粗心、懒惰、迷信、自作聪明,以及他们对阿凡提善意的揶揄时,阿凡提总是可以创造出一种和谐、欢快的气氛,把讽刺潜藏在机智幽默的话语后面。既不使对方难堪,也不使对方丧失人格,从而折射出维吾尔人所固有的文化意识的习性,并满怀激情地表示了对自己民族各种传统美德的褒扬。无论揭露黑暗,鞭挞丑恶,还是讽刺落后,嘲笑愚昧,喜怒哀乐,辛辣幽默,听了令人捧腹,又使人在沉思中悟到精辟哲理。

阿凡提笑话故事中,有相当一部分是讲阿凡提的"傻"行为的。在这部分幽默笑话中,阿凡提有时装疯卖傻,打诨说笑,有时表现很愚蠢、很笨拙。有自己民族特色的艺术,才会被人们永远赞赏。每个民族都有自己别人模仿不了的性格,每个民族的艺术都不可能被别的民族完全雷同地模仿。阿凡提这个人物是以劳动人民为主体的广大人民群众塑造的一个具有奇特性格的艺术形象。也就是说他是一位崇高性格与滑稽性格两重结合的普通人物,是一位既能成功地扮演正面角色,又能成功地扮演滑稽角色的幽默大师。他的年龄、职业都未规定,这

---

[1] 伯克:首领,管理者。
[2] 喀孜:伊斯兰教宗教职业者。

样便可自由变换时空场景，不拘一格地多方面展示人物的喜剧性格。这样的人物易于使群众接近。

在阿凡提的全部笑话故事中，他既嘲弄别人，为自己辩护；也嘲弄自己，表现自己的可笑之处。后者说明阿凡提敢于面对自己人性的弱点，并不恼羞成怒，而且描摹得非常谦虚憨厚，惟妙惟肖，活灵活现。他的自我嘲弄，更透出维吾尔人的率直和幽默。阿凡提用自己所干的一件又一件违犯生活规律的"傻"事，说明生活本身，使人民群众认识生活，寓教于乐，在轻松愉快中得到具体的启发和教育。而这种教育是和幽默结合在一起，和智慧融合在一起，它不是用刻板的推理或训话式的说教，而是通过自己所特有的艺术力量在潜移默化中，使那些办事呆板、机械的人变灵活，愚蠢糊涂的人变聪明。

在表现阿凡提"傻"行为的笑话中，人们可以看到许多栩栩如生的人物形象，在这些笑话的背后可以发现深刻的思想意义。当然，其中有些以诙谐逗趣为主旨的幽默笑话，它们的娱乐性较强，给人们带来轻松、愉快的笑声，而不一定有明显的思想意义。车尔尼雪夫斯基说"……一个幽默家在机智、嘲笑、诙谐以及装疯卖傻中可以变得这样难以辨认，那些不理解幽默的人竟然把他当作一个丑角，或是个有点神经错乱的人，人们对哈姆莱特就是这样想的。然而他的装疯卖傻，其实是智者哲人对人类弱点与愚蠢的嘲弄，他的笑，是对自己以及对人们的同情的微笑。"[1]他的这段话，可以帮助我们理解阿凡提

---

[1] 见《车尔尼雪夫斯基全集》第二卷，转引自《幽默理论在当代世界》，新疆人民出版社1987年，第188页。

自我解嘲的那部分幽默笑话。

我在搜集过程中，曾问过许多维吾尔族故事家和群众："衡量一则阿凡提笑话是不是精彩的笑话，它的标准是什么？"他们几乎异口同声地回答："能惹人笑起来的，就是精彩的笑话。"由此可见，阿凡提讲笑话故事，不是为了改造谁，教育谁；人民群众喜欢听他的笑话故事，也不仅是为了受教育，而是为了娱乐和休息，为了消遣和放松。维吾尔人民群众在从事了一天繁忙的劳动后，轻松轻松，是他们做人、生活的一条基本准则。怎样才能使紧张的精神松弛下来呢？欢笑、愉悦是唯一的好办法。哈哈一笑浑身轻松，有利于排遣积郁，解除烦恼。可是，娱乐作用和教育作用并不互相排斥，为了使人们得到美好的愉悦，作品也追求在喜剧情节下面有哲理性、社会意义等深层的东西。这样，阿凡提笑话故事实际上具有陶冶人的情操，鼓励人健康向上的追求，以及促进社会进步的功能。

在阿凡提笑话故事中，自我解嘲的作品占了大量的比重。这正是他的笑话故事生动活泼，让人喜闻乐见的一个原因。在维吾尔人民群众的心目中，"滑稽可笑"是"阿凡提"的代名词。阿凡提的滑稽可笑不仅丝毫没有影响他的完美形象，恰恰相反，透过他那一则则自我解嘲的幽默笑话，更使人们认定他是位才华出众的人物。维吾尔人民形容一个人言行滑稽、风趣幽默、与众不同时，往往说一句"你真是个阿凡提"。把阿凡提作为形容词来用。我们把其和阿凡提本身联系起来看，把其和"阿凡提笑话故事"联系起来看，就会懂得维吾尔人民口头上作为形容词的"阿凡提"并不是什么贬词,而是褒词,从而我们可以知道维吾尔人民是多么喜欢阿凡提。

在阿凡提笑话故事中,讽刺、幽默、谐谑、自嘲一起交相辉映,使他的作品越发诙趣横生,奇妙滑稽,多姿多彩,经久不衰,具有强大的艺术生命力。

# 生成过程中的民间英雄

## ——试述阿凡提形象的变化特征

田 欢[*]

在当代中国流传的民间故事里，阿凡提是以智慧、幽默、为老百姓抱打不平、勇于同反动统治者做斗争的民间英雄形象存在的。然而，通过对流传于不同国家地区和不同历史时期阿凡提故事的比较，我们发现，这个经典的民间英雄并不是一蹴而就形成的，而是在民间传播过程中，逐渐被加工、改造，慢慢变得完美高大起来。如我们所知，"民间文学作品在流传过程中，往往并不是原封不动地再现原作品。劳动人民总是根据多方面的生活需要，结合当时当地的具体情景，汇集群众的艺术才能，对原作品进行不间断的加工、润色和增删改动，使作品从内容到形式都较之最初的形态更为完美，使它的社会作用也更加扩大"。[1]从这一点来看，民间英雄的生成过程恰好体

---

[*] 田欢，华侨大学华文学院副教授。
[1] 钟敬文编著《民间文学概论》，上海文艺出版社1980年，第30页。

现了民间文学的变异性特征。

阿凡提故事并不仅仅出现在中国的新疆,而是流传于整个小亚细亚地区,根据苏联民间文学研究者杰甫列托夫的观点:"在波斯、阿拉伯、土耳其、外高加索、北非洲、西西里岛、希腊,以及在巴尔干的保加利亚人,阿尔巴尼亚人和罗马尼亚人中间,事实上,东方所有笑话材料,都是围绕着这个名字收集起来的。"[1]

新疆的阿凡提故事自20世纪50年代起开始有组织地被收集整理出版,有50年代、60年代和80年代几种,而外来译为中文的阿凡提故事主要是来自土耳其、阿富汗及伊朗的版本。下面,笔者将试图通过对比中外几个不同版本的阿凡提故事集,从中探究阿凡提形象的变化轨迹,从而进一步理解民间文学传播特点及规律。

## 一、几个经典故事的增加与删减

在土耳其和阿富汗的阿凡提故事中,除了那些显示阿凡提优秀品质——机智、幽默、打抱不平的故事之外,嘲笑阿凡提的傻和迂的故事也占了相当篇幅,还有一些表现了阿凡提的吝啬、无情、占小便宜的缺点,甚至还被赋予了像走私犯、小偷这样的身份,在这一点上,同我国当代流传的阿凡提故事出入颇大。在《土耳其的阿凡提的故事》中,第一部分列出97个基本的传统的笑话,有四分之一的故事暴露了阿凡提的缺点;而

---

[1] 戈宝权译《纳斯列丁的笑话——土耳其的阿凡提的故事》,中国民间文艺出版社1989年,前言第13页。

在阿富汗《纳斯尔丁·阿凡提的笑话》中,这样的故事占三分之一以上。

比如,有一个关于寻找的故事,大意是阿凡提在马路上找自己丢失的东西,路人都帮他找却没找到,因为他的东西是丢在家里的,问及原因,他振振有词地回答:"因为这里比较亮。"在《侥幸》中,晚上阿凡提看到花园里有白影晃动,以为是贼便射了一箭,过去一看原来是自己的衬衫,于是掉了魂似的回来了,对妻子说:"可真险啊,想想吧,如果我要是在那件衬衣里的话,我就会被射死了,它正好射穿了心脏。"这些都是非常经典的笑话,而且在不同地区的民间故事里,都会有相似的版本。

除此之外,在《走私犯》里,阿凡提是一个走私犯,多次骑着毛驴从波斯到希腊去,原来他每天走私的东西就是毛驴。这类故事中,阿凡提与故事的其他人一样,会做错事、说傻话,有时也办坏事,作为故事的主人公他也会遭到嘲笑和讽刺。在这样一个故事系列里,阿凡提更多显示出他可爱、逗趣的一面。把有关阿凡提公正断案、帮助老百姓讨回公道、戏弄统治者等我们所熟悉的故事融合进来之后,就会发现早期的阿凡提形象并非高大完美;相反,他有很多缺点,是一个非常人性化的另类英雄。

与境外流传的另类英雄形象不同,在20世纪50年代我国的故事集中,阿凡提完全是一个机智勇敢的斗士,十全十美的民间英雄。他言语犀利而幽默,对待封建统治者及反动的宗教人士毫不容情,从没有做过错事。一般把他塑造为:"……最聪明、机智和爱幻想的人;遇事最有办法,回答什么问题时能让对方理穷词绌，又非常逗乐。他为人正直，很有正义感，经常骑着一头毛驴在外面抱打不平，因为敢说话，敢于反抗统治阶级的压迫和剥削，受到群众的尊敬；而同时他又完全像一个老老实实的普通农民，过着勤劳贫苦的生活，性格淳朴善良，憨厚可爱，一句话，他是劳动人民中一个代表正义和富有智慧的典型人物。"[1]

在1981年出版的戈宝权主编的《阿凡提的故事》中，也可以找到相当多的故事作为例证。这本书四分之三以上的故事都是阿凡提对愚蠢的统治者的辛辣讽刺和无情戏弄，从国王到大臣，从巴依到喀孜，从装腔作势的学者到伊玛目，从不怀好意的商人到懒汉，凡属于封建统治者的范围以内，各色人等都会受到阿凡提的嘲弄。

有时，阿凡提对罪恶的统治者进行正面批判，有时，阿凡提用机智的回答讽刺统治者的自高自大和愚蠢，比如《国王的生肖》篇，当国王被告之自己属狗时，很不高兴，说："我是个国王，最不济也属狼，你怎么说我属狗？"阿凡提回答："假如陛下要我奉承您，那我说您属大象也可以。"同时，阿凡提对宗教神职人员的嘲弄也毫不客气。

类似的故事组成了中国当代版阿凡提故事的主体部分，这里面的阿凡提作为高大完美的民间英雄的典型形象，深受广大人民爱戴。然而，上述类型我们在土耳其、阿富汗版本的阿凡提故事集中却很难发现，对宗教人员的嘲弄在土耳其版的故事中也是难觅其踪。从10世纪到20世纪七八十年代以来，中国阿

---

[1] 贾芝《关于阿凡提的故事》，见段宝林编《笑之研究——阿凡提笑话评论集》，新疆人民出版社1988年，第1页。

凡提的故事中，关于他对抗宗教、封建统治者，展现其英雄气概的故事越来越多。这一变化，对阿凡提形象的形成及其变化起到至关重要的作用。

## 二、几个重要故事的对比

民间文学尽管在传播中有所增减，但总也有一些稳定的成分存在，阿凡提故事也是如此，一些经典故事，会通过口头或文字传播从境外传到境内，从古代传到今天，比如著名的《炒锅生儿子》《世界末日就到》《背人过河》《不给借驴》和《猜谜语》的故事等等，正是这些特有的幽默故事构成阿凡提故事系列的内在稳定结构，使之得以传承。然而，时代的变迁终究使这些故事发生变化，虽然那些基本情节有所保留，但是在不同地域、不同时代，故事的思想内容却产生了变异，与此同时，阿凡提的形象特质也发生了变化。

从整体脉络来看，同一类型故事的变异主要体现在这样几个方面：由嘲讽阿凡提自己的变成嘲讽他人的；聪明的主人公从别人变成阿凡提自己；阿凡提对待国王或者其他统治者的态度从惧怕变为无所畏惧；原来只是表现巧合，后来是要表现阿凡提故意与统治者作对；本来对邻居、小孩或者青年的戏弄变成对王公大臣的戏弄。

以猜谜语故事为例。在土耳其、阿富汗的故事中，让阿凡提猜握在手心里的鸡蛋，提示说外面白，里面黄，看上去像个鸡蛋，形状也是个鸡蛋，而他的答案则是，"准是你们挖空了一个芜菁,又在当中塞了一个胡萝卜""是个什么饼吧",充分创造了一种喜剧效果,让人忍俊不禁。而在新疆当代阿凡提故事中,猜谜语的主人公换成王子,他被一个教师教了很长时间,听说已经非常聪明,所以当众猜谜。阿凡提把戒指放在手心说:"四周滚圆,中间有眼",王子答曰"手心里放的是磨盘",阿凡提把戒指戴上,讽刺地说:"陛下,王子聪明极了,现在,城里所有的贤良哲人,都可以到戈壁滩上去游玩,把城市让给王子来管辖了。"猜错答案的主人公从阿凡提变成他人,讽刺的矛头直接对准统治阶级。

很多故事本来是嘲笑或暴露阿凡提的缺点,但随着时间的推移,这些反面的主人公都变成了比如国王、大臣等人,而阿凡提也逐渐在传说中变得勇敢无畏起来。阿富汗版和土耳其版里都有一个关于国王宠象的故事,说国王养的大象总是踩踏庄稼,于是村民们推选阿凡提去为他们讨个公道。进入王宫之后,别人都吓得退却了,阿凡提看国王这天很不高兴,于是说:"我们,是这样,我,我在想它需要一个伴侣了。"事情弄巧成拙,阿凡提的窘态历历在目。但在我国当代版故事集中,阿凡提从未惧怕过国王等人,他的话掷地有声:"我纳斯尔丁把皇帝大臣都不放在眼里,你一个臭巴依算老几。"体现了一个民间英雄的非凡勇气。

比如,阿富汗版和土耳其版都有一个关于阿凡提思索的故事,大意是阿凡提坐在桑树下,旁边是西瓜地。[1]他苦苦思

---

[1] 在不同的版本中具体植物名称不同。

索，为什么高大的桑树结了那么小的果实，而细小的藤蔓上却能结出大西瓜。这时树上的桑果掉下来砸了他的头，他才恍然大悟："我明白了，这就是其原因，不是吗？"因为如果树上结的是西瓜，否则他早就被砸死了。以后这个故事的主体内容虽然保留，但前因后果却发生明显变化。故事演变为国王在树下乘凉，阿凡提故意打落一个果实（是核桃树，所以国王头破了），然后对愤怒的国王笑言："恭喜恭喜，陛下，您的运气真妙啊，幸亏树上掉下来的是个核桃，如果是个南瓜，早把您的脑瓜砸得稀巴烂了。"一个原本有些迂的思考者，变成了主动出击，戏弄国王的勇士，而国王转怒为喜，更加暴露了统治者的愚蠢。

经典笑话《炒锅生儿子》也是如此。在阿富汗流传的版本中，邻居借了阿凡提的锅，归还时多加了一口小锅，并对他开玩笑说，这是锅生的儿子。而后来阿凡提向他借锅，并且以锅死了为由不给邻居还锅，小小地戏弄了一下无辜的邻居。但是在新疆流传的同类故事中，是阿凡提先向贪财的巴依借锅，还回去时说锅生了儿子。当巴依让他好好照顾大锅，以便让大锅多生几个儿子时，阿凡提以大锅死了为由，戏弄了贪心的巴依。

在《不给借驴》故事的较早版本中，如土耳其、阿富汗、伊朗故事里，基本情节都是一致的。故事讲到有人向阿凡提借毛驴，他不肯借并且撒谎说驴不在家，这时毛驴大叫被来人听见，阿凡提回答："一个人只相信毛驴的话，而不相信我的话，这样的人是不值得借给任何东西的。"虽然回答中显示了阿凡提的机智，但不免有些强词夺理。但在当代新疆阿凡提故事中，首先就说这是一个懒汉来借驴，于是阿凡提的吝啬变得理直气壮，"我现在才相信你为什么这么懒了，原来你就是不肯听有胡子的老年人的话，倒相信毛驴的话呢"。

与之类似的情况屡见不鲜，虽然具体变化的故事因素不同，有的是主人公变化，有的是原因变化，有的是结果变化，有的是具体做法的变化，但就总体情况来看，阿凡提的形象变化趋势是比较明朗的。正是这些故事的流变，使我们看到一个勇于反抗旧势力的英雄逐渐成长和完善起来，那些属于性格缺点的部分被有意删节或者改变。流传过程中，所有变迁的故事因素在体现阿凡提越来越多优秀品质的同时，也越来越将封建统治者和反动宗教权威当作靶子，毫不留情地加以揭露和抨击，从而使阿凡提故事更加符合时代演变的要求。

### 三、阿凡提故事流变的原因及分析

如我们所知，"民间文学作品由于采用集体的、口头的创作和传播方式，便直接决定了它本身总是处于不断变化的状态中。民间文学作品这种自然而然变动的特点，是和作家书面文学的稳定性相区别的重要标志。"[1] 上述阿凡提故事的流变，集中体现了民间文学的这一特征。民间故事来自广阔的社会生活，来自社会底层劳动人民的生存状态，因此，探究阿凡提形象演变过程的外部原因及内在规律，更能加深我们对民间及民

---

[1] 钟敬文主编《民间文学概论》，上海文艺出版社1980年，第36页。

间文学特质的理解。

阿凡提故事之所以在流传过程中会发生明显变化，总的来讲是因为历史条件的变迁促成的，具体体现在这样两个方面：

如拉米伊在收集的笑话中，把属于阿凡提的具有一定自由思想和轻佻的笑话都排除在外，同时，给相当一部分故事又加上一段具有说教意义的结尾。这种有意作为，使阿凡提故事带有空前浓厚的宗教色彩，与其他地区流传的故事大为不同。

另外，在20世纪80年代出版的阿凡提故事集中，那些讽刺暴露阿凡提自己的情节不再被有意抹去，而且新近出版的《阿凡提故事》四分之一篇幅都是把他自己当作被笑话的中心人物。[1]而我们在上面提到的土耳其、阿富汗、伊朗等国的阿凡提小说，其译介也都在这个阶段。在比较晚近的《世界阿凡提笑话大全》中，将所有故事分作八卷，包括《童心篇》《智慧篇》《开心篇》《吹牛篇》《愚心篇》《贪心篇》《妻子篇》和《临终篇》，不仅收集了传统的阿凡提戏弄国王、巴依、阿訇以及吝啬的邻居等故事，还有大量表现纯真童心、夫妻关系等生活气息浓郁的情节，阿凡提以憨态可掬的形象出场，少了几许锋芒，更多了几分可爱，尤其是儿童阿凡提的言行，更是让读者不禁时时捧腹。似乎可以这样讲，晚近的阿凡提故事在整体上有回归笑话的趋势，更多带有娱乐性质的轻松、幽默的故事出现；为满足更多接受者尤其是儿童的需求，除了我们熟悉的成人阿凡提之外，又有以小学生身份出现的儿童阿凡提，

---

[1] 何凯歌《喜剧人物阿凡提——兼评机智人物说》，见段宝林编《笑之研究——阿凡提笑话评论集》，新疆人民出版社1988年，第177页。

有时还借助卡通版的阿凡提来讽刺世人的弱点或缺点，应该说给这个人物形象本身注入了更多的时代内容。

## 四、结论

以上通过对阿凡提故事及阿凡提形象变化过程的分析，我们看到，民间故事主人公的优秀品质往往是在流传中逐渐凸显和集中的，英雄在不断塑造之中趋向完善，这反映了阶级社会条件下，人民对英雄的一种理想化倾向，是一个从非自觉走向自觉的创造过程。由于材料掌握的局限性，上述关于阿凡提形象的变化分析也许并不能说明事实的完全真相，但从民间文学的流变与传承这一角度来讲，随着时代的发展与进步，某一民族传说中的经典形象便随之而丰富、充实、变异，阿凡提无疑是很有代表性的一个人物。

事实上，几乎在每个民族的传说故事中，都会有类似阿凡提这样集中体现本民族优秀品质的理想化人物，他们或者机智勇敢（如蒙古族的巴拉根仓），或者大公无私（如汉族的禹），或者像阿凡提一样风趣幽默，深受劳动人民爱戴。围绕这一中心形象，民众又在不同历史时期，不断创造出新的关于他的故事，从而使这一形象特征在不同的文化语境下发生变异。而也只有在这种故事、形象的不断丰富变异的过程中，民间故事的传统形象始终具有鲜活的生命力，能够在相当长的时间内，体现民间文学自身的创造力与魅力。

# 笑的意义和力量

## ——谈阿凡提故事

李稚田[*]

阿凡提,是我国民间文学众多机智人物故事中极有特色的一位机智人物。听过阿凡提故事的人,没有不被阿凡提的机智、风趣、浓郁的幽默感感染得发出爽朗笑声的。他辛辣地开着王公贵胄、财主老爷们的玩笑,尖锐地讽刺黑暗的社会现象。有时,他又调侃着乡亲,以滑稽的言行,逗得大伙儿哈哈大笑。他走到哪儿,就把笑声带到哪儿。不但维吾尔族人民热爱阿凡提,以阿凡提的名字为骄傲,而且更多的民族、更多的人越来越熟悉阿凡提,越来越喜欢阿凡提。

阅读阿凡提故事(当然,在流传者中间主要是"听"的),我们可以深深感到,这些故事有一种思想内涵的力量。它们中的每一篇,都在向我们启发着什么,告诫着什么,揭示

---

[*] 李稚田,北京师范大学教授、博士生导师。

着什么,批判着什么。我们读着某一篇,会感到无比畅快;我们读着另一篇,又会感到面红耳赤,坐立不住。它们紧紧地抓着我们的心灵,引导我们去认识,去思索。阿凡提故事怎么会有这么大的力量?它的力量来自何方?

阅读阿凡提故事,你总是会笑的。为什么笑?因为你看到了事物的可笑之处。为什么可笑?就是因为这些事物显现出了外表的现象与内在的本质之间的矛盾。当你在突然之中认识到了这种矛盾,发现了事物的缺点,就会忍不住笑了起来。这笑,是一种批判,是一种武器。那么,阿凡提故事向我们揭示了什么,使我们不断地发出笑声,从中得到了启示呢?

在我国民间文学宝库中,机智人物故事的数量是十分丰富的,许多民族都有自己的机智人物。例如,汉族有徐文长、赵南星,蒙古族有巴拉根昌,藏族有登巴叔叔,纳西族有阿一旦,等等。这些故事和阿凡提故事一起构成了我国的机智人物故事群,成为民间文学宝库中的璀璨宝藏之一。机智人物故事属于笑的艺术,但很明显,它不同于笑话,它们所给予人们的艺术感染效果是与笑话有相当大的差异的。那么,我们就要询问:何以会产生这种差异呢?本文试以最富有代表性的阿凡提故事为例进行分析,进行探索。

一

笑的艺术在表现上有逗笑、幽默、滑稽、诙谐、讽刺等多种品类。在美学上,则一般分为讽刺与幽默两个相对的范畴。一位文学批评家曾指出过,幽默基本上是对现象的次要、局部的因素的否定,而讽刺是对它普遍的基本的因素的否定。很多研究者在论述讽刺与幽默时都注意到它们在客观效果上的差异,认为讽刺比幽默更辛辣、更坦率、更直接。讽刺是真实地、精练而夸张地、艺术地将人生无价值的东西撕破给人看,因此,它的使用对象就与幽默有所不同。一般地说,讽刺,主要是针对敌对者的。这敌对者的概念内涵,在阶级社会中,既包括敌对阶级的人们,也包括和自己所信奉的思想道德强烈冲突者的社会现象(因为,认为那是"丑")。幽默,则是善意地指出对方的缺点,指出对方某一点的可笑。它采用一种委婉的表达方式,因而说出来后不使或少使对方产生反感,且乐于接受,乐于改正。鲁迅在评论美国作家马克·吐温时认为,"幽默"是对生活的含笑的批评,含笑的讽刺[1],论及了幽默的功能,也注意了幽默的表达方式。讽刺与幽默之间,是有明显区别的,但它们同时又有极为密切的关系,这种密切关系的表现之一,就是都要具备浓郁的心理情感——幽默感。

幽默感,人们常常把它与幽默相混淆,以为它仅为幽默所独有。诚然,幽默需要有幽默感,而讽刺又何尝不需要有幽默感?缺少幽默感的讽刺,如果我们还能把它称为讽刺的话,充其量不过是一种普通的揭露罢了,这样的讽刺,只能激起人们对丑恶事物的愤慨,而很少能使人透过被讽刺者表面的强大看出它的虚弱与没有前途。一个好的讽刺,也是应该具有幽默感

---

[1] 《鲁迅全集》第4卷,人民文学出版社1959年,第263页。

的。在分析机智人物故事时，要注意区分其中的讽刺与幽默，也要注意二者所共有的幽默感。我们正是通过这种幽默感，看到优秀的机智人物思想的深邃、性格的风趣、言辞的锋利。假如一个机智人物，有关他的故事缺少这种幽默感，那剩下的是什么呢？不过是些恶作剧而已。

## 二

在诸多阿凡提故事中，过去为研究者注意较多的，是那些讽刺国王、大臣、县官、富商等封建统治势力的代表，以及喀孜、伊玛目、阿訇、毛拉等宗教势力的代表的故事。在这些故事中，阿凡提不仅揭露了统治者的凶狠、残暴、贪婪与虚伪，更重要的是阿凡提使劳动人民（尽管在故事中没有出场，而是以听众的身份出现）在他们面前发出了胜利者的嘲笑声。感染我们的，不仅仅是讽刺的尖锐与深刻，以及由讽刺所揭示的被讽刺者的可笑与渺小，更有由幽默感带来的智慧与机敏，以及由它所揭示的讽刺者的可亲与伟大。劳动人民正是在这笑声之中，认识到了自己的力量。俄国民主主义战士赫尔岑说得好："如果下层的人被允许在高贵的人面前笑，或者他们不禁失笑，这时候，等级性的服从就消失了。对着圣牛发笑，这就意味着把它从神圣的尊严地位贬为平凡的一条牛。"

我们来看一则阿凡提故事：

有一次，国王问阿凡提："阿凡提，凭我这模样，到巴扎上当奴隶卖,能值几个元宝?"

"最多十个元宝。"阿凡提说。

国王大怒,骂道:"胡说!说别的,光我腰里扎的这根镶金皮带,就值十个元宝!"

如果故事就写到这里,最高封建统治者——国王的尊严,也已被阿凡提打掉了。封建社会里的国王,从来都是自命不凡的。他们就是人间至高无上的统治者。他们说的话,要称为"圣旨";他们的身体,要称为"龙体"。如此尊贵,竟被一个平头老百姓估为十个元宝都不值,国王当然要对这"不大敬"极为生气了。故事说到这里,只有揭露,只有蔑视,但还没有讽刺,原因是还没有幽默感的最直接表现,揭露的力量当然也就不那么强烈。我们且接着往下听:

……"是啊,陛下,"阿凡提指着国王腰里扎的镶金皮带:

"正因为你腰里有这根镶金皮带,我才说了这个价钱啊!"(《国王的身价》)

真是出人意料!原来这"十个元宝"的价钱还是指的国王腰间的一根镶金皮带说的。国王本人呢?当然是一文不值了。本来想"捞"个高价钱,却只得这么个惨局,一条高贵的"圣牛",原来是条不值一文的"平凡的牛"。阿凡提的幽默的话语,点出了外表与本质的不协调,产生了强烈的讽刺效果,听者在国王"面前"发出了胜利的嘲笑。

这就是幽默感！它是成功的讽刺不可缺少的成分。它不仅使故事变得生动有趣，更重要的是增强了斗争的力量，发人深省。有人曾认为笑是肤浅的，会起冲淡思想性的作用。其实，思想性的深刻与否，并不以能否引起痛苦的感觉为标准。幽默感可以造成含蓄，使故事耐人寻味：引人发笑，却使人深思。在寻味和深思的后面，便是力量的聚积。讽刺，则正是借助于嘲笑（幽默感加愤怒）这种武器，组织起道义的力量去消灭那丑恶的事物。这样的讽刺，比起直接的批判和诅咒更能打动听众的心灵。对敌人，对一切丑恶现象，它是锋利的匕首和投枪，狠狠地击刺着他们的心脏。

这一类讽刺故事在阿凡提故事中占有很重要的位置，因为它们表明了阿凡提的立场，表明了阿凡提确是劳动人民的儿子。它们是真正的民间文学。在统治者面前，在恶势力面前，敢于放声嘲笑的，是勇敢的人民，是有信心的人民，因为他们知道面前的魔鬼是虚弱的，而未来是属于他们自己的。这一类故事使劳动人民扬眉吐气，因而深得广大群众的喜爱，也就能够长期并十分广泛地流传在劳动人民中间。

## 三

在阿凡提故事中实际占有较大数量的，则是另一类故事。它所批评、讽刺的对象不是达官贵人、财主老爷，而是存在于群众身上的种种毛病与缺点；还有一些内容竟然说的是阿凡提自己也干了一些不太漂亮的"傻"事。这类故事的前一种比较好理解：人民群众自身的缺点也需要批评，这种讽刺只要是与人为善的，便应给予肯定和欢迎，更何况这些缺点、毛病中有许多原是剥削阶级思想意识的表现，否定它们根本无损人民群众的利益。但对于后一种，即所谓阿凡提干"傻"事的故事，研究者们意见分歧很大。从表现形式来看，它们多为幽默型。那么，应该怎样认识呢？

我们发现了一个有趣的例子：有两个故事，它们的情节与结构完全相同。一个叫《女人的话》，讲一个喀孜劝诫人们不要听女人的话，阿凡提就告诉喀孜，正巧他的女人要他送一只羊给喀孜，现在就不要送了。喀孜马上改口说女人的话有时也可以听听。另一个故事叫《魔鬼的话》，主要却是阿凡提自己：他劝诫人们不要听信魔鬼的诱惑，有一个人就告诉阿凡提，魔鬼正诱惑他要把一件袷袢送给阿凡提呢，现在也正好可以不送了。阿凡提听了也马上改口说，要是那样的话，魔鬼的话也可以听一听哩。

这两则故事实在是相同母题的不同异文。前一则揭露了喀孜，讽刺了他出于贪婪而不惜出尔反尔，自打嘴巴的丑态。但后一则，出尔反尔的却是阿凡提自己。有些人对此也许会大惊小怪起来，阿凡提怎么能这样做呢？他是智慧的化身，劳动人民的代表呀！出尔反尔的只能是喀孜，或者是阿凡提的某位朋友，阿凡提应以正面形象出现，对老爷揭露，对朋友规劝。然而这只是一厢情愿的意见，阿凡提故事中阿凡提干"傻"事，甚至恶作剧的故事不在少数，否定它们并不能阻止这类故事流传。

很长一段时间内,这类故事被划入"坏故事"之列,因为它们损坏了阿凡提的形象,至少造成了阿凡提形象的不统一(更甚者,是在往劳动人民脸上抹黑!),因此,它们是阿凡提故事中的糟粕,应当排斥[1]。一些评论文章便避而不谈它们,实际上已把它们排斥于民间文学之外了。另一种意见稍微客观一些,对这些故事中的某些篇目进行了分析,力图找出其中的积极因素,认为这类故事是运用"借喻"手法,以讽刺和鞭挞那些不良现象,所以不是糟粕而是精华[2]。"借喻"这一术语用在这里只能造成混乱,阿凡提是"喻体","本体"指谁?阿凡提成了"喻体",实际上也就成了"载体",那么该如何解释人物形象与内容的不统一?民间文学有没有这种随意性极强的"箭垛"现象?这种说法只能使问题更加纠缠不清。还有人举了一些例子说明阿凡提虽有"傻"行为,但它或是从剥削者眼中看出的"傻"(因为到头来终于发现傻瓜原来是剥削者们自己),或是表现了阿凡提性格的纯朴憨厚,大智若愚,因而也富于深刻的寓意[3]。还有人解释阿凡提的"傻"是由于他关心大家胜过自己,所以就常常惹出笑话来,显得有些"傻",但这正衬托出了阿凡提的质朴[4]。这样解释虽能说明一些问题,但却无法解释如《魔鬼的话》,以及《两

---

[1] 上海文艺出版社《民间文学集刊》1958年第4辑《关于阿凡提故事的讨论》一文编者按语中所举。
[2] 同上。
[3] 《关于阿凡提的故事》,《民间文学》1956年1月号。
[4] 《(阿凡提的故事)浅析》,《中央民族学院学报》1978年第1期。

抵》《不欠饭钱》一类的故事，因为它们并没有表现阿凡提的"傻""大智若愚"的性格特点。"傻"，是阿凡提对付敌人的一种策略（如《不许见面》），"大智若愚"是在说明阿凡提的真挚与热情（如《怕驴受冻》）。因此，我们还需要找到一个更确切的答案。

## 四

深入研究一下幽默之后，可以发现它的嘲讽对象实际上有两种：一种是旁人，另一种是自己，后者便称作"自嘲"。在中国传统精神文化中，自嘲往往被当作"不自尊""不稳重"的表现而被轻视，使人们对它不够了解。早在一个世纪以前，车尔尼雪夫斯基在《论崇高与滑稽》一文中强调过自嘲对于一个"真正的人"，对于一个幽默家的极端重要性。一位美籍华人学者也曾分析说：

我相信幽默的力量有三个层次。第一而且也是最低层次，存在于只对自己讲的笑话能笑、能做趣味思想的人。

第二也是次高层次，出现在只对别人讲的笑话能笑、能做趣味思想的人。

最高、最佳层次，只有那些能笑自己，能对自己做趣味思想的人，才能达到这个境界。

之所以能够达到最高、最佳层次的原因，他又说：

第一，幽默的"最安全的标的就是你自己"，因为"树立自己本身作为幽默力量的标的，你可以传达讯息，表达看法而不攻击到别人"。

第二,"有一条不成文的规定,说能笑自己的人有权利开别人的玩笑"。

第三,"我们每个人的参考架构、生活形态和经验,把我们与他人隔开,但是我们企求了解和接纳的需求,却又把我们联结起来。如果我们能提出自己的人类本性,别人会因此认同我们、接纳我们"。"因此真正伟大的人物会笑自己",能够通过自嘲使自己同对方"达到完满的沟通"。

尽管这位学者未能从人的本质方面说清楚幽默,但对我们理解"自嘲"还是有参考价值的。

再举一个稍微远一点的例子来说明吧。著名相声表演艺术家侯宝林曾表演过一个节目叫《夜行记》,它讽刺了一个不遵守公共交通秩序、缺少公共道德观念的人,在一系列自作聪明的"表演"中被摔得鼻青脸肿,吃尽了苦头。侯宝林在表演这个节目时没有以第三者的身份出现,去客观地描述、揭露这种人,而是亲自扮演了这个该挨批评的"角色",以第一人称的形式,叙述着"自己"的心理与行动。通过他的表演,这种"不拘小节",又处处抱有侥幸心的心理与现实遭遇形成了强烈的矛盾对比,从而获得了强烈的效果,人们在笑声中便也受到了深刻的教育。在表演过程中,人们会认为侯宝林在实际生活中就是这种人(因为太惟妙惟肖了,同时,若没有这种误认,人们也就不会笑),但一俟表演结束,站在观众面前的,却依然是那位使我们受到深刻教育的讽刺大师——侯宝林。

一个人发现自己的缺点是比较难的,特别是在他有点自以为是的时候，更不容易觉察自己的错误，因而往往和客观现实发生矛盾冲突，把自己搞得十分狼狈。而另一个较有眼光的人可能事先警告他，要他改正错误，但也许难于被接受。聪明的幽默家就会采用这种"自嘲"的办法，暗示他会落入的狼狈境地，把这种狼狈的处境表演给他看，在引他发笑的同时，也就启发了他去察觉自己的缺点错误。这就是自嘲的意义和目的。阿凡提就是这样聪明的幽默家，富于聪明智慧的维吾尔族劳动人民也正是为了这个目的而创造了这样形象的阿凡提。

在一篇介绍阿凡提故事的文章里引用了这样一段话：

> 譬如在波斯，要是有人向一个无辜的人发脾气，大家就会想起《纳斯列丁拴在绳子上的山羊》：霍加有两头山羊，一头跑掉了，霍加就把拴在绳子上的这头痛打了一顿，他的推论是：这头山羊也会像那头一样跑掉的……

大家为什么会想起《纳斯列丁拴在绳子上的山羊》的故事呢？下面的话转述者没有引，但我们可以补充写下去：

> ……人们就会用这则故事去劝阻那个乱发脾气的人：不要不分青红皂白，乱发脾气嘛！这头山羊没有什么罪过，这个无辜的人又有什么罪过呢？在劝告此人的同时，人们也会向自己说道：好啦，以后我在遇到这种情况的时候，也得留点神，不能像霍加似的这么干，特别是对那些

无辜的人!

你看,在《纳斯列丁拴在绳子上的山羊》这则故事里,阿凡提被讲故事的人派去做了一件蠢事,但他用他的"坏行为"劝止了多少人去做同样的蠢事!这就是自嘲的作用。

我们回过头来再看《魔鬼的话》这则故事,我们听了它会有什么感觉呢?我们难道会像嘲笑《女人的话》中的喀孜那样去嘲笑阿凡提吗?我们也会笑,但我们在笑的同时理解了可爱的阿凡提错在何处,并会进一步联想到自己:我们身上有没有这种毛病呢?《魔鬼的话》成为一面镜子,它会照出人们身上的某些缺点,并提醒和督促人们不断地克服与改正。当然,要达到这样的效果,必须有个前提:自嘲者必须是自己人,而且他必须是一个公认的智者。

五

承认故事的主人公是"自己人"(其深层意识就是"自己"),对于听故事的人来说,是种"自我意识"对故事的介入。这种介入,在一般文艺欣赏之中应该说是相当特殊的。譬如我们读小说、看电影、欣赏音乐、观看戏剧,可以被它们的内容与艺术吸引,甚至深受感动而融入这些文艺形式所创造的意境中去,但对于它们的创作者(作家、导演、演员、歌手)们说,我们毕竟是这些文艺形式的被动的接受者,我们可以有种种结局的希望,但无法参加这些结局的创造。而机智人物故事，尤其是自嘲型的，总在呼唤人们内心深处真善美的本性主动来参加艺术的创造、是非的辨明。《魔鬼的话》中的出尔反尔，《夜行记》中的自作聪明，都成为我们鞭挞的对象，但谁也没有由此就去讥笑阿凡提与侯宝林，像莫里哀笔下的阿巴公被当作"吝啬鬼"的代名词那样，也把阿凡提与侯宝林当作"出尔反尔"与"自作聪明"的代名词，这是机智人物故事绝对不可能产生的艺术效果，哪怕是嘲讽最尖刻的自嘲型故事也罢！

机智人物故事与笑话虽同属笑的艺术，但它们有许多不同。有的研究者在形式、人物形象、艺术手法等方面指出了它们的不同，但还有一个相当重要的不同点没有指出来：讲述笑话的时候，笑话的讲述者是"正义"的代表，讲述者与"正义"是二位一体的，因而"正义"的形象可以不在笑话中出现，只需要表现出讽刺的倾向就够了。而机智人物故事在讲述时通过听众"自我意识"的介入，由讲述者与听众共同塑造"正义"的形象。这一形象以完整的人格出现在故事之中，成为讲述者的倾向与听众的意愿的综合体。这时候"二位一体"的是讲述者与听众，他们共同创造了"正义"的形象并使它出现在故事之中，即一个个的机智人物，阿凡提就是他们的代表。

阿凡提故事就是以此为奥秘，实现着它的力量。对敌人，它毫不留情地揭露抨击；对群众中落后、错误的东西，也不客气地教育帮助，而且往往采取善意的自嘲、谐谑的方式进行，因为它更易使人接受而达到较好的效果。一部社会发展史告诉我们，人民总是在不断地追求着光明。在这追求中，除了揭露、打击，直至最后消灭剥削者以及剥削者的道德观念以外，人民也在不断地净化自己的思想和灵魂。人民是欢迎自我批评的，以带有缺点的形象出现的这一类阿凡提故事，正是应劳动人民的这一需求而产生的艺术创造。阿凡提的立场是人民的，是站在"真、善、美"一方的，因此，他的自嘲，他的谐谑，乃是对人民内部存在的某些坏思想、某些坏作风、某些坏现象的严肃而巧妙地批判。这样的阿凡提形象，也当然为劳动人民承认和喜爱。在实际生活中，确实也是如此。阿凡提是给人们以多方面的启发和教育的。

对于那些喜欢吹牛，好自吹自擂的人，有《谦虚的圣人》《话说当年》《骑手》等故事告诉他们这是多么荒唐可笑；对于那些爱花言巧语、专好诡辩的人，有《最喜欢谁》《都好》《呆子与白痴》《倒骑驴》等故事挖苦他们不过是自作聪明；对于那些自私自利，不肯帮助别人的人，有《睡着了》《借驴》等故事指出这种毛病有多么糟糕；对于那些只会形式地看问题，做事全凭老经验的人，有《兄弟同年》《火怕女人》《老天实在有眼》《老经验》等故事说明他们只能自陷困境。另外，像《问狼》《倒水》《喂驴》《夜里有人》《都对》《代笔》等故事，都从各个角度批评了人民内部的种种毛病和不良风气。例子还可以举很多。我们听了这些阿凡提故事，不正是从那幽默的笑声中体会到阿凡提对我们的亲切启发和善意帮助吗？这些故事实在是一服有效的清凉剂。

人们的心理常常遵循着一种"互补"的原则：创造了一个

"智慧"的典型，就要再创造一个"呆愚"的典型；"智慧"典型是女性，"呆愚"典型就要是男性，这在汉族民间文学中便形成"巧女"与"呆女婿"两大故事群。这两个故事群貌似对立，其实是同一块机智人物土壤上长出的两朵奇花——巧女用智慧战胜丑恶，呆女婿用"呆愚"战胜丑恶[1]。维吾尔族民间文学中似没有巧女与呆女婿故事，但他们却天才地把智慧与"呆愚"集于阿凡提一身，让他同时用两种武器去揭露、抨击丑恶。这是多么巧妙的创造。

在阿凡提故事的研究中，有的学者只从"机智"与"呆愚"的表现出发去考虑问题，没有分析两者所共有的美学内涵，因而将它们对立起来，甚至提出阿凡提故事不能冠以"机智人物故事"的帽子，而另外改称"喜剧人物""滑稽人物""幽默人物"的故事。其实这种改称没有必要，后面的几顶帽子也各有它们的美学内涵，对阿凡提是不很合适的。

## 六

人民历来重视"笑"的武器，因为笑是人对客观事物的主观体验和情绪的反应，所以民间文学充满了笑声，洋溢着强烈的乐观、战斗的精神。阿凡提故事产生在封建社会中，它是为揭露、鞭挞封建统治者与封建意识形态而诞生的。它像显微镜，帮助维吾尔族人民认识社会，认识事物；它又像望远镜，

---

[1] 民间流传中有一类呆女婿故事，表现呆女婿对性行为的呆愚，其实这种呆愚也是一种不科学、不文明的"丑恶"。

帮助维吾尔族人民观察方向，展望未来。阿凡提是人民的老师，他不断地教给人民真理，使人民在前进中保持着信心与力量。今天，我们仍然要和形形色色的错误思想行为做斗争，因此，阿凡提故事没有过时，它还有强大的生命力。这就是阿凡提故事所含有的意义之一。

谁才能够笑？有力量，充满了自信心的人才能笑；谁才善于笑？富于智慧，胸中有很深韬略的人才善于笑。阿凡提故事，不是一个人或一些人创造的，它是由全体劳动人民（主体应该说是维吾尔族劳动人民）集体创造出来的。所以，阿凡提故事表明了劳动者的阶级是坚强而且乐观的阶级，是充满了战斗的意志和压倒敌人的自觉的阶级。过去有人说过，应该写一部"笑"的历史，这意见是很对的，因为那正是一部革命发展的历史、一部社会前进的历史。阿凡提故事，应该在这部"笑"的历史中占重要的一章。因为我们在故事里面看到了人民是怎样嘲笑那些骑在人民头上作威作福的国王、巴依等老爷们的，又是怎样嘲笑偷盗、自私、虚伪等这些和老爷们一起降临到人世的丑行的。阿凡提故事是人民力量和智慧的象征。这是阿凡提故事所含有的意义之二。

在我国众多机智人物中，独数阿凡提最有代表性，它的影响也大大超出了民族文化的空间，各民族的人很少有不知道阿凡提的，阿凡提已赢得了我国各族群众的承认和喜爱，阿凡提故事已经成为我国民间文学值得骄傲的财富。这就是阿凡提故事所含有的意义之三。

# 阿凡提"话语"的土地情结

## ——在多重交往中的"腹地效应"

### 杨亦军[*]

一

阿凡提故事在新疆广泛流传的时期恰值宋元时代。而史载唐以后各朝中央政府都加强了对当地的管理，使其经济大大发展。如元代畏兀儿人居住的吐鲁番盆地，农业就相当发达，种植有小麦、大麦、稻子、高粱、黍、豌豆、棉花、大麻、芝麻等等，并盛产瓜果、葡萄。《马可·波罗行记》卷一就载有：喀什噶尔境内有环以墙垣的城村，居民为工匠商贾，有甚美的园林，大产业生产棉花甚饶。和阗盛产棉花。历经明至清，西域屯田仍在扩大，农牧商持续发展，颇有点"不似汉唐胜似汉唐"的景况。然而，就流传于这几百年间的阿凡提故事来看，

---

[1] 杨亦军，四川师范大学文学院教授。

主人公所处的现实生存环境却又令人失望——似乎找不到民生富庶、百姓安乐的只言片语。即使在与之相关的故事中，几乎都是怨声载道。

阿凡提的"怨声"其实是当时社会的真实写照。在农业大力发展的同时，宋元西域各王朝农民只有少数耕地，课税却极为繁重。如史载西州回纥国的农民就必须将有限的土地上收获的一部分或大部分用来供养僧侣及寺院开支；喀拉汗王朝实行的"伊克塔"制（分封制），就是土地占用制的统治形式。宗教封建主、世俗封建主或国家占有绝大部分土地，农民几乎只能以租地耕种为生。沉重的剥削又使他们终年劳动的收获所剩无几，只能在贫苦和饥饿中挣扎。至西辽，虽然商业发达，城市繁荣，但官商勾结，市民小贩遭受层层盘剥，生活穷困潦倒，几百年后的"林则徐哈密被阻"就是历史的"回放"。清史记载，流放新疆的林则徐在南疆各路屯田百万余亩，同时大力倡导挖掘坎儿井以解垦地水利不足。他的种种作为和计划大力推动了南疆的农业生产，深得新疆人民的信赖。道光二十五年，他三次奉命查勘哈密官荒地八千余亩，返回途中曾路遇军民绅商百余人拦舆环跪递呈，同声控告七世哈密王伯锡尔的种种恶行：不但领取朝廷的巨额俸银，还压榨民众获得额外的收入。哈密土地除三处官屯之外，民田竟无半亩，而且未经他的允许，任何人不得随便垦地耕种，不但全部田租要交给他，而且连市肆屋铺、瓜果菜圃。凡有居民之处，他都要索取地租，甚至将城郊坟地筑墙围占，人死在此殡葬，必须缴纳银两方可掩埋；他还把煤厂、石山、山林占为己有，连驻军修理仓库房屋，拉一车碎石泥土都要缴纳几十文钱[1]。这就是剥削者贪婪至极的历史"定格"。可见，阿凡提的"怨声载道"并非一家一户之言；相反，它代表了新疆人民极为普遍的现实生存状况。阿凡提的贫困交加也不是一时一地的景况，而是有着历史的一贯性。所以，阿凡提故事蕴含了巨大的历史能量和普遍而深刻的现实意义，故事中剥削者的压榨、平民的贫困，既是历史和现实的交汇，又是历史的延续。

再回到这个故事。阿凡提"饥饿"是否因懒惰而致？《只差一件小东西》就做了最明确的回答。故事叙述阿凡提请一个懒汉到家里做客而又久久不把饭菜端上来，却对懒汉说："什么都齐备了，就差那么一件小小的东西。""什么东西呀？"阿凡提把嘴凑到懒汉耳朵边说："干活的手！"[2]"我有一双干活的手！"这是作为农民的阿凡提豪迈的"自我宣言"，其意义已经不在于对懒汉的惩戒，而是揭示了劳动者以劳动为荣的本质。《你真像我们城里的狗》可谓其续篇：

> 阿凡提问一个懒汉："情况怎么样？"
> 那懒汉说："找到了我就吃，找不到我就挨着。"
> 阿凡提说："噢，这样的话，你真像我们城里的狗。"[3]

不须再做任何解释，阿凡提俨然一个充满正气的道德法

---

[1] 周轩《清代新疆流放研究·林则徐在新疆》，新疆大学出版社2004年。
[2] 赵世杰等译《阿凡提的故事》，新疆人民出版社1978年，第41～42、119、113、8、38页。
[3] 同上。

官,以是否劳动作为判断人良知和德行的基点,也坚守着新疆人民勤劳朴实的光荣传统。但现实却是"土地都在霍加手里""收的粮食都送到皇宫里",这才是阿凡提"饥饿"的真正原因。

在以"劳动"为誉的同时,阿凡提还赞赏劳动者聪颖的"智慧"。如《十个石榴的问题》:

> 某城有一个学者,自称学识渊博。有一次他遇到几个问题,百思不得其解。
> 后来有人告诉他:"阿凡提一定能解答你的问题。你为什么不去找他?"学者很高兴,决定去找阿凡提。

> 于是他在路人的指点下找到了阿凡提,并一一得到圆满的解答。但最后一个问题却被阿凡提拒绝,因为他已没有石榴可拿来作为报酬了。

故事本身很简单,其要义也并不在于记叙阿凡提回答了什么问题,如何富于智慧,而在于:一是以简练的笔法成功地勾勒出了"学者"与农民鲜明而对立的形象——学富五车的学者在农民阿凡提面前却相形见绌,无地自容;二是隐含了劳动创造知识的真理。因而,田间便是讲台,劳动成了知识的源泉,站在田头侃侃而谈的阿凡提犹如知识渊博的"学者",甚至成为学者的"老师"。

以上阿凡提故事中关于良知和德行、勤劳和智慧、公平和正义的社会"话语",显然与土地相连或由土地衍生,可谓是以农、牧生产方式为基础的新疆人民的物质生活的精神再现，在一定程度上表现了广大民众的精神"自我"。但"以石榴换问题"等等，所表现的"自我"似乎还不够强大，其行为还带有"小农意识"，多少显得有些"小家子气"。有些故事所表现的农民气概则会让你真正折服，如《庄稼汉的力量》：

国王想知道老百姓当中有没有比自己力气更大的人，于是叫来阿凡提问：

"阿凡提，你骑着毛驴，走遍了城市和乡村，你看见过老百姓中间有比我还有力气的人吗？"

"当然有，多的是呢，陛下！"阿凡提说。

"他们是谁呀？"国王觉得很奇怪。

"就是那些种地的庄稼汉！"阿凡提回答。"胡说！抡坎土曼的庄稼汉有什么了不起的，他们怎么会比我还有力气？"

"他们比你强得多！"阿凡提说，"要不是他们供你粮食吃，你哪会有什么力气呢？"[1]

这个故事虽以"劳动增长力量"表明了生活的逻辑，但以强大的社会批判精神昭示阿凡提所具有的非同一般的"庄稼汉气魄"才是它的精粹。这气势虽不似"力拔山兮气盖世"，但其讥讽、嘲弄之甚却绝不逊色于拉伯雷笔下西方"巨人"

---

[1] 赵世杰等译《阿凡提的故事》，新疆人民出版社1978年，第41～42、119、113、8、38页。

的"以恶诈恶"。更重要的是,阿凡提发出了胆大包天的"犯上"之"谬论"——"不是他们供你粮食吃,你哪会有什么力气呢?"而且批判之对象大大升格——不是县官、懒汉,而是国王。同时,自身的角色也发生了逆转——阿凡提不再是受欺压的被动,而是实施"惩罚"的主动者。这诸多的变化足以表现出阿凡提批判锐气之盛。他已经蜕变为一个精神上的强者。更有甚者,这种大无畏的批判锐气还蕴含了拉伯雷所没有的深厚的"土地和劳动之情结"。《寻找智慧》更是把这些演绎得淋漓尽致:

国王听说自己的百姓中有位叫阿凡提的,这人富于智慧,学问渊博,于是,有一天便带了左右丞相去访问阿凡提。

"阿凡提,你脑子里的智慧是打哪儿来的呀?"国王问。

"是我不辞劳苦地寻找来的。"阿凡提说。

"智慧还能寻找得到吗?"

"是呀。我的陛下!"

"告诉我,你打哪儿寻找来的?"

"嗐,容易极啦,陛下去扛一把坎土曼来,跟我走就行啦。"

这可把国王高兴死了。

他太想以"智慧"为自己的昏庸、糊涂正名。于是,他扛着坎土曼跟着阿凡提来到一片荒滩,不停地挖,挖,挖，手上打起了血泡，可还是没挖到。他生气地问：

"怎么不见智慧呢，阿凡提？"

"急躁不得，我的国王。挖呀，挖呀！今秋把这块荒地开开，明春种上智慧，夏天就得收获了啊。"阿凡提漫不经心地说，一面又抡起坎土曼来。

"你说的智慧莫非是粮食吗？"国王又问。

"不假，不假。"阿凡提回答说，"倘若陛下宫里没有老百姓用血汗换来的粮食，陛下怎么会有这种毛病，会来跟我找智慧噢。"

"土地"和"粮食"，"力气"和"智慧"，这是物质与人之属性相邻的两组"话语"，但只有"劳动"才能使它们达到最完美的组合，这就是《寻找智慧》与《庄稼汉的力量》等故事构成的"话语链"的思想内核。它在主题上不仅与前几则故事相得益彰，而且已由对社会的个体不义行为的批判上升到对绝对权威的否定；同时以大手笔书写出"西域巨人传"：在土地上辛勤劳作就会收获粮食，增长力气，获得智慧。这里虽没有拉伯雷的嬉笑怒骂，却在轻松幽默看似随意之中蕴含了严肃的主题，简练而生动地塑造了西域劳动者的形象。因而，且不论故事中阿凡提对权力的颠覆，仅从他对劳动和智慧的推崇备至就可以看到，深藏于阿凡提内心的"土地情结"在他身上结出了何等丰硕的精神之果。

正因为如此，作为民众代言者的阿凡提的诸多言行，才可能冲破时空的阻隔而与几百年后林则徐在新疆被民众"拦舆环跪递呈"的遭遇合为一体。于是，当地人同声控告的贪官污吏最终合成为一种"历史定格"。可见，阿凡提之"话语"，实际上就是百姓在"土地"的作用下的社会历史"话语"。因而，无论阿凡提是对剥削者的讥讽嘲笑还是对统治者的呵斥谴责，无论他是迫于饥肠辘辘而略施小计还是面对"智者"的侃侃而谈，无不渗透着对"土地"的强烈渴望，无不源于对土地的深厚"情结"。可谓一切皆源于"土地"，而与土地必然的、本质的、永恒的联系唯有良知和德行、勤劳和智慧、公平和正义、自信和尊严。这些"话语"或与"土地"直接相关，或是"土地"的间接转换，但无论如何，对于芸芸众生来说，作为生存之根本的"土地"必然积淀于他们生命的最深层而成为一种无意识的"情结"，继而对人的精神世界和价值观念的形成起着某种指导和决定性作用。

二

值得注意的是，在阿凡提故事中，与"土地"相连的毕竟是少数，大量的故事表现的多是"土地"结出的"另类之果"——金钱。如《种金子》：

阿凡提想尽各种办法，跟邻居们借足了一普特[1]金子，赶着毛驴驮到野外，坐在一片荒沙滩上用筛子筛起来。不一会儿国王跟他的侍从打猎经过这里，很诧异。问道：

---

[1] 一普特：约重16千克。

"喂，阿凡提，你在这儿干吗呢？"

阿凡提回答说："陛下，我在种金子哩。"

国王听了，愈加惊奇，说：

"好、好、好！聪明的阿凡提，讲讲你是怎样种金子的。"

"陛下，这比您打老百姓身上压榨要来得快得多哩。"阿凡提不紧不慢地说，"每逢星期四，我把金子种在这儿，星期五来收去。"

国王听了这话，贪心涌起，心想：这是到了嘴边的食，将来都是我的！就说：

"好。阿凡提，缺种子尽管到宫里来拿，你我伙种，长出来的金子各得一半。"

……

故事情节不必细讲。聪明的阿凡提第二天就给国王送去一普特金子，一礼拜后再送去两普特金子。得到国王的欢心之后，阿凡提又不断从宫里拿回"种子"，把它统统分给贫苦人，然后，他愁眉苦脸地到王宫里去见国王：

"国王陛下，老天爷老是不下雨，咱们的金子都枯死完了！"

阿凡提说着悲痛地哭了起来。

国王勃然大怒，顿时从宝座上立起来吼道：

"你胡说八道！我不相信你的鬼话，金子岂有枯死之理！"

阿凡提干干脆脆地说：

"陛下，这会儿你比我还糊涂咧。您既承认金子能长出来，就该承认金子缺水会干枯。"

国王无言对答，只好打发阿凡提走。[1]

显然，这则故事在主题上与《寻找智慧》有异曲同工之妙，一是嘲弄国王的愚昧，二是针砭其贪婪。两则故事的"话语"内涵几乎完全一致。那么，又何以谓之"另类"？显然，这"另类"并不在于故事的主题而在于土地与人的关系之变，即"土地"生成"金钱"而不是"粮食"，凸显的是人与"金钱"的关系。于是，"劳动"与"土地"的传统关系开始淡化。但对于农民来说，只有"劳动"才与"土地"有着最本质的关联，而金钱只与商人存在必然的联系。《种金子》却以"土地——金钱"构成了关于西域农民"话语"的核心。可见，作为农民的阿凡提已具有了亦农亦牧亦商的多重身份，随之滋生了金钱意识。

不过，这则故事揭示的"金钱"意识还较为模糊，与金钱直接或间接相关的其他阿凡提故事不仅数量较多而且态度明确。如《拉金子的驴》中阿凡提略施小计——几乎用与《种金子》同出一辙的方法，捉弄了贪得无厌的国王；《大锅生小锅》嘲讽了高利贷者的贪婪和愚蠢；《不相信自己的眼睛》《没有力气抬头》《纪念》《不欠饭钱》《两抵》《尾巴在褡子里》等等，不是嘲弄唯钱至上者的虚伪和不义，就是讥讽他们的吝啬、愚蠢和无知，对贪官污吏收受贿赂的罪恶行径的揭露更是毫不留情，其中的《四骆驼货》更具代表性：

---

[1] 中国民间文艺研究会主编《阿凡提的故事（维吾尔族民间故事）》，作家出版社1959年，第42～44页。

一天，喀孜、巴依和乡约几个人在礼拜寺门前坐着，见阿凡提从他们跟前走过，就扯住阿凡提，要他说个故事给大家听听。阿凡提想了一下，说：

"我刚才遇见一个商人拉着四骆驼货，我问：'这些货准备卖给谁呀？'他说：'准备送给县官、喀孜、巴依。'""那都是些什么货物呢？"巴依急切地问。

"不要急，我马上告诉你们。"阿凡提说，"一骆驼货是残暴，是准备送给官府的；一骆驼货是奸诈，是准备送给巴依的；一骆驼货是骄横，是准备送给乡约的；一骆驼货是阴险和贪婪，是准备送给喀孜的。"

喀孜假装奇怪地问："这究竟是个什么商人呢？"

"魔鬼！"阿凡提回答说。[1]

碰巧的是，这则故事正好被编者置于篇首。不管编者是无意或有意，就故事所表达的深刻的社会批判主题，以及阿凡提的鲜明态度，都可以称得上是阿凡提故事中关于商业社会现实的总纲。如果说前面列举的《种金子》刚拉开金钱的"序幕"，那么，这则故事才真正展现了掌握金钱的"主角"们的"百丑图"，比起巴尔扎克的《高老头》《欧也妮·葛朗台》揭示的"金钱罪恶"。赤贫的阿凡提虽然不可能像高尼奥老头那样以金钱换儿女的"孝道"，也不可能效仿欧也妮去奉行天

---

[1] 赵世杰等译《阿凡提的故事》，新疆人民出版社1978年，第41～42、119、113、8、38页。

启而施善、殉情，但更不会成为贪婪、冷酷、凶残的葛朗台以及为了金钱而堕落的拉斯蒂。他面对那些为了金钱而丧失人性者极尽讽刺、嘲笑，并在《金钱与正义》里发出自己的严正"宣言"：

> 国王问阿凡提："要是在你面前一边放着金钱，一边放着正义，你愿意要哪一样呢？""我当然要金钱。"阿凡提毫不犹豫地说。
> "哈哈！你真是个傻瓜！"国王说，"要是我，一定要正义，决不要金钱！金钱有什么稀奇的？正义才是不易找到的呀！""缺什么的人就想要什么。"阿凡提说，"你想要的东西正是你最缺少的啊！"

故事中的阿凡提采取惯用的"以恶诈恶"的手段，以敏锐而尖刻的语言无情地揭开了统治者之"短"，但其中更隐含了商业社会中一些人持有的价值观："金钱和正义都需要"，也是阿凡提高调发布的关于穷人的"宣言"：穷人不仅要"正义"，同样也要金钱！那么，这两者孰轻孰重，阿凡提心中自有明镜，尤其痛恨被金钱腐蚀的贪官污吏。《我的名字叫贿赂》即如此：

> 有一次，阿凡提到喀孜那儿去打官司，喀孜问他："你是谁，你的名字叫什么？"
> "我的名字叫'贿赂'。"阿凡提回答。

"人的名字哪有叫'贿赂'的呢?"喀孜觉得好笑。

"因为我听说到你这儿来打官司,谁行贿谁就能打赢,所以我才改名换姓叫'贿赂'的。"阿凡提说[1]。

其实故事的要义还不仅仅在于揭露官僚阶层的贪污行径,更重要的是道出了金钱之"威力",它可以使人性堕落、良知丧失、官僚贪污腐败成风、社会道德沦丧,这就是商业社会中"金钱"演奏出来的变奏曲。但贫困的"阿凡提们"却在"变奏"中吟唱"主旋律":毫不掩饰对金钱的渴求,更不放弃自身做人的本分。可见,西域商业社会中的这种"金钱变奏"其实是商业文化的"和声",在它的变调中虽然夹有与社会和人性的极不和谐之音,但它也传承了人类精神的主旋律:即在城市兴起的商业社会中,一方面,人们奉行金钱至上,唯利是图,导致人性堕落,社会道德沦丧;另一方面,追求金钱,创造财富,亦是人性使然,也由此铸就了民族不息探索和顽强进取的精神。恰如《一千零一夜》中举世闻名的商业冒险故事——《辛伯达航海旅行的故事》,就表现出了阿拉伯中古商业文化丰富而复杂的内涵。故事的主人公辛伯达渴望去远航冒险获取财富,前后七次顽强进取,终于获得成功。虽然他在经商中表现出唯利是图、损人利己、不择手段,以及富有后尽情挥霍享受、醉生梦死等人性之劣,但他的主要方面——不息探索、顽强进取的精神,以及坚定的自信和开阔的胸襟凝聚成阿

---

[1] 赵世杰等译《阿凡提的故事》,新疆人民出版社1978年,第41~42、119、113、8、38页。

拉伯商业文化的精髓,展现了中古阿拉伯民族的精神特质。正如辛伯达所吟:

> 去吧,
> 离开危险地区,
> 勇往直前,
> 宁可撇下屋宇,
> 让建筑者凭吊、哀怜,
> 宇宙间到处有你栖身之处。[1]

这是何等的气派和勇气!如果把辛伯达视为阿拉伯商业文化发展中的里程碑,恐怕也一点不为过。遗憾的是,同为故事的主人公且生活的时期大体不差的阿凡提,却没有那样的幸运,也似乎没有辛伯达那样的气概。他只是一介小民,务农则足下无寸土,经商则身上无分文,有的只是贫困和潦倒,但他始终乐观、豁达,善良而充满正气。他也勤劳勇敢、吃苦耐劳,总是努力用双手去改变自己的生活,但都因官僚和统治者的重重欺压和层层盘剥而始终没能脱去自己的"一穷二白"。尽管如此,却不能全盘否定西域商业文化的价值所在。简言之,阿凡提与辛伯达的命运的确不同。他们关于金钱、财富的行为准则也各有所见,但这并不影响这两类民间故事都含有某些较为一致的商业社会特有的文化价值。

---

[1] 《一千零一夜(第四册)》,纳训译,人民文学出版社1985年,第46页。

## 三

当然，同为商业社会产物的阿凡提与辛伯达，他们金钱观念的差异是明显的。就辛伯达来说，他的探索和冒险与海洋融为一体，带有明显的海洋文化特征。

19—20世纪之交，美国学者马汉提出了"海洋优势论"，并把海洋看成一条"伟大的公路"，认为，"相对于大陆自然条件的破坏性和严酷性，海洋是创造性和进取性的，具有人类善用的便利之处。它像一条面朝四方而且四通八达的宽阔马路，人们在选取行动的方向上不仅不会遇到任何障碍物，而且是完全自由的"。[1]这里虽然言及的是历史与自然之变，但同样道出了人之性与自然特别是与海洋的关系。自由、创造和进取以及"力"与"智"的结合，这就是海洋赋予人性之主要特征。它可以回溯到远古希腊文明及其渊源：克里特文化、迈锡尼文化以及后来的希腊文化遗迹都足以证明。海上贸易是希腊半岛上的人们生存的重要条件，这明显有别于我国农耕区域自产自足的生存方式。因而殖民开拓与海上贸易不仅构成了古希腊社会、政治、经济的特征，而且也铸就了他们开拓、进取、冒险的民族性格。可以说，古希腊民族性格就是典型海洋文化的表现。流传于东方阿拉伯民间的辛伯达故事，主人公的探索和冒险精神显然带有海洋文化的特征。当然，这首先是得益于波斯湾得天独厚的地理条件——开放的海洋赋予交通之便。也

---

[1] ［美］阿尔弗雷德·塞耶·马汉《海权论》，萧伟中、梅然译，中国言实出版社1997年，第51页。

正是这种交通之便给这个区域带来了海外文化——希腊海洋文化，甚至连东西方最早的交往也始于这个区域——公元前3—4世纪亚历山大的"东征"掀起的"希腊化"影响深远，而千余年后阿拉伯帝国的"西征"影响同样强劲有力。"公元8世纪初阿拉伯人对西班牙的完全征服，其实就是阿拉伯文化进入西欧的开始。在此后的两百多年的时间里，西班牙成为伊斯兰教的另一个中心。随着西班牙的阿拉伯文化的兴盛，它的学术也逐渐进入了欧洲，这导致基督教文化也因此受到了很大影响。"[1]可以肯定的是，这种相互影响显然不限于宗教，而是遍及各个领域，因而辛伯达商业文化的内涵必然含有西方海洋文化的诸多要素。

但同样形成于东西方交汇之地的阿凡提则不同。从地理环境来看，他几乎与海洋绝缘，是典型的内陆"产儿"。陆地自然条件的破坏性和严酷性有时远远超过海洋，因为，只有最顽强的生命才能在近乎"生命禁区"的沙漠中扎根。而要在浩瀚无垠的不毛之地创造财富，更是难于上青天。恰如那胡杨"交柯接叶万灵藏，掀天踔地分低昂，矫如龙蛇欻变化，蹲如熊虎踞高岗。嬉如神狐掉九尾，狞如药叉牙爪张。"[2]。也许正是由于不拘形式的各种另类姿态，胡杨才得以存活下来。阿凡提的嬉笑怒骂、轻狂张扬、不卑不亢，又何尝不是如此？同样，"丝绸之路"虽是追求财富之路，但必须跨越作为"生命禁

---

[1] 刘建军《基督教文化与西方文学传统》，北京大学出版社2005年，第59页。
[2] （清）宋伯鲁《托多克道中戏作胡桐行》，见吴蔼宸选辑《历代西域诗钞》，新疆人民出版社2001年，第228页。

区"的茫茫荒漠才能获得财富。因而，在这条路上，生命之最高体现亦是对财富的顽强、执着的追求，因此，财富之价值亦体现在生命之价值中。这就是沙漠文化孕育的生命意识与"丝绸之路"所创造的物质文明和财富观在精神上的最大契合，也是它们之间最大限度的融合。当然，就阿凡提个体行为来看，他并非"丝绸之路"上行动着的财富追求者，反而更似新疆人关于生命的精神象征——扎根沙漠的"另类"胡杨。然而，切莫以为阿凡提故事中含有的财富观会因此而弱化。相反，由于本土之"沙漠文化"的浸淫，其财富观更彰显了不同于海洋文化即西域"沙漠文化"的独特元素，包含了更为丰富和深刻的内涵。以上诸多阿凡提故事所揭示的关于农耕畜牧之劳动、智慧、德行，以及关于商业社会之金钱、财富的诸多"话语"，就充分证明了这一点。

　　沙漠文化丰富了阿凡提"话语"的生命内涵，他同时也是"绿洲盆地"的"宠儿"——其深厚的"土地情结"是他生命的本真。在新疆久远的历史长河中，著名的塔里木、准噶尔、尤尔都斯三大盆地，构建了以农、牧方式为主的现实生活空间。可以说自古以来当地人就与土地融为了不可分割的整体——"土地"衍生出强烈的"劳动"欲望，同时也是生存的唯一方式。但作为生命个体的阿凡提并不是处于完全被"土地"奴役的被动地位；相反，他对"土地"有着主动的、强烈的"劳动—创造"欲望，而且与"土地"的关系处于一种"动态"变化中，即随着时代的变迁而不断变化。如果说在农牧生产中，人们对土地的需求多少有些被动且多限于物质的摄取，使其

"话语"内含的精神意识还含有较多保守成分，含有较多物质欲求，那么，在更广范围的商业活动中，这种"话语"内涵中的精神观念就得到不断提升。恰如上述阿凡提关于金钱和财富的观念——尽管它仍旧保留了较为浓郁的土地气息，仍旧把辛勤的"劳动"当成主要手段，但其中已包含了由"土地情结"催生的新元素，带有了较为明显的创造、进取等主动性，并在一定程度上流露出对物质和金钱的渴望，同时也不舍弃对德行的赞誉，《金钱和正义》《不相信自己的眼睛》《种金子》《都是真话》等，就是这类的典范。而且还把对知识的追求和对劳动的赞美、把自身价值与财富的创造融为了一体。《只差一件小东西》《庄稼汉的力量》《学者》《寻找智慧》等故事，就是这样的代表。

可见，在人们"土地情结"里已经隐含了"德""力""智"等多种生命价值元素，其中好些故事对"力"与"智"的赞赏可与古希腊神话传说媲美。这些源于"土地"的价值观已不再是囿于"土地"的传统生存之道，反而积极拓展了更高层次的精神求索而在金钱、财富观中，那些原本滋生于手工作坊、本土商贸交往中的观念，也冲破了区域之限，带有了广阔的外域文化的多重烙印，甚至包含了海洋文化探险、进取精神的特征，并将对金钱的渴望与对社会的批判交织，在貌似粗俗的嘲弄中含有力透纸背的严正和犀利。

然而，阿凡提的"土地情结"结出的种种"另类之果"，更有着中原文化的多重要素。且不论远古周穆王"西寻"和西王母之"东向"、东汉张骞之"凿空"等，无不催生了这些

"另类之果"的生长、繁茂,仅唐代长安流传的"米亮劝窦乂买宅""寺僧卖钉"等市井趣闻,就展露了商人面对财富的坦荡。而在现实生活中,阿凡提更将其表现得精彩纷呈。如《不相信自己的眼睛》《没有力气抬头》《纪念》《不欠饭钱》《两抵》《尾巴在褡子里》等的机敏、挖苦、嘲讽、呵斥,儒家的为善之德和中庸之道总是底气十足,真可谓中原与西域数千年密切交往的巨幅历史画卷中的"点睛之笔"。更重要的是,阿凡提"话语"内含的土地情结和金钱意识又以地地道道的本土"话语",对中原乃至外域产生了广泛而深远的影响,形成了强劲的"腹地效应"。

本来,"腹地效应"是生态学上由"密度增大"所产生的对边缘不断激活的效应,但切莫视新疆仅为被激活的边缘对象;相反,经过唐代历练至宋元明清的新疆,已从"边缘"变为"腹地",形成一个辐射中心。这不仅表现于频繁的商贸往来造成的物质日趋丰富、经济不断繁荣之势,更为本质的是,在密切交往之中,当地人开始了由"外在密度"的增大转向"内在密度"的增大即精神的转化和大大提升。也就是说,他们将奠定在物质基础上的社会贸易或商业活动中的交往,转向了精神意识、思想理念的深层交往,并产生了质的飞跃,使社会文明得到整体的提升。简而言之,曾作为边缘地带的新疆已焕发出前所未有的生命活力。阿凡提"话语"蕴含的土地情结使当地人的精神世界焕然一新。当然,这特定时期呈现的新思想新观念仅是历史中的一个数列,只有将它置于历史的长河中才可能见出文化的真正"实现"。正如列维-斯特劳斯对历史、文化的卓越见地：一种文化优越于另一种文化是愚蠢的，"因为，如果它是独一无二的存在，那么，一种文化是'优越的'就无从说起"。于是斯氏举了一个生动的例子："正如一个孤立的赌客，他一向只能得到几个元素的小数列，一个长数列'出现'的概率微乎其微。只有将人类整体发展纳入亘古恒长的历史中，才有可能看见它的实现。"接着，他进一步指出，没有一种文化是孤立的，文化总是与其他文化联盟。"正是这样才使它建构了累积的数列。在这些数列中，概率为了一个长数的出现，自然地取决于联盟体制的变化性，时间持续的长短和规模"[1]。姑且不论斯氏在这里是如何强调文化的多元性，单就他提出的文化"实现"与"亘古恒长的历史"的密切关联，就是对"腹地效应"的最好注脚。

据此可见，阿凡提"话语"的真正价值，正是经过了"亘古恒长的历史"的积淀才超越了它本身。也就是说，它内含的丰富的土地情结和深刻的金钱意识在本土"实现"之时，恰恰又是它成为"腹地"对周边进行积极、主动的强力渗透之际。主动和被动，提取和消化，不断融合又不断生成新质，这就是新疆各个时期不断产生"腹地效应"的原因。

---

[1] ［法］列维-斯特劳斯《种族与历史种族与文化》，于秀英译，中国人民大学出版社2006年，第51页。

# 民族文学的"就近差异"与阿凡提"话语"的审美内涵

杨亦军[*]

作为一介平民的系列笑话——阿凡提故事,已成为新疆民间故事之经典或者说是一种强势的"群体话语"。这除了它在与外域文化的交流、融合中滋生的流传学、渊源学、变异学等多重特性外,还深深植根于本民族文化的沃土中而获得了无限的生命活力。然而,遗憾的是,学界多偏颇前者而忽略后者,即使有所涉及也多浅尝辄止。笔者认为,如果忽略了新疆本土原本就存在的民族文化的"就近差异",及其内部诸多艺术形态和文化模式的交汇、融合,或许根本无以揭开作为一种群体言说的阿凡提故事,何以能成为新疆带有强势特征的民间"话语",当然也就更无遑论及阿凡提"话语"所独具的、极为丰富而复杂的审美内涵。因此,本文以本土不同类型的民间文学经典为例,拟以探讨阿凡提故事与其多元要素的高度融合及其

---

[*] 杨亦军,四川师范大学文学院教授。

衍生的丰富的美学特质。

一

在某种意义上，新疆作为一个多民族文化共同发展的区域，其包容性与接纳能量具有绝对的优势。姑且不论它得天独厚的地理位置所造就的这种特性和能量（与中原和外域的频繁而积极主动的交往）；也不论及它的物产、矿藏、冰川、河流、盆地、绿洲等自然种类和地理形态的丰富多样，单从其内部的民族构成来看，在这160多万平方千米的土地上，其包容性与接纳能量远远超过其他地区。如今这里聚居着40余个民族。然而，如果仅仅停留在这些机械而孤立的数据上，几乎无助于问题的实质性探讨。因为民族多样性并不能代替文化之间的多样性，反过来，要探讨文化的多样性却无法脱离民族的多样性。然而，尽管这两者密切相连却又有着不同的属性——民族多样性的主要意义在于种族的历史起源和地理分布；文化的多样性取决于本民族在多民族中保持的自身文化的独立性，以及自身与他者文化的整合、构建能力。从这个意义上说，讨论文化的多样性首先涉及的必然是民族文化的独立性。按通常的观点，一个部族或民族文化的独立存在，似乎意味着它必处于一种"孤立状态"。其实不然，正如列维-斯特劳斯的推谬："严格地说，只有每种文化或每个社会在孤立状态下生存、发展，多样性才可能是真的。然而，这样的情况从未有过，除非一些极端事例，如澳大利亚塔斯马尼亚的岛民（但也只是在一个有限的时段里）。"[1]可见，推论文化的多样性与其孤立状态不可分割，其目的在于指出它的荒谬本质——违反人类社会的生存法则和文化发展之规律："人类从来不是孤立的，即便处在最边远地带，他们也是以群居的方式生活。因此，设想北美和南美文化约在一万年到两万五千年之间曾经与世界隔绝，这并非夸张，但他们依然是以或大或小的社会形式存在着，且来往极其密切。"[2]可见，文化的多样性与民族的"孤立"无缘，恰恰是民族交往修成的"正果"。正是有了与他民族的高密度、高频率的交往，才能够在彰显它们自身文化独立性的同时，亦在相互交往中极大地提升自身与他者的文化整合与构建能力。反之，很难设想，世界上有哪一个民族能在孤立中彰显自身文化的独立性，能在闭塞中提升自身文化的整合、构建能力。

不过，本民族与外域的交往还只是文化多样性形成的一个方面（注：笔者在相关的文章中已对这个问题做过较深入而全面的探讨），而另一方面，民族内部的交流对文化多样性的生成同样重要。即"除了由于远离而造成的不同之外，还有由于靠近而具有的差异，这一点同样重要，例如，渴望与人形成对照，渴望有别于人，渴望作为自我存在。许多习俗的产生不是由于某种内部的需要或有利的偶然事件，而仅出于为了区别于那些相对邻近的社群的愿望。"（注：着重点为笔者加）[3]就

---

[1] 克洛德·列维-斯特劳斯《种族与历史种族与文化》，于秀英译，中国人民大学出版社2006年。
[2] 同上。
[3] 同上。

新疆本土多民族衍生的文化多样性特征来看，在相当程度上取决于这种"就近差异"——处在相对一致的地理空间，有着较为一致的文化大背景但又有各自的特殊的历史发展、经济生活及宗教信仰等文化差异。阿凡提"话语"就是在这些"就近差异"中产生，而且与本土诸多不同体裁的民间文学有着无法割裂的联系。

二

从较为狭义的观点来看，民间口承文学是民间文学的主要表现形式。在新疆地区它最引人注目的有两类：一是幽默风趣、短小精悍的智者故事或笑话，二是内容深广、规模宏大的英雄史诗和长篇叙事诗。从在本土流传的程度和民间喜闻乐见的程度来看，前者占有无可比拟的地位而且种类繁多。主要有：维吾尔族的阿凡提的故事（或称纳斯尔丁阿凡提的故事）、毛拉·再丁的故事、赛来·恰坎的故事；哈萨克、柯尔克孜、乌孜别克、塔吉克、塔塔尔等民族也有遐迩闻名的阿凡提故事；锡伯族有霍托哈吉的故事，也称秃孩子的故事；东乡族有玉斯哈的故事；回族有阿不都的故事、赛里头的故事；阿勒达尔·库萨的故事则同时流传于哈萨克、柯尔克孜、乌孜别克、塔塔尔等多个不同民族中。[1]这些故事也被称为机智人物故事或笑话，并有一个惯常的模式：都以一个聪明机智、善于

---

[1] 马学良、梁庭望、张公瑾《中国少数民族文学史》，中央民族学院出版社1992年。

斗争、性格幽默、语言诙谐的主人公，演绎出一系列故事，并以他的名字来命名。就这类故事来看，主人公的名字虽不同，但性格特点却基本不变，而且他们绝大多数时候都是站在劳动人民一边，巧妙地揭露形形色色的封建统治者和压迫者的劣行恶德，替劳动人民伸张正义。

然而，如果把这些颇为相似的智者及他们的故事，仅仅看成简单的"模仿"或雷同，那就不只是浅尝辄止的表层之见了，而是对民族心性的一种较为严重的"误读"。依据前述斯氏文化多样性产生之观点，这种现象实际上就是"就近差异"所致——不同民族有不同名字的主人公，演绎着相似主题的故事，流露出相似的思想情感。然而，这些内容和主题都不乏"重复"或"雷同"的故事，不管以何种面目出现，表现得如何相似，其背后都隐含着创作者强烈的主体意识——一种深刻的民族自我精神，或者说是一种"放大"了的民族自我表现精神，即由"渴望与人形成对照，渴望有别于人，渴望作为自我存在"之心理而必然展现的精神特征。因而，与民族各自的主体愿望相比，其故事内容的重复已经无关要紧，关键在于争取到了"话语"的表达权；而且与故事思想内涵的相似比较，其主人公名字的各异同样无足轻重，重要的在于，"貌离"只是表象，"神合"才是实质，即以似曾相识的故事内容建立起了不同智者之间公平对话的平台，达到了彼此的沟通，也塑造了鲜明的"自我"。这就大大提升了自身文化的整合能力，突出地显示了主体对他者文化改造的能动性。如果从反向去思维，亦能从这种"重复"表现的密度和频率中，牢牢地把握新疆文学——确切地说是新疆民间文学之核心内涵；进而论之，如果以这些核心内涵作为评判标准，那么，在新疆广为流传并被普遍认可的阿凡提故事，不言而喻当数第一；而且故事中鲜活的智者形象和充满睿智的笑话诸要素的完美相融，亦使其艺术技巧达到了炉火纯青的地步。如维吾尔族阿凡提故事《驴头》：

> 皇帝唤阿凡提到皇宫，问道："阿凡提，你的头没有我的头大，你又是个普普通通的穷百姓，为何你机智聪明？而我，是位顶天立地的皇帝，为何倒糊涂愚蠢呢？"
> 阿凡提说："这不能怪陛下呀！"
> 皇帝又问道："应该怪谁哩？"
> "怪胡大呗！"阿凡提指着皇帝又肥又大的脑袋说，"胡大在给人们分配头时，偏心你，特地给您选了最大的头——驴头赠送给了您。就这样，您虽然贵为皇帝，却傻头呆脑，糊里糊涂。"[1]

姑且不论这则故事机智的逻辑演绎和精彩的归谬推理，如何使人痛快淋漓，拍案叫绝。单就其内涵来看，阿凡提对皇帝掷地有声的讥讽、嘲弄已入木三分，特别是关于"小头"与"大头"的对比，不仅仅是在形式上具有反拨传统之独见：大脑袋的愚蠢和小脑袋的聪敏；而且是从内涵上对传统的颠覆，即在"小头"压倒"大头"之中，蕴含着深刻的社会哲理：贫贱或富贵者的社会地位与其自身内在的精神气质形成了强烈的

---

[1] 马学良、梁庭望、张公瑾《中国少数民族文学史》，中央民族学院出版社1992年。

反差——"小头百姓"在精神气势上,远远压倒了上层社会的权贵者甚至君王,显示出大大高于自身地位的威慑力。这不仅充分显示了阿凡提式的平民的自信,而且具有欧洲文艺复兴时期拉伯雷似的狂傲。又如《鸟语》:

> 阿凡提夸耀自己说:"我懂得鸟语。"
> 这话让皇帝听到了。皇帝就带着阿凡提去打猎。走着走着,碰到了一座毁塌了的破土墙。皇帝在土墙下听到一只猫头鹰在"咕咕"地叫,就问阿凡提:"它说什么呢?"
> "它这样说呢,"阿凡提回答,"如果皇帝还是这样往下压榨,不久他的国家也就要跟我的老窝一样了。"[1]

相对《驴头》中的讥讽、嘲弄,在这里,阿凡提的忧国忧民之心又显得那么沉重。原来无足轻重的"小头百姓"的阿凡提,在其嬉笑怒骂之中乃深藏有拉伯雷似的犀利和敏锐,一种志士仁人所具有的"匹夫之责"。这就是作为智者的阿凡提对国家之深重的忧思,以及作为平民代言者的阿凡提对民族命运的深切关注。这种深刻的思想内涵,在整个阿凡提故事中不在少数,仅前几章所提及的篇目几乎都对此有不同程度的涉及,如《我的名字叫贿赂》《种金子》《县官与狗》《如果他们是狗》《真主的使者》《金钱义》《庄稼汉的力量》《寻找智慧》等尤为突出,特别是《庄稼汉的力量》所显示的劳动者的自信,简直与《驴头》同出一辙;而在愚弄中给予统治者以

---

[1] 中国民间文艺研究会《阿凡提的故事》,作家出版社1959年。

尖刻的嘲讽、批判，《寻找智慧》和《鸟语》算得上是上乘的姊妹篇。总之，在阿凡提故事中，社会批判之"话语"极为普遍，而且不乏深刻和犀利。

## 三

如果说，在上述《驴头》《鸟语》及其类似的故事中，平民阿凡提的社会批评"话语"之范畴还较为泛化，那么以下两则则将矛头对准了国家机器，或者直接指向残暴的统治者。

其一，《国王的监狱》：

> 一天，国王带着阿凡提去视察监狱。
> "你们都犯了什么罪呀？"国王问道。
> "我们什么罪也没犯。"被囚禁在狱中的人异口同声地说。
> 国王不信，逐个查问，结果只有一个人真的犯了罪。
> "陛下，"阿凡提走上前说，"请你马上下命令把这人放了吧！你的监狱里要囚禁的是无罪的，他怎么给糊里糊涂地进来了呢？"[1]。

其二，《给暴君的答复》：

> 国王给百姓出了个难题，要大家回答："我是个残

---

[1] 赵世杰等译《阿凡提的故事》，新疆人民出版社1978年。

暴的国君呢，还是个仁慈的国君？"当时有的说他是仁慈的，有的说他是残暴的，结果全被国王杀掉了，于是再没有人敢吭声。这时阿凡提走到国王面前，不慌不忙地说：

"我们都是暴民，胡达为了惩罚我们，才派了你这个魔王来。"

国王听了这个答复，感到很满意。[1]

在这两则笑话里，"监狱"和"囚犯"，"魔王"和"暴民"这两组话语本无必然关联，然而在长期流传中它们已形成一种不可分割的"话语链"。也就是说，当阿凡提系列故事在流传中，从单纯的民间"笑话"逐渐演变为一种社会性话语活动时，它就具有了"丰富的意义生成可能性"[2]，产生了一种强烈的聚合关系（associatinerelationship）[3]。这种关系使此文本与彼文本在核心内涵作用下，能在空间与时间、历时与共时性上达到高度统一，并由此不断"生成文本"。因此，看来没有情景联系的"监狱"和"囚犯"，"魔王"和"暴民"，实际上已经靠"意义生成"的主动聚合功能生成为一体，从而在揭示当时社会最根本的冲突——两个对立阶级的极为尖锐的矛盾对立的同时，又使之成为阿凡提"话语"的核心要素，或者说一种语言的发送源。正如克里斯蒂娃（Kristeva）所说："任何语言链都具有一种发送源，它使身体与生物学的和社会的历

---

[1] 赵世杰等译《阿凡提的故事》，新疆人民出版社1978年。
[2] 童庆炳《文学理论教程》，高等教育出版社1992年。
[3] 罗兰·巴特《符号学原理》，三联书店1988年。

史相联系。"因此，任何文学史、文学类型、文学主题，及美学或风格学"如果它们仍囿于彼此分割的状态的话"，[1]都是不可能的。在这个意义上，上述两则故事中的"监狱"和"囚犯"，"魔王"和"暴民"之主题话语，当然也是阿凡提系列故事所表现的更广意义上的主题话语。因而，阿凡提诸多故事表现的种种矛盾，如《我的名字叫贿赂》《种金子》《县官与狗》《如果他们是狗》《真主的使者》《金钱义》《庄稼汉的力量》《寻找智慧》《驴头》《鸟语》等，虽然主人公面孔各异，身份不同，但故事的核心话语未变——几乎都是当时最根本的社会矛盾冲突在不同层面上的展现。

然而，必须看到，揭示社会最基本的矛盾还只是阿凡提"话语"内涵的一个方面。另一方面，还在于他站在平民之立场，对统治者的正义审判。或许这是其更具价值之处。换言之，上述故事在对昏庸的统治阶级极度鄙夷之余，作为人民代言者的阿凡提尽管并没有将他们处于死地而后快，而在另外的故事中，阿凡提却对他们进行了终审"裁决"。如在乌孜别克族的阿凡提故事《归属》中，那些腐败昏庸的国王就没有这种幸运了：

> 铁木尔拐子皇帝与阿凡提谈话时，问道："阿凡提，我死了以后，我的灵魂将在哪里？是在天堂还是在地狱？"
> 阿凡提回答说："您处死的无辜者已经住满了天堂，

---

[1] 罗兰·巴特《符号学原理》，李幼燕译，三联书店1988年。

恐怕天堂没有您的位置了，但您不必难过，我会在地狱找一个最好的地方，用炼狱之火给您铸起宝座！"[1]

一个"小头百姓"的阿凡提竟敢直言为活着的君王预订地狱的"门票"，而且还欲将其以炼狱之烈焰来烤炙！除了但丁有谁还能如此大胆——虽然我们已无从考证是先有但丁的"妄言"，还是先有阿凡提的"斗胆"，[2]但这已经无关要紧了，重点在于，但丁笔下的教皇尼古拉三世与阿凡提戏谑的铁木尔拐子皇帝，都被或即将被打入地狱遭到最严厉的惩罚。不同的是，但丁是以至高无上的上帝代理人的名义，对于当时意大利社会的丑恶势力予以审判，而阿凡提则是以低贱的平民身份，对统治者予以喜剧的裁决。从其文学虚拟身份的天壤之别即可看到，阿凡提所具有的嬉笑怒骂之狂妄，其代表性之广泛是但丁所无法也不可能相比的。正如有学者所言："人对地狱的恐惧感在但丁笔下转换成了人们对于地狱的崇高感。地狱成为一个人可以伸张正义的庄严法庭。"毫无疑义，这是但丁的伟大功绩，正是"经过但丁的一个伟大的偷换，地狱变成了一个代表人民审判恶势力的审判厅"；然而，同时"我们也看到了但丁的软弱，他有些时候像一个**跪着造反的奴隶**。"（注：着重号为笔者加）[3]这里，论者对但丁的微词显而易见，但要深刻

---

[1] 中国民间文艺研究会《阿凡提的故事》，作家出版社1959年。
[2] 从阿凡提与生活于13世纪的土耳其的霍加·纳斯尔丁故事的流传研究来看，笔者认为，但丁的《神曲》与阿凡提故事的流传，在时间上应不相上下。
[3] 徐葆耕《西方文学十五讲》，北京大学出版社2003年，第82页。

剖析其与阿凡提之反抗性不同，还不能仅限于对反抗方式的表面认知，而是要从两种不同的符号表象——直面讥讽与跪着造反的背后，去挖掘其中深藏的某些本质差异；而这又是由一定历史时期社会内部诸要素与两者极为悬殊的身份差异之间所形成的特定关系而决定的。不过，这并非本文讨论的重点，笔者在此强调的是，阿凡提故事是以"笑话"的形式呈现，属于"自然形态的民间文学"那一类。它"一般不求诸文字或其他符号呈现，人们对它的传播，只凭借口语和行为等人身天赋的一些本能。"[1]

可见，阿凡提的笑话是本能的情感宣泄，他集千万民众之意愿于一身，又使千万人凭借"笑话"传播"自我"情绪，张扬"自我"的天赋本能。因此，阿凡提自由随意，放浪形骸，嬉笑怒骂，肆意彰显，以市井俚语挖苦嘲弄，其社会批判之语无所不用其极。在这个意义上，阿凡提不仅超越了时代，也超越了现实社会诸多的世俗偏见，使作为平民的"自我"之本能，得到淋漓尽致的展现。而这在很大程度上，又是那个特定历史阶段的社会、政治、宗教、文化与文学相互渗透、作用的结果。这就是它潜藏的"史诗"内涵。

## 四

由此阿凡提故事形式与审美内涵的悖论显而易见：它极为

---

[1] 万建中《民间文学引论》，北京大学出版社2006年。

通俗——采取了最普通的"笑话"形式，但它又非同一般——平淡、轻松的"话语"中承载着历史之"重"，蕴含了史诗的厚重与宏大。然而，正是在这种悖反中蕴含的"史诗性"，才更令人回味，更具有普遍而深刻的意义。

不过，要探讨阿凡提"话语"的"史诗性"主题的厚重和宏大，思想内容的严肃和深刻，除了以同时期形式相异的外域文学作品为一定参照之外，最终也是最重要的还必须回到本土寻找两者的关联：一是回到本土类似的文类中，二是回到本土相异的文类中。前者为新疆各民族民间广为流传的幽默风趣、短小精悍的智者故事或笑话，如前述所提及的毛拉·再丁的故事、赛来·恰坎的故事、霍托哈吉的故事（或秃孩子的故事）、玉斯哈的故事、阿不都的故事、赛里买的故事、阿勒达尔·库萨的故事等；而后者，即与那些反差较大的本土文学类型，特别是那些规模宏大的英雄史诗、长篇叙事诗等相比，阿凡提"话语"的"史诗性"不但与其相得益彰，更有其独特之处。

按一般的观点看，像阿凡提故事这类形式简略的民间文学，从文学审美的角度来说，几乎完全不能与民间史诗相比。如与维吾尔最有影响的民间长篇爱情诗《艾里甫—赛乃姆》相比，无论在哪一个层面两者似乎都无法匹配，尤其是爱情主题。《艾里甫—赛乃姆》是一首带有史诗性的爱情长诗，诗中叙述了青年艾里甫与赛乃姆纯真的爱情，遭到阿巴斯国王的阻挠和破坏，最后双双殉情的悲剧；与《季别克》把真挚的爱情融入国仇家恨之中，以在民族和个体反抗中提升更为深刻的爱情之"价值"等主题相比，似乎更找不到契合之处。因为，就阿凡

提系列故事来看,几乎不言"爱",更不谈"情",即使与这方面"沾边"的故事,内容也极为平庸,如《结婚的时候》:

> 一个知道阿凡提在很小的时候就结婚的人问他说:
> "你多大结的婚?"
> "我不记得我是多大结的婚,但是我记得结婚的时候我是一个傻瓜。"[1]

又一则《好日子》:

> 阿凡提前妻去世之后,他又娶了个老婆,可是,这个老婆动不动就跟阿凡提吵闹起来。一回,因为跟丈夫吵架,老婆伤心流泪地说:
> "嗳——嗳!跟你结婚的那一天,一定是个不吉利的日子,要不,哪会像这样哟!"
> 阿凡提说:
> "得啦,得啦,亲爱的,咱们夫妻之间不吵架,安安静静地过日子,还只有结婚的那一天哟。"[2]

以上故事仅有简短的对话,但婚姻家庭生活的无聊、乏味已见笔端,哪里还有"爱"可言?下面一则——《蘸着脸吃馕》,更是以"阿凡提式的幽默"把老婆的"漂亮"调侃了一番:

---

[1] 马学良、梁庭望、张公瑾《中国少数民族文学史》,中央民族学院出版社1992年。
[2] 同上。

阿凡提和他新娶的老婆坐着闲谈，阿凡提饿了，就问他老婆："有馕吗？"

　　他老婆说："你坐在那儿看着我这么漂亮的脸还不知足吗？"

　　"你说得很对。"阿凡提说，"可是要再有一块馕的话，蘸着你漂亮的脸吃，就更美丽！"[1]

显然，从这几则关于阿凡提的婚姻家庭故事中所折射出的"爱情"，其"下里巴人"之"俗"，哪里能与《艾里甫—赛乃姆》《季别克》之"阳春白雪"式的"爱情"主题相比？然而，这三则故事确实都提取了婚姻爱情中最"美好"的元素，不过，又通过每则故事末尾的"笑话素"（jokemes）——故事结尾的"创造幽默"的妙句，[2]把婚姻爱情之"美""真"通通变味，甚至引至反向，以假丑或平庸，透视了夫妻生活的无聊和感情的乏味。这就揭示了现实生活中某些本质层面的东西。如果说，前两则对"结婚"之美的颠倒还仅仅为百姓"婚姻爱情"之精神生活的一隅，那么，后一则把"漂亮"与填饱肚子的"馕"混为一谈，这又从另一方面揭示了婚姻家庭

---

[1] 马学良、梁庭望、张公瑾《中国少数民族文学史》，中央民族学院出版社1992年。
[2] 美国当代著名传播学学者阿瑟·阿萨·伯杰（Arthur Asa Berger）对笑话的结构有过浅显而精辟的解释，他说：笑话"是以妙句结尾的叙事。我们可以把笑话的每一个因素或每一个部分叫作一个笑话素（jokemes）。如果有了一连串的笑话素，结尾是一句'创造幽默'的妙句，就有了一个笑话。"见阿瑟·阿萨·伯杰《通俗文化、媒介和日常生活中的叙事》，姚媛译，南京大学出版社2002年，第82页。

生活乏味之根源——物质生活的普遍匮乏，以及由此衍生的结果——对物质的需求胜于精神。但美好与平庸、精神与物质的错位与颠倒，恰恰又揭示了他们的另一面——以自嘲自讽的喜剧方式来填充精神之平庸、物质之匮乏。这就是源于平庸而又超脱平庸的平民式审美，也是"阿凡提式的幽默"，即阿凡提带有"平民的狂欢"式之幽默：就像前面提及的《房子与坟》：过着仅有立锥之地困窘的日子，阿凡提还对"身后事"（死亡）全然无虑，反而把生活想象得如同做"抢羊"游戏一般愉快而富于刺激。

可见，既不言"爱"，又不谈"情"的阿凡提之"爱情"，岂能仅仅以"平庸"二字简单概括？相反，作为"爱"之主体的阿凡提却以对传统"夫妻恩爱"的自嘲，筑起了平庸者的"自尊"而获得了至高无上的生活的"话语权"，爱情的"话语权"——可以随意地从现实生活中提取"笑话素"，毫无拘束地、自由地表达自己的"爱"与"被爱"的情感，掌握自己"爱"与"被爱"的权利。一旦拥有了这样的"话语权"，那么，作为"个体的"阿凡提，实质上已经是"非个体的"了，他所表现出来的关于婚姻家庭的观念，实际上就是一种或一套有关特定现实的观念。这恰如史诗的本质特征——"史诗所传输的历史知识，是一种或一套有关特定现实的观念，它是一个民族的社会与政治建构的产物；另一方面，它也利用光荣、典范和功勋达到使人慑服的效果。"[1]。

---

[1] 万建中《民间文学引论》，北京大学出版社2006年。

但必须强调，阿凡提故事是千百万大众于民间中构建，表现的是平凡乃至平庸的主题，运用的是极为普通的文学手段，却达到了令人释怀的喜剧效果。其高明之处在于：以平庸之见、市井之"笑话"取胜，却又将其超越，从而昭示了社会的"荒诞"和"笑话"，或者说它揭示的是充斥着"荒诞"和"笑话"的社会；而且不仅仅是爱情主题，在笔者曾撰文论述的"生命话语"里，我们还看到了种种不同于常规常理的乖张、怪异及可笑的行为举止；而"土地"和"金钱"情结演绎的也是千年封建社会的"特写"：统治者的狠毒、残酷、贪婪和吝啬，贫贱者的勤劳、勇敢、睿智、聪明和善良，以及人性的自私、懒惰、愚昧和无知等。这些又构成了极其复杂的矛盾冲突，并在历史演绎中构成了社会荒诞和人生痛苦的千奇百怪之现状。

## 五

如果仅仅与本土长篇史诗的"爱情主题"相比较，阿凡提故事拥有的"话语权"之分量，必然会遭到某些质疑，那么，与号称中国三大英雄史诗之一，且在新疆和中亚诸国广为流传的《玛纳斯》相比，[1]结果又会怎样呢？

就两者来看，姑且不论《玛纳斯》彰显的民族英雄之大无

---

[1] 《玛纳斯》大约产生于10—13世纪前后，中国新疆天山以北的特克斯草原是其最早的形成之地。主要描写以玛纳斯家族为代表的柯尔克孜民族，对卡勒玛克人的侵略与奴役的反抗和斗争。现有1984年新疆人民出版社的柯文本、片段汉译本及俄、德、英、法等文本。参见万建中《民间文学引论》，北京大学出版社2006年。

畏气概，与平民百姓的阿凡提之嬉笑怒骂、直言戏谑之彼此辉映；也不论两者所表达对自由、平等的强烈愿望，对正义的坚定持有，以及对生命价值的思索和锲而不舍的追求，尤其是阿凡提对个体生命存在的乐观和自信，已远远超越沉重的现实而使自我精神、意念所达到的艺术审美之境界；更不必探究它们在时空上的高度一致——都产生于10至13世纪前后，并广泛流传于的中亚特别是我国的新疆地区。这里，仅就演唱《玛纳斯》的歌手——"玛纳斯奇"与故事主人阿凡提的个体行为来看，他们都含有太多的而又较为相同的"民间话语"权力：首先，他们都具有民间博学者的身份。"玛纳斯奇"中的"奇"，含有"职业"的意思，表示从事某项工作的人。他们是整个柯尔克孜文化的传承者，拥有柯尔克孜族的生活、礼仪、文学、历史、哲学、宗教、医学、天文等知识，是博学多才的学者，一部活的百科全书；而这与"阿凡提"乃至其渊源"霍加"的身份内涵有太多的相似之处。据说，"阿凡提""霍加""曼拉"等，都是按照民族的语言习惯附加在名称前后的敬辞。而"阿凡提"一词就是对有知识，有资格成为"人之师"的人的敬语，可以译为"先生"或"老师"，在维吾尔语中用来称呼那些德高望重，有知识有文化的人。这就导致了他们本质属性的相同——他们都掌握着历史—文化的话语权。因此，两者拥有的"话语权"地位无可置疑。

但是，如果把"玛纳斯奇"和"阿凡提"两者，仅仅看作一般意义上的知识者和博学者，对问题的讨论仍然无法深入。因为，他们作为普遍的民族"话语"的代言者，几乎是毫无疑问的，而且在诸多社会"话语"方面所表现出的一致性，也证明两者的文化符号之内涵有着本质的关联；但笔者要进一步探究的是，在"玛纳斯奇"和"阿凡提"凝聚为一种文化符号的同时，其文学特别是民间文学之"艺术"的审美属性的生成和特征，又有怎样的关联，或者有多大程度的相似？

据有关学者考证，兼具《玛纳斯》的创作者或首唱者的额尔奇吾勒，就曾跟随史诗主人公玛纳斯东征西战，同时兼有战士和歌手的身份，而这虽然与"阿凡提"真实身份的"不确定"性相去甚远，但两者所承载的文化内涵却有惊人的相似之处。有学者这样评价《玛纳斯》演唱的承传者居素甫·玛玛依，他是"目前世界上演唱《玛纳斯》部数最多的歌手，被国内外学术界誉为'当代荷马''活着的荷马'。他演唱的八部《玛纳斯》，从头到尾演唱一遍需要一年多的时间。同'钟肯'一样，[1]玛纳斯奇在解释自己演唱史诗的经历时也认为是由神灵梦授所致，是某种超自然力量赋予了他们演唱史诗的能力。他们往往要大病一场，在迷恍之中接受'神输'，病愈后便能滔滔不绝地演唱实施。"[2]而广为流传的阿凡提故事的主人之"阿凡提"却是另一番模样：头上戴着一顶很大的赛勒，背朝前，脸朝后，骑在一头瘦小的毛驴上。据说这个形象源于至今保留在土耳其伊斯坦布尔的托普卡皮博物馆里的一张小型

---

[1] 藏族民众把说唱《格萨尔》的艺人叫"钟肯"，"钟"是神话、传说、民间故事的泛称，"肯"是指说故事的人，他们往往带有某些神秘性。著名的钟肯有扎巴和玉梅。

[2] 万建中《民间文学引论》，北京大学出版社2006年。

画像。西方学者曾从哲学的角度诠释阿凡提形象背后的含义。如1955年美国迈阿密大学出版的一本原子能物理科学论文集，就把阿凡提这种倒骑毛驴的姿势移植到该书的封面。论文集中又选了几十篇阿凡提的幽默笑话故事，并在序文中特意介绍了阿凡提倒骑毛驴的姿势。据传，阿凡提曾解释他的骑驴姿势说："假如我脸朝前骑在毛驴上，你们就会在我的后面；假如你们走在我的前面，我就只能看见你们的脊背。因此我选了一种最正确的骑毛驴的办法，就是背朝前，脸朝后，这样我就解决了一切的问题，而且能更好地看着谈话人的面孔，这就更加有礼貌。"[1]在他们看来，阿凡提的这种倒骑毛驴姿势很特别，那是因为阿凡提本人"从各种不同的角度思考，别出心裁地想出了这个与众不同的新骑法"的缘故，因而称"这是很有创造性与启发性的"。并把阿凡提对这种骑驴姿势的所谓"解释"也当作阿凡提幽默滑稽的又一个例证，说成是他"绝顶聪敏的机智妙语"。[2]

据此，似乎可以说史诗《玛纳斯》是文学与音乐的"混血儿"，是"传统英雄"与"歌者"心灵的神秘体验之产物；"阿凡提"则更多地代表了"对传统的叛逆"，是离经叛道的"普通怪人"与富有创造性的"特别思维"的统一体。从文学生成的角度来看，后者与其他艺术类型似乎没有什么关联。然而，事实并非如此。如果进一步解读"歌者"（钟肯）之内涵——神话、传说、民间故事的演讲（唱）者，那么，善于

---

[1] 戈宝权《霍加·纳斯尔丁和他的笑话》，新疆人民出版社1986年，第121页。
[2] 同上。

"创造"故事的"怪人"阿凡提，其审美属性不仅与之大大相似，而且"阿凡提"所蕴含的"钟肯"审美要素在某种意义上说，甚至更为丰富和复杂。

于是，上述关于阿凡提故事与本土其他相似的幽默笑话、智者故事，与本土不同文类的英雄史诗、长篇叙事诗的讨论，已自然而然地涉及本土文化之"就近差异"较为深刻的问题，从而揭示了"就近差异"的实质：多民族文化的"就近差异"是相对的，其生生不息的文化传承才是绝对的；不同文学类型存在的差异是相对的，由"差异"衍生的极为丰富而复杂的文学审美才是绝对的。这确如列维-斯特劳斯所言："由于靠近而具有的差异。"正是在这个意义上，新疆地区如此众多的智者故事和笑话都围绕"阿凡提"而"翻版"，这恰好从反面证明了"阿凡提"是这些"差异"中的"核心"，是孕育该地区诸多核心价值观之基础；而"阿凡提"与本地诸多史诗、叙事诗的血肉关联，又从侧面印证了新疆丰富多元的文化正是养育"阿凡提"的沃土。

# 跨越与构建

## ——阿凡提"话语"研究的新视域

李玮炜[*]

阿凡提故事在我国新疆地区文化中具有重要地位，因其强烈的讽喻性、批判性和颠覆性，使得其人物和故事成为我国多民族文化中一种特有的现象。因此，对阿凡提故事的研究，也就成为西域[1]文化研究的热点之一，其研究视域也呈多样化。例如，王莉《"阿凡提"言语交际的语用策略研究》从语用学角度对阿凡提的动态交际策略进行了研究；田欢《生成过程中的英雄——试述阿凡提形象的变化特征》和李四成《统摄整个生命的性格特征——阿凡提幽默文学形象论析》从形象学角度对"阿凡提"的文学形象做了分析；冯翔鹤《阿凡提故事的演变、发展与本土文化》、崔燕《中外阿凡提故事研究》从比较

---

[*] 李玮炜，东莞职业技术学院学院办公室。
[1] 此处的西域，指的是狭义上的西域，即我国玉门关以西地区。

文学角度分析了阿凡提故事的民族性。

杨亦军教授的新著《阿凡提"话语"空间的自然——生态和历史——文化视域》（以下简称《阿凡提"话语"空间》）以阿凡提"话语"空间为研究对象，运用跨民族、跨学科和跨文化的研究方法，分别从"生命话语""社会话语""审美话语"层面，构建起阿凡提"话语"空间的自然——生态和历史——文化视域的研究体系，体现了跨越与构建的研究特色，不仅从"话语"研究的角度开辟了阿凡提文化研究的新领域，也大大丰富了我国少数民族文学研究的成果。

## 一、"跨越"彰显研究理路

"跨越"是《阿凡提"话语"空间》研究理路的主要特色，通过"跨越性"的研究理路，使得阿凡提的研究视域不再拘泥于特定的区域、僵化的历史和单一的学科结构，从而体现了我国少数民族文学研究的跨民族、跨学科和跨文化路径。

第一，《阿凡提"话语"空间》的跨民族研究视角。

阿凡提是维吾尔民族的精神文化产物，与中原文化相比，它有着独特的异域特色。这种异域特色，一方面与维吾尔族的文化有关，另一方面则与阿凡提故事在流传期间融合了来自异域的朱哈、霍加·纳斯列丁故事的因子有关。因此，对阿凡提"话语"空间的分析，自然离不开跨民族研究的背景。《阿凡提"话语"空间》的跨民族研究体现了两个特点。

一是跨民族研究把握我国"种内关系"特点。中国是一个统一的多民族国家，民族之间的交流早在远古时代就有所反映。在第一章中，杨亦军教授即以周穆王与西王母昆仑之会的远古神话为起点，探讨了华夏民族"种内关系"的交流。西王母和周穆王分别代表了羌、夏两族的身份，羌、夏两族从物质层面到精神层面的交往，是空间意义上的西域与中土交流的先声，更是阿凡提"话语"空间形成的前期积淀。在中华民族绵延千年的发展中，中原地区与周边地区或有冲突，或有交融，但总体上是在"种内关系"的大背景下呈整合性的发展，也就造就了其后的多民族相互依存、共同发展的盛况。

二是跨民族研究突显空间理论特色。在《阿凡提"话语"空间》中，杨亦军教授将阿凡提"话语"空间的研究视域延伸至新疆独特的自然环境、文化背景以及区域文化交流史中。用杨亦军教授的话说，那就是阿凡提故事"在流传过程中与它们以及特殊的自然——生态和历史——文化等诸多因素构建了一个庞大的话语体系"。[1]概言之，就是基于空间理论的背景下，探讨"边缘"与"腹地"的空间聚合相互作用。阿凡提"话语"的形成，正是霍加·纳斯列丁故事跨越民族和国界的"空间"聚合的结果，即："作为其话语对象的朱哈笑话，通过霍加·纳斯列丁故事、阿凡提故事等不同的表现方式，在个体的或社会的经验中不断显现出自己的轮廓，并与之形成了一个整体"。[2]阿凡提"话语"的形成除了受到外域文化的影

---

[1] 杨亦军《阿凡提"话语"空间的自然—生态和历史—文化视域》，人民出版社2011年。

[2] 同上。

响,也受到了新疆地区文化和中原文化的辐射作用。可以说,正是得益于新疆地区独特的地理文化以及与中原地区的文化交流,使得阿凡提"话语"不再依附于朱哈笑话或霍加·纳斯列丁故事,从而成为一个具有民族色彩的文化符号。在这种"边缘"与"腹地"的文化互补中,作为"边缘"地区的阿凡提"话语"又形成了对"腹地"——中原区域的审美"话语"的反哺。由此观之,自唐至元,在中原文化的血脉中,不管是诗的书写,还是乐舞的演绎,都流淌着西域文化的血液。比如《阿凡提"话语"空间》中所提到的以西域自然地貌为背景的诗歌书写,以及充满"尚武"之风和"阴柔"之美的西域乐舞,就是西域文化反哺中原文化的表现。因此,这种跨民族的研究路径是对以往局限于单一区域的阿凡提人物分析、研究视域的突破。

第二,《阿凡提"话语"空间》的跨学科研究特色。

《阿凡提"话语"空间》还体现了跨学科的研究特色。跨学科研究(trans—disciplinary research)又称"交叉研究""科际整合""跨类研究",它是指"比较文学除研究文学间的种种现象之外,还研究文学与艺术、社会科学、自然科学等诸多方面的联系"[1]。作为沟通文学与自然科学、人文社会科学以及其他艺术门类的良好途径,跨学科研究同样适用于比较文学之外的学术研究。杨亦军教授是资深比较文学学者,对跨学科研究理论和方法的运用自然是得心应手。在《阿凡提"话语"

---

[1] 尹建民《比较文学术语汇释》,北京师范大学出版社2011年。

空间》中,杨亦军教授对阿凡提"话语"空间的研究就涉及文学、生态学、宗教、音乐、舞蹈、民俗等学科领域。比如第三章《西域乐舞"东传"的文学艺术演绎与阿凡提"审美话语"的精神拓展》,杨亦军教授通过"流传学"和"变异学"的研究方法,探讨了漫长的历史里,中原艺术受到西域文化的影响所产生的流变。具体而言,就是西域乐舞的"尚武之风"和"阴柔之美"在形式和审美内涵上,革新了中原的"审美话语"空间。当然,这种影响并不是一蹴而就的,而是经过了西域与中原长达千年来的交融和冲突而形成的。从上古时期开始,就有传说黄帝派遣使臣袁福昆仑之南伐竹制笛;周朝时期,周穆王与西王母的昆仑之会以及西域乐舞的"华化";西汉张骞的域外求音,种种迹象表明,西域乐舞已经从边缘的审美艺术逐渐融入中原主流文化当中。尤其是北魏至唐朝期间,少数民族政权崛起并入主中原,带来了丰富多彩的异域文化,其中,西域乐舞就登上了唐代中原的艺术舞台,在中原主流文化体系内演绎着澎湃的生命激情以及原始野性的"尚武"色彩,间接丰富了我国诗歌的"风骨"特色。例如,边塞诗在唐代的大量涌现,就是西域与中原的"话语"空间交汇奏出的文化强音。

从西域的音乐和舞蹈,到唐代的山水田园诗、乐舞诗、边塞诗,杨亦军教授列举了唐代赫赫有名的诗人,如李白、杜甫、白居易、元稹、岑参、李贺、刘禹锡、王维、王之涣等,这些赫然在目的文化名人是新疆与中原文化交流的见证,印证了新疆和中原在"话语"空间上所体现的整体性(或同一性)。即"尚武"和"阴柔"的审美话语消解了西域和中原在地域上两不重叠的价值分离,以一种强大的生命力将不同艺术门类调和起来,使得他们在审美风格上体现出同一特征。这也回应了《阿凡提"话语"空间》在开篇中所说的"'话语'的空间性主要表现为差异性和整体性。前者是话语最为本质的特性,后者表现为两种形式:一是空间从属于时间,一是时间消融于空间,它们都以消解'话语'空间存在的价值分离属性为主要特征"。[1]而《阿凡提"话语"空间》从文学、音乐、绘画、舞蹈等学科重叠的审美话语入手,为研究阿凡提提供了多元视角和思考路径,体现了跨学科研究的方法。

第三,《阿凡提"话语"空间》的跨文化研究特点。

跨文化研究的前提是承认与尊重多元文化主义(multicuhuralism),承认我们的社会由来自多种文化的人构成,并通过对话的手段,打破由于民族主义而产生的文化壁垒。[2] "多元文化主义的意识形态与实践意味着在不同语境下非常具体而且多样化的观念与过程,因而总是应该放在特定的国内与国际环境、历史背景当中作长期的探讨。"[3] "话语标示差异;话语确定共性。每一种话语都能找出划定体裁的界限;每一种话语

---

[1] 杨亦军《阿凡提"话语"空间的自然—生态和历史—文化视域》,人民出版社2011年。
[2] 跨文化研究通常涉及比较,因此成为比较文学研究的方法之一,也是该学科的理论特色之一。但是跨文化研究在其他人文领域中也得到认同和使用,它是揭示人类文化和科技多样性的有力方法,但并不以文化优劣判断为目的。
[3] [美]迈克尔·格洛登,马丁·克雷斯沃思,伊莫瑞·济曼《霍普金斯文学理论和批评指南》第2版,外语教学与研究出版社2011年。

都制定了限定体裁共性的格式。"[1]由于阿凡提"话语"的形成是不同时期的"话语"空间共同作用的结果，它既受到朱哈笑话、霍加·纳斯列丁故事的作用，也受到新疆地区伊斯兰教文化和中原文化的辐射影响。因此，作为承载了多元文化主义的复合体——阿凡提"话语"，它体现了"话语"空间性的差异性和整体性的调和，它是话语分析的逻辑起点。通过对多元文化的比较研究，杨亦军教授进一步揭示了阿凡提"话语"空间的差异性和整体性的深层原因和合理性。杨亦军教授指出："正是由于中原与西域现实空间的'边缘效应'，以及新疆与中原和外域的'腹地效应'的共同作用，从而构成了阿凡提'社会话语'的丰富内涵。"[2]

杨亦军教授不但在多民族之间进行跨文化研究，即便是同一民族内部，也切入了跨文化比较的视角。诚如杨亦军教授所言，即便是民族内部，也存在文化多样性。他认为，新疆民间游艺文化就是该地区文化多样性的突出标志。民间游艺文化形成于"就近差异"——处在相似的地理空间，相邻的众多民族各自特殊的历史发展、经济生活及宗教信仰等方面差异所导致。[3]阿凡提故事在内容和主题上和其他民族的机智人物故事（如徐文长、刘三姐）有着高度的相似，均隐含着一种深刻的民族自我精神，体现了"话语"空间的整体性。阿凡提"话

---

[1] 赵一凡、张中载、李德恩《西方文论关键词》，外语教学与研究出版社2006年。
[2] 杨亦军《阿凡提"话语"空间的自然—生态和历史—文化视域》，人民出版社2011年。
[3] 同上。

语"空间的异质性体现于其平民身份所持有的价值立场及对上层威权的消解。如阿凡提故事中所蕴含的"土地"情结和"金钱"意识，以及对权力的嘲讽和颠覆，是阿凡提平民"话语"异质性的写照。对文化异质性的坚守，使得我们在多元文化主义中葆有民族文化的独特魅力，在多元文化的比较中，达到理解、尊重他者文化的目的。

## 二、"构建"展现理论品质

如果说"跨越"为我们呈现了《阿凡提"话语"空间》的研究理路，那么"构建"则彰显了《阿凡提"话语"空间》研究的理论品质。这种理论品质主要体现于两个层面。

一是"横向开拓"的理论建构。在《阿凡提"话语"空间》中，杨亦军教授运用了跨民族、跨学科和跨文化的研究方法，展现了宏大的理论视野，构建出一个新的研究体系，即通过生命话语、社会话语、审美话语的"横向开拓"，疏通了阿凡提话语背后的"自然、生态和历史、文化"的壁垒，在理论的高度上构建了阿凡提"话语"研究的新体系。所谓"横向开拓"，是指"文化研究中的文化外求"，外求的方式大致有三：一是外求于他种文化；二是外求于同一文化地区的边缘文化；三是外求于他种学科。[1]在《阿凡提"话语"空间》中，杨亦军将"外求"的三种方式融进自己的写作笔触中，其"跨

---

[1] 尹建民《比较文学术语汇释》，北京师范大学出版社2011年。

越性"的研究理路,就是将阿凡提"话语"空间研究的文化视域外求于中原文化、中亚文化、西方文化以及新疆地区的"就近差异"中的边缘文化和宗教、美学、艺术等他种学科,形成了对文化外求三种方式的呼应。

二是"第三种批评"的文化研究特质。《阿凡提"话语"空间》在"横向开拓"中表现出了文化研究的特质,围绕着阿凡提"话语"空间的差异性和整体性,杨亦军教授在自然——生态、现实社会、艺术审美、宗教信仰等多个层面进行了审美和实证分析,这种系统而富于创见的理论视野,彰显了民间文学和西域文化强大的生命力。因此,我们有理由认为,《阿凡提"话语"空间》可以纳入文化研究范畴,确切地说,它是属于文化研究中的"第三种批评",即"学院派"批评或"新学院式"批评,它是以"严谨的学风和创新的精神为己任,主张文学批评学术化,文学理论科学化和文学研究理论化"。[1]由于《阿凡提"话语"空间》摆脱了直觉印象式的审美感悟之模式和偏于单一民族内部的文化形象分析,将阿凡提"话语"研究置于一个更加广阔的跨文化、跨学科和跨民族语境下来考察,因此,《阿凡提"话语"空间》已经在自身探索中,以系统的理论分析(生命话语、社会话语、审美话语和宗教话语)和文化阐释(自然、生态和历史、文化),达到了理论上建构的最终目的。

同时,由于空间具有物理属性和文化属性,考量空间形

---

[1] 陆扬《文化研究概论》,复旦大学出版社2008年。

态的物理学标准通常也被用来定义空间的文化属性，例如文化属性的纵横坐标、水平和垂直、中心和边缘、敞开和封闭、上下、左右等[1]。而杨亦军教授在论述"话语"空间时，以"生命、社会、审美、信仰"四个层面加以设定，既可以看作杨亦军教授对文化空间的理解，也可以视作对阿凡提"话语"空间在自然、现实、审美和信仰四个层面的细分，体现了杨亦军教授卓越的"话语"空间建构理论水平。

## 结语

综上所述，《阿凡提"话语"空间》围绕着阿凡提故事进行"话语"的空间性分析，杨亦军教授揭示出阿凡提丰富的文化内涵，其中既有西域独特的自然——生态所塑造的浪漫情怀和悲壮的生命情结，也有厚重的历史文化内涵所展现的美学意蕴。正是得益于其"跨越性"的研究理路和理论的自觉构建，从而彰显了阿凡提"话语"空间的敞开性：吸引学者以各自的视觉进入阿凡提的"话语"空间，并在特定的语境下，以及在社会和文化习俗的框架之内，实现与"话语"对象的互动[2]。杨亦军教授的新著《阿凡提"话语"空间》便是积极互动结出的硕果，以一种全新的视域为阿凡提研究提供了有益的借鉴。

---

[1] 朱大可《文化批评——文化哲学的理论与实践》，古吴轩出版社2011年。
[2] ［美］M. H. 艾布拉姆斯《文学术语词典》，北京大学出版社2009年。

# 活跃的艺术

## ——谈维吾尔民间艺术"恰克恰克"

艾克拜尔·卡德尔[*]

### 一、恰克恰克

维吾尔民间艺术"恰克恰克"与维吾尔族人民的日常生活密切相关,深受维吾尔族人民群众的喜爱。我们首先要特别说明的是,本文所说的"恰克恰克"与前人研究的维吾尔"民间笑话"并没有本质区别。恰克恰克一词有广义和狭义之分,广义的恰克恰克包括所有的民间幽默故事和趣闻故事;狭义的恰克恰克就指笑话。著名的民间文艺家戈宝权先生在《霍加·纳斯列丁和他的笑话》一文中说:"蓝提凡一词在维吾尔语为latifa,其意思是笑话、趣事,相当于英、法、德、俄等国文字中的Anecdote(笑话)。从阿凡提的故事的内容来看,称为笑

---

[*] 艾克拜尔·卡德尔,维吾尔族,中央民族大学中国少数民族语言文学学院教授。

话似乎比故事更为确切。但是阿凡提的故事这个名称已为我国广大读者所熟悉，因此当讲到霍加·纳斯列丁的笑话实际上就是指我国现在通称的阿凡提的故事而言。"[1]

恰克恰克是通过用幽默的语言、敏锐的洞察力和灵活的表达技巧来体现人民群众的真知灼见和智慧，以达到娱悦大众的效果。维吾尔人最早是以阿凡提这一机智人物的文学形象来揭露、讽刺、鞭挞封建社会的残暴、愚昧，并逐渐形成了系列恰克恰克。随着恰克恰克的发展，在维吾尔族中同时也不断涌现出一系列阿凡提式的人物。如：麦西来甫·巴巴热赫木（1657—1711）、毛拉·再丁（1815—1880）、赛来·恰坎（1816—1905）、肉孜·喀尔（1866—1971）、塔特里克·卡萨（1868—1948）、雅库普伯克（1890—？）、赛兰依·托乎提（1890—1981）、艾希克雅尔·纳曼特（1891—1981）、毛拉·买提亚尔（1860—？）、斯坎丹尔·艾克库力（1918—1979）、吾斯塔·热孜、西仁·都尔格（1781—1888）、喀斯木·克孜克（1890—1953）、依卜拉音·萨衣提（1924—2003）、阿布都卡德尔·库恰克（1948—）伊沙木·库尔班（1930—2013）等。另外，还有一些不知名的笑话艺术家的作品也广泛流传在民间，人们为了这些优秀的恰克恰克便于流传，统一把它叫作阿布都巴克的笑话。其中伊沙木·库尔班自20世纪40年代开始一直活跃在民间的笑话艺术家。他的作品不仅数量多，内容丰富，贴近生活，艺术形式独特，文学表现力

---

[1] 参见《笑之研究》，新疆人民出版社1988年，第29—30页。

强，影响极大，被人们誉为"活着的阿凡提"。"文化大革命"结束，他作为特邀代表，出席了1980年9月召开的新疆维吾尔自治区文学艺术工作者第三次代表大会，并被吸收为新疆民间文艺家协会会员、理事。

恰克恰克在长达几个世纪的流传过程中，被不断丰富完善，成为维吾尔民间口头文学的一部分。1949年之后，许多优秀的笑话作品不仅在维吾尔族中家喻户晓，还被翻译成不同文字，为各民族的文化交流发展，发挥着积极的作用。

随着我国非物质文化遗产护保护传承工程的正式启动，2009年维吾尔恰克恰克被定为新疆维吾尔自治区级非物质文化遗产代表作，2011年"维吾尔民间艺术恰克恰克"被列为国家级非物质文化遗产保护项目。恰克恰克传承人伊沙木·库尔班荣获了"国家级非物质文化——恰克恰克传承人"称号，2013年9月10日，新疆伊宁市非物质文化遗产保护中心向伊沙木·库尔班颁发了证书并授予奖牌。

2013年，我申报了国家社科基金项目——维吾尔民间艺术"恰克恰克"研究，其宗旨就是为有效地传承与保护维吾尔民间艺术恰克恰克，展示维吾尔族的文化成果，促进民间文化的交流、融合与发展。

## 二、维吾尔民间艺术"恰克恰克"搜集、出版

维吾尔族风趣幽默，在日常生活中特别喜欢讲笑话、幽默。据民间文学家研究，维吾尔族最古老的民间口头文学的各

种体裁，如民间歌谣、民间故事、民间童话等都存在着这种幽默感。

12世纪著名的机智人物纳斯尔丁·阿凡提的出现，把维吾尔族的恰克恰克推向了一个高潮，当时的"拉提帕奇"（蓝提凡奇，讲笑话的人）把自己生活中创作的幽默趣事都用"阿凡提故事"来讲述，使"阿凡提故事"这一笑话系列的雪球越滚越大，走出民族，走向世界。

恰克恰克的搜集整理工作起始于20世纪80年代，1980年民间文学家马合木提·买买提先生第一次搜集维吾尔恰克恰克并《伊犁日报》1980年4月1日副刊上以《伊沙木恰克恰克》为名发表了4篇恰克恰克，此后还有《新疆文学》1981年第6期翻译成汉文发表了伊沙木恰克恰克11篇。作家艾克拜尔·吾拉木1981年在《民族画报》中发表了以《活着的阿凡提》为题的一系列图片，把伊沙木和他的恰克恰克翻译成汉语来介绍。1981年5月新华社刊登了一篇介绍伊沙木·库尔班的文章名为《活着的乃斯尔丁·阿凡提》。在《光华日报》1982年10月19日版和《人民日报》1982年11月29日版上，都刊登了伊沙木·库尔班和其他人正在讲恰克恰克时的照片，这将伊沙木和他的恰克恰克传播到了国内外。1982年至1996年，新疆人民出版社出版了由民间文学家马合木提·买买提整理的《伊沙木笑话》（1—5册）。

著名民间文学家赵世杰先生翻译的《伊沙木笑话（恰克恰克）选》（汉语）在1982年1月新疆人民出版社出版了。著名作家买买提明·吾守尔等收集整理的《维吾尔民间笑话（恰克恰克）选》（1—2册）1985年和1987年新疆人民出版社出版。由铁依甫江搜集、赵世杰翻译的《维吾尔族笑话》在《民族作家》1987年第四期发表。买买提·热衣木搜集整理、宋恩平翻译的《阿不都巴克的笑话》在《民族作家》1987年第五期发表。作家阿依夏木·艾合买提搜集整理的《喀斯木·克孜克笑话选》一书1993年新疆人民出版社出版。艾克拜尔·吾拉木翻译成汉语的三本《活着的阿凡提——伊沙木笑话》1998年民族出版社出版。由乌拉木·艾拜都拉整理的《维吾尔恰克恰克大师和笑星》（1—2册）2000年8月出版。书中重点介绍了从阿凡提至伊沙木·库尔班共59名维吾尔族民间恰克恰克家。由艾合买提江·库尔班整理的《儿童恰克恰克》2002年新疆大学出版社出版。卡吾力·萨吾尔搜集的《阿布都拉·欧斯曼恰克恰克集》2002年喀什维吾尔文出版社出版。依布拉英·艾力搜集整理的《纳斯尔科长恰克恰克集》2004年喀什维吾尔文出版社出版。马合木提·买买提整理的《恰克恰克精粹》2003年新疆人民出版社出版。2005年新疆人民出版社和民族出版社联合出版的《维吾尔民间文学大全》的第六卷中专门编入了伊沙木恰克恰克；2006年新疆人民出版社出版了《维吾尔民间恰克恰克》一书；2007年新疆人民出版社出版了阿凡提和阿凡提式的机智人物赛来·恰坎（1816—1905）、斯坎丹尔·艾克库力（1918—1979）、西仁·都尔阿（1787—1888）、艾希克雅尔·纳曼特（1891—1981）、毛拉·买提亚尔（1860—1950）、毛拉·再丁（1815—1880）、喀斯木·克孜克、吾斯塔·热孜等的《维吾尔民间趣闻（恰克恰克）》（1—5册）；2007年新疆人民出版社又相继出版了关于伊沙木恰克恰克两本书；托合提·沙比尔等整理的当代恰克恰克家伊布拉音·沙依提（1927—2003）的恰克恰克《伊布拉音·沙依提恰克恰克》一书2009年新疆青少年出版社出版。民间文学家阿布都肉苏力·斯依提整理编者的《开心茶社》（1—2册）2011年新疆青少年出版社出版，并介绍了伊犁地区20多位年轻的恰克恰克艺术家的生平及其笑话。

上述成果显示，虽然对于维吾尔民间艺术恰克恰克的搜集整理取得了一些成绩，但从面上讲大多限于伊犁地区，存在着一定的局限性。维吾尔民间艺术恰克恰克无论是思想方面，还是艺术文学方面都具有很多特色，目前伊沙木笑话仍在不断地丰富和发展，其他民间笑话家的表现也显得异常活跃。

**三、维吾尔族恰克恰克的研究现状**

通过对维吾尔族恰克恰克研究的相关论文的分析发现，国内对维吾尔民间艺术恰克恰克的研究主要有以下几个方面的成果：

（一）定义与分类

关于"恰克恰克"的概念,目前最具代表性的是民间文学老专家穆合买提江·萨迪克（1934—2012）在《关于维吾尔族民间口头文学》一书中，根据恰克恰克的表现形式，认为"恰克恰克是在民间广泛流传过程中，形成的由两个或更多的人参与，以对话的形式表现出来的一种'文字游戏'"[1]。新疆大学教授乌斯曼·司马义·塔里木博士在《关于民间口头文学的综述》一书中根据恰克恰克的语言效果，将其定义为"恰克恰克是以引人发笑为目的，说的一些幽默的对话艺术"[2]。另外，还有托合提·依不拉音、马合木提江·依斯拉木、艾合买提江·库尔班等学者专家在自己的关于研究恰克恰克的文章中解释恰克恰克的界定问题。他们的观点从恰克恰克的各种表现方法以及表演技巧等方面的特点上与以上的解释基本相同。

对于维吾尔恰克恰克的类型有的专家将其分为对话型、故事型、模仿型等；有的专家分为相似型、谚语型、绰号型、谐音型等；还有的专家分为对话型、分散型、翻译型等。目前民间恰克恰克比较常见的类型有以下八种：

（1）对话型：这种类型是两个人相互对话的形式来讲笑话，一方抓住另一方的某种好玩的地方做笑料，另一方则用机智幽默的语句来回答。这种风趣、诙谐、富有哲理的对话会引起人们的朗朗笑声。

（2）轮流型：前提是当场必须有很多人，笑话艺术家会根据每个人的特点、特长，用形象有趣的语言轮流表达，高潮不断。

（3）连环型：当场上有好几个笑话家，他们会互相讲笑

---

[1] 穆合买提江·萨迪克《关于维吾尔民间口头文学》，新疆人民出版社1995年，第519页。

[2] 乌斯曼·司马义·塔里木《维吾尔民间文学概论》，新疆大学出版社2009年，第394页。

话，第一个笑话家讲一个为题目的笑话，第二个笑话家根据这个话题继续挖掘、延伸，而且越讲越离奇，越有味。

（4）模仿型：笑话家会把一个醉酒者或一个懒惰者的搞笑行为或语句形象逼真地模仿出来，引起大家的大笑。

（5）绰号型：前提是当场至少有两个笑话家，一个笑话家会把另一个笑话家的绰号做笑料来讲笑话。有时也会拿在座人的绰号讲述一段笑话，特别提到的是讲这种笑话的时候，被笑话者不会生气，大家都会理解，这只是为了娱乐而已。

（6）故事型：笑话家把阿凡提的趣事或是自编的趣闻故事或是生活上的趣事给在场的听众讲出来，让大家大笑。

（7）谐音型：笑话家们互相讲笑话的时候把笑话的结尾语句改成谐音版，让大家大笑。

（8）翻译型：两个笑话家在场地上站起来，第一个笑话家给坐着的人用某种语言说一句话，第二个笑话家配合他翻译出来。第一个笑话家往往用的是比喻性的语言，第二个笑话家要用笑话的形式来翻译给大家听。这种笑话讲究的是两者的默契。把要讲的对象表述得很形象有趣，引起客人的大笑。

（二）研究成果

从事维吾尔恰克恰克研究的老前辈有托合提·依布拉音（1926—2006），穆合买提江·萨迪克（1934—2012），阿布沙塔尔·那斯尔（1942—2010），阿合买提江·库尔班（1958—2013）等，还有买买提明·吾守尔、乌斯曼·斯马义·塔里木、艾尼瓦尔·塔吉丁、热合那依·马木提、肖开提·伊拉洪等、段宝林、陶立璠、赵世杰、汪玢玲、刘荫梁等。

《青年共产主义》（今日《新疆青年》）杂志1957年第12期发表了托合提·依布拉音写的《论恰克恰克》一篇文章，这个文章是当代维吾尔恰尔恰克研究的第一篇文章。文章分析恰克恰克在促进人际关系和睦，活跃群众文化生活等方面发挥了重要作用。

随着伊沙木·库尔班恰克恰克的搜集整理出版，维吾尔恰克恰克研究也迎来了一个高潮。1980年买买提明·吾守尔在新疆文化厅《群众文化》杂志上发表了《民间幽默家伊沙木和他的幽默故事》的文章。（此文章《新疆文学》汉文版1981年第6期发表）探讨了伊沙木恰克恰克的来源和特点，伊沙木所讲的幽默故事内容健康，形象生活，生活气息浓郁，而且他讲笑话常伴以动作，以活跃现场，将气氛推向高潮。

此外，以伊沙木恰克恰克为代表的维吾尔恰克恰克的研究上涌现出了不少的论文，1982年陶立璠发表了题目为《伊沙木笑话三题》的文章，对伊沙木笑话的幽默型，它与现实生活的关系做了分析；赵世杰在《新疆民族文学》1984年第5期发表了题目为《伊沙木·库尔班和他的笑话》的文章专门研究了伊沙木笑话的时代特征、艺术表现、民族特色三方面，指出伊沙木笑话是阿凡提故事的继承，发展和创新。汪玢玲在《民族文学研究》1985年第1期发表了题目为《伊沙木笑话的时代气息及其民族特色》的文章，分析了伊沙木笑话的喜剧特征和民族性。1985年阿布沙塔尔·那斯尔在《伊犁日报》上发表了《伊沙木恰克恰克的几个特点》，阿合买提江·库尔班在《伊犁河》杂志1987年第4期发表题目为《伊犁民间恰克恰克初谈》的文章，剖析了维吾尔恰克恰克对维吾尔书面文学的影响。刘荫梁在《新疆艺术》1993年第4期发表了《伊沙木笑话中笑的奥秘》也分析了伊沙木笑话的喜剧结构。我在新疆伊犁师范学院人文学院开设了"维吾尔恰克恰克研究"选修课程。

2000年8月25日在新疆伊犁举办了伊沙木恰克恰克研讨会；2009年6月新疆伊宁市人民政府和新疆民间文艺家协会庆祝笑话大师伊沙木·库尔班80岁举办了恰克恰克麦西来甫活动。这些活动为促进维吾尔恰克恰克传承与研究起了一定的作用。

进入21世纪以来，维吾尔恰克恰克研究进入了一个新的阶段。伊犁师范学院副教授艾尼瓦尔·塔吉丁《新疆大学学报》2007年第2期发表了题目为《民间恰克恰克家伊沙木·库尔班和他的恰克恰克》的文章。温且木·卡得尔在《美拉斯》杂志2009年第2期发表了题目为《伊沙木恰克恰克回答特征》的文章，热合那依·马木提在《美拉斯》杂志2012年第2期发表了题目为《伊犁恰克恰克论》的文章。肖开提·伊拉洪在《美拉斯》杂志2012年第5期发表了题目为《伊犁恰克恰克的性质》的文章。我在《新疆社会科学研究》《新疆大学学报》等学术刊物上刊发了《论伊沙木笑话》《维吾尔笑话研究的始末》《维吾尔诗歌创造中笑话题目》《谈绰号性笑话》等四篇文章。据初步统计，截至目前维吾尔笑话研究论文共有100多篇。

2011年1月在北京民族出版社出版了由我撰写的《伊沙木·库尔班笑话研究》一书。该书的汉文版在2015年在中央民族大学出版社出版发行。目前伊宁市人民政府正在筹办伊沙木的故乡伊宁市设立伊沙木纪念馆。

此外，维吾尔恰克恰克已列入高等学校维吾尔民间文学教材。

恰克恰克是很有艺术特点的民间艺术表现形式，长期活跃在民间，有扎实的群众基础，备受各族人民的喜爱，特别是在人与社会的交流、交往，建立和谐关系，树立好的社会风尚，弘扬真善美，鞭挞假恶丑等等多方面发挥着重要的作用。

综上所述，维吾尔民间艺术恰克恰克研究应不断吸收新的理论精髓，借鉴其他学科的相关理论，采用静态研究和动态研究相结合的观点，运用传统分析和现代分析相结合的方法，注重自身特点，打开视野，有目的、系统地进行研究，以此促进维吾尔民间艺术恰克恰克研究的深入发展。

# 阿凡提：为新疆文化产业发展提供新思路

阿布都外力·克热木[*]

## 一、阿凡提：群众代言人和正能量代表

在我国，阿凡提这个文学形象是劳动人民塑造出来的一个理想化人物。他勤劳、勇敢、幽默、乐观，富于智慧和正义感，敢于蔑视反动统治阶级和一切腐朽势力。在他身上，体现了劳动人民的品质和爱憎分明的感情，反映了劳动人民的利益和愿望。阿凡提在国内逐渐变成了全国人民所喜爱的艺术形象，具有广泛影响力。

我国各民族共同认可和接纳的人民群众代言人。阿凡提的故事题材广泛，构思独特，平凡的开场白，意想不到的结尾，幽默风趣的语言，往往都站在鲜明的劳动人民立场。作为群众的代言人，他代表了广大人民群众的根本利益。

阿凡提是正能量代表。阿凡提勇敢地揭露社会不正之风，

---

[*] 阿布都外力·克热木，西北民族大学中国语言文学学部教授。

提倡社会公德和正当社会风气，以幽默提倡尊老爱幼、乐于助人的人生价值观。

## 二、阿凡提：丝绸之路文化交流使者

阿凡提才智过人、思维敏捷、说话幽默，他的故事在我国和中亚地区流传很广。阿凡提文学是以中国、土耳其、阿塞拜疆、哈萨克斯坦、吉尔吉斯斯坦、土库曼斯坦、乌兹别克斯坦等国家为主进行创作的，是在民间流传，经过艺人加工而成的集体文学。随着时间的推移，阿凡提文学的改编和传播以不同的形态和方式得到了发展。具体为：

阿凡提是中国与中亚文化交流的符号。阿凡提故事在我国维吾尔、乌孜别克、哈萨克、柯尔克孜、塔吉克等民族广为流传，家喻户晓。乌孜别克族、哈萨克族、柯尔克孜族、塔吉克族都是跨国民族，因此，阿凡提故事在乌兹别克斯坦、哈萨克斯坦、塔吉克斯坦和吉尔吉斯斯坦等国家也流传很广。阿凡提故事逐渐成为我国与中亚各族人民牵连友情的文化符号。我们要以阿凡提为切入点，总结阿凡提在中亚各文化中所发挥的积极作用，提倡正能量，宣扬社会正气和正义，为我国与中亚各族人民和平发展而服务。

其一，共同搜集整理阿凡提故事。其二，加强人文交流和合作，促进和深化阿凡提研究。其三，加快阿凡提文学的文化产业化，创造一个世界性文化品牌。

阿凡提故事在不断再创作。阿凡提故事口传性强，在世界各地民间广为流传。流传过程中，阿凡提故事不断再创作，群众不断地创编新故事，把数以千计的故事归功于他的名下，而这些数量庞大的故事都是世界各国人民集体智慧的结晶。

阿凡提是世界文化交流中的奇葩。随着岁月的流逝，阿凡提故事越传越多，越讲越神奇，出现了多种版本的故事，各国各地区的民间艺人用本地语言讲述阿凡提故事。如今阿凡提故事已被译成汉文、英文、俄文、德文、法文、日文等多种文字，广为流传。在数百年的传播发展过程中，阿凡提故事又与各国类似阿凡提式的机智人物的故事混合在一起，甚至达到了难解难分的复杂状态。阿凡提的笑话、逸闻、趣事和故事，成为世界各族人民的共同精神财富。中国阿凡提是在世界文化交流中成长起来的，为丝绸之路经济发展和文化交流发挥桥梁的作用。

总之，从单纯的民间文学体裁到多元化和多形态化，从民间故事走向影视文学，从民间人物走向艺术品牌发展，从中国到国际舞台发展，阿凡提形成了一浪高于一浪的文化冲击波，走向了世界文艺更加广阔的舞台。阿凡提作为人民群众的代言人和理想人物，在自由开放的国际交流中逐渐成为一个显著的文化符号。阿凡提将会在中国与中亚和平友好关系中，尤其是"丝绸之路"经济发展中会发挥更多更好的作用。

## 三、阿凡提：文化产业中无处不在的独特现象

随着阿凡提的商业化和商品化，相继出现了以阿凡提为名

的系列产品。如，阿凡提美食城、阿凡提洗衣粉、阿凡提乐队及阿凡提工艺品等在社会上不断涌现出来，密切配合了《国家文化发展纲要》中所提到的文化产业化政策，在保护口头与非物质文化遗产领域里走到了最前面。

图书出版业。1957年，我国著名民间文学家赵世杰把自己多年来搜集、整理的100多则阿凡提的故事，翻译成汉文，编成《阿凡提的故事》，交由上海文化出版社出版发行。由此，开启了阿凡提的故事从群众口口相传到变为纸质印刷品出版的历程。此后，我国先后用汉、维吾尔、蒙古、哈萨克、藏5种文字出版了14种版本的《阿凡提的故事》。其中，戈宝权主编的版本收入故事393则，是迄今较全的一种版本。中国少年儿童出版社1962年版的《阿凡提的故事》，是20世纪60年代最畅销的书籍之一，一版再版，共印了4次。20世纪八九十年代，赵世杰编译的《阿凡提和"阿凡提"们》《维吾尔民间笑话精选》相继出版，其中收录了许多新的阿凡提的故事。进入新世纪，许多维吾尔族作家也加入了翻译出版阿凡提故事的行列，使阿凡提这一人民群众喜闻乐见的形象得到了更完整、更全面的展现。2006年，艾克拜尔·吾拉木编译的《阿凡提经典笑话》（6本），由新疆青少年出版社出版发行，他还主编了《世界阿凡提笑话大全》。同年，新疆人民出版社出版的维吾尔民间文学系列图书中，《维吾尔笑话》一书就收录有阿凡提的故事。近50年来，以阿凡提的故事为核心的各种图书的出版，为阿凡提文化产业发展打下了坚实基础。

饮食文化产业。改革开放以来，很多新疆人在内地开饭馆、做生意，并以"阿凡提"为自己的餐厅命名。在北京、上海、成都、郑州等各大城市，都能见到大大小小的阿凡提餐厅。近年来，一些销售新疆特产的公司，在包装袋上印着阿凡提的形象和名字，有的公司还以阿凡提作为商标，把新疆干果销售到全国各地。阿凡提已然成为新疆饮食颇有影响力与号召力的形象代言人。

动漫产业。动漫产业是我国文化产业中最为活跃的领域之一。20世纪70年代，上海美术电影制片厂制作的木偶剧《阿凡提的故事》，共拍摄了14集，为阿凡提动漫产业发展打下了良好的基础。近年来，宁波民和影视公司撰写了300集的3D动画《少年阿凡提》，在这部动画中，阿凡提不再是长着胡子的大叔，转身成为大眼睛的机智少年，给人以耳目一新的感觉。《少年阿凡提》以阿凡提的学习、生活为背景，讲述了少年阿凡提用智慧、勇气去帮助别人、解决困难的故事。该片获得中国文化艺术政府奖第二届动漫奖"最佳动画电视片奖"，并成为中华人民共和国成立以来，中宣部、团中央、教育部联合向全国青少年推荐的15部优秀动画片之一。

影视剧创作。阿凡提的故事是十分受青睐的。20世纪70年代，阿凡提被上海美术电影制片厂搬上了荧幕。阿凡提故事题材丰富多样，独立篇章，本身戏剧性极强。依据西域服饰特点，阿凡提的服装设计在夸张的同时散发着随手可及的生活质感。尤其是自1980年北京电影厂摄制的电影《阿凡提》问世以来，诞生了一批围绕阿凡提展开故事的影视剧。比如，1991年天山电影制片厂拍摄的电影《阿凡提二世》，2013年新疆与北京联合摄制的爱情歌舞片《阿瓦提和阿凡提》，阿凡提迎来了影视传播的时代。

20世纪80年代，新疆电影制片厂拍摄和制作了电影片《纳斯里丁·阿凡提》，吐依洪·艾合米地塑造的阿凡提形象，清晰有力地根植在了我国各民族观众的心目中。这些影片展现了新疆的风土人情，在国内和中亚各国放映，创造了一定的经济效益。

舞台艺术创作。新疆杂技团打造的新疆首部大型音乐杂技剧《你好，阿凡提》，自2009年首演以来，已演出400多场，不仅创造了新疆专业艺术表演团体一个剧目连续演出的最高场次纪录，还创造了新疆剧目商业演出的新纪录。

从传播学的角度来看，中国人在阿凡提故事搜集整理翻译出版和娱乐化，以及产业化方面做出了极大的贡献。杂技剧《你好，阿凡提》，并不是单纯的杂技表演。在"你好，生命"这一章节中，阿凡提与邪恶巫师一番斗争后，骗局被揭穿，传递尊重科学与生命的内涵。在"你好，勇气"这一章节中，阿凡提带领无数个"阿凡提"在高空行走，寓意现实生活中阿凡提无处不在。阿凡提是一种精神，一种乐观、顽强的生活态度。

此外，音乐剧《纳斯尔丁·阿凡提》、儿童剧《超级聪明阿凡提》等的问世，在舞台上掀起了一轮轮"阿凡提热"。

阿凡提企业品牌创立。"阿凡提"这个名字，在我国各类企业中得到了广泛的采用。比如，阿凡提物流公司、深圳阿凡提企业管理有限公司、温州阿凡提科技有限公司、太仓阿凡提信息科技有限公司、沈阳阿凡提投资有限公司、北京阿凡提电子商务有限公司、中山市阿凡提电子商务有限公司、河南阿凡提清真食品股份有限公司等等。各行各业都有以"阿凡提"命名的企业，足见阿凡提的艺术魅力和社会影响力。以"阿凡提"为形象的文化产业，是以生产和提供精神产品为主要活动，以满足人们文化需求为目的的规划、设计、生产、经销和消费等的产业形式。

在丝绸之路经济带建设格局下，新疆拥有大力发展文化产业的潜力与前景。新疆与中亚各国在语言文字、文学艺术、宗教信仰和历史文化诸多领域有许多共性。共同的文化资源，联络起丝绸之路沿线各国人民之间的感情和友谊。

## 四、阿凡提文化产业发展的经验，值得我们借鉴

其一，大力推动民间文学艺术遗产产业化，促进新疆各民族口头与非物质文化遗产的保护与发展。新疆各民族民间文学资源丰富，形式多样，民歌、神话、传说、童话和寓言故事都各具特色和亮点，但在现代化浪潮的冲击下，传统民族民间文学遭到了前所未有的生存危机。如果运用现代技术，把一些优秀的民族民间文学遗产制作成动漫、影视剧播出，并将其推广到中亚市场，不仅有利于促进相关文化遗产的传承与保护，也有助于提升我国文化软实力。此外，新疆有"歌舞之乡"的美名，如果能实现各民族民间歌舞的产业化发展，必将产生良好的经济效益和社会价值。

其二，加快发展民俗文化产业和旅游业。近年来，在党和国家的亲切关怀和全国各地的大力支援下，新疆文化旅游事业快速发展。新疆国际丝绸之路舞蹈节、吐鲁番葡萄节、伊犁阿肯阿依特斯文化旅游节、玛纳斯国际文化旅游节等形式多样、特色鲜明的活动，都有力地促进了民俗文化与旅游产业的结合。未来仍需科学规划，创新设计，进一步提升文化旅游产业品质。

其三，大力发展手工艺品产业。新疆的花帽刺绣、乐器制作、艾德莱斯丝绸织造、羊毛刺绣等，在国内外有较好的声誉。目前，一些优秀的手工业项目存在规模过小、产量不足的问题，需要加快实现产业化、规模化和工业化。

# 以冲淡、恬静、豁达面对被欺凌、被压迫命运的生活智者

## ——阿凡提精神的内涵和特质探究

**李 红**[*]

在中国民间文艺家协会倾力打造、实施的"一带一路——民间文化探源工程"中,影响了一代又一代人的幽默大师阿凡提无疑是个绕不开的人物。可是,当我在记忆的海洋中逡巡,试图从漫长的阅读生涯中搜寻出诵读阿凡提其人其事的相关印记时,最终却不得不承认,自己没有完整地读过一本《阿凡提的故事》之类的书。然而,有关阿凡提的传奇故事却一直萦绕耳畔、心间,乃至阿凡提倒骑着毛驴、长着卷曲胡子的形象,不知何时就深深地嵌进了记忆中。

现在回想起来,是阿凡提以过人的智慧与幽默、乐观与机智、豁达与隐忍,成为世界民间艺术形象的重要代表或符号,

---

[*] 李红,新疆维吾尔自治区文联《民族文汇》杂志社编辑,副编审。

并自然而然地走进了每个热爱生活、向往光明的人的心中,可谓"一带一路"上的民间文学经典。

然而,阿凡提究竟是真实的历史人物,还是一个流传于民间的虚构人物,众说纷纭。尽管如此,史学家们经过数百年来的研究与考证,认为阿凡提所生活的年代应该是12到13世纪,这一观点获得普遍认可。

新疆吐鲁番的人们坚持认为,这位乐观、幽默、机智的民族达人,出生于葡萄沟南部一个叫达甫散盖村吐鲁番阿凡提故居的古老村落的一个贫苦农民家庭。阿凡提6岁读完私立小学,11岁开始博览群书,17岁时就可以翻译阿拉伯文书籍。正是这种丰厚的阅读经历,让他对吐鲁番王、巴依、富商、宗教对百姓的种种欺诈、压迫和残酷剥削,产生了自觉或不自觉的思考;对生活在水深火热之中的劳苦大众,对饱受污辱、欺凌的平民百姓,产生了深深的同情。他试图改变他们的命运。于是,他以自己在长期的生活、学习中累积、沉淀的聪明才智,用自己幽默但却不失犀利的语言,无情地讽刺那些吸人血的投机的商人、受贿的法官、伪善的地主老财,将贪婪、自私、无情的巴依老爷、国王的丑恶嘴脸活脱脱地暴露在众人面前。

阿凡提的故事都十分口语化,用今天的话说,就是十分接地气,不高深,不卖弄,不玄虚,但透过这一个个的故事,探究阿凡提精神的内涵与特质,我们却看到了他冲淡恬静的外表下、语言中所蕴藏的对被欺凌命运的回击、反抗的智者形象,看到了他竭力让生活在苦难中的百姓生活得更有尊严的哲学思考与探求。

## 一、冲淡：以乐观、幽默化解被欺凌、被压迫的命运

冲淡，单从字面上理解这两个字，正如字典中的解释，"加入别的液体，使原液体在同一单位内所含的某种成分相对减少"。对阿凡提来说，他是在底层百姓的不断受到欺压的悲剧般的生活中，融入快乐、幽默、愉悦等让人发笑的元素，以此来削弱、冲淡苦难对百姓的心理压力，于是，苦难就不再显得那么沉重，那么令人压抑。这种"阿凡提式的冲淡"，苦即为甜，难即为乐，是阿凡提的故事、精神之所以能够影响一代又一代人的根本所在。

鲁迅在论及悲剧社会性冲突时指出："悲剧是将人生有价值的东西毁灭给人看，喜剧将那无价值的撕破给人看。"阿凡提有意将悲剧演变为喜剧，将百姓的苦难、不幸、被欺负转化为一种积极的生活态度，给人一种向上的动力。这样的故事，在阿凡提身上比比皆是。如《无钱人的话无意》中，村里的一位巴依把阿凡提家的一只羊混进了自己的羊群。阿凡提去索要，巴依说："那羊是我的，凭什么给你？"阿凡提找喀孜评理也无济于事。那个巴依取笑阿凡提说："阿凡提，别白费心机了，到哪儿也没用。俗话说，'有钱人的话有理，无钱人的话无意'。"第二天，阿凡提把巴依家的五只羊拉来圈到了自己的羊圈里了。那个巴依前来索要时，阿凡提用最难听、最肮脏的话把他臭骂了一通。巴依问他："阿凡提，你这是干什么？""是的，巴依老爷，您说话有理，我说话无意，请您别生气。"阿凡提回答说。

透过这则故事，我们不难看到一个不甘心受压迫、受剥削，不失时机地进行反击的智者形象。在《我怕陛下看不清我》《饭香与钱响》《如此低头》等故事中，我们都可以看到或感知到一个不向强权低头的有气节、傲骨气的智者形象。这份睿智，源于阿凡提冲淡的处世观及内在的精神力量。

有专家认为，陶渊明是冲淡的开山祖，认为陶渊明"开千古平淡之宗"（《诗薮》）。这是因为陶渊明既无力扭转当时腐败的政治局面、黑暗的现实，又不愿同流合污，只好选择了弃官归隐，在山水田园之间过着宁静、安闲、平淡的生活。这种冲淡，是一种离开，一种放弃，是出世，而非入世。从某种意义上说，离开和放弃都相对容易，尽管其中有着几许无奈。但对阿凡提来说，他本就生活在平民百姓之中，像上面提到的，他出身于贫困人家，这是他一生都无法摆脱的生活背景。他不能，也无法抛弃那些备受凌辱的亲人及如同手足的乡人们，他要带着他们一起去勇敢地面对生活，改变生活，反抗剥削。他注定是入世，而非出世的，注定了要承受、面对来自商人、地主、国王等所谓"上等人"的冷嘲热讽。为此，他的这种"冲淡"中，更体现了一种融入、还击、面对的强烈感情色彩，是"阿凡提式的冲淡"，而非陶渊明淡远娴静式的冲淡。这种"冲淡"中体现出一种斗争哲学，一种"进"的人生态度，而不是一味地退让或隐忍。这是一种积极的生活态度，与儒家的"积极入世思想"一脉相承。儒家呼吁人们即使身处乱世之中，也要通过"人"这一群体的主观努力实现政治的和平。

儒家这种积极的入世践行观还表现在，即使儒家思想在先秦时期处于低谷，没有得到统治者的赏识，儒家并没能为官为政，可是他们却依旧不改入世情怀，对社会人生充满关怀，即"士不可以不弘毅，任重而道远"。阿凡提虽处于社会最底层，但他却自觉自愿地以"弘毅"，即远大的理想与志向，坚韧不拔的品格，义不容辞地开始了与各种邪恶势力的较量。

既要入世，就不能回避，更不能无为。"阿凡提式的冲淡"，必然蕴含着一种把挖苦、欺诈转变为开怀一笑的大智慧。在经过一连串的明争暗搏之后，原本为弱者的阿凡提在不平等的社会中赢得了"生"的喜悦，并让后人在民间文学开阔的视野中一次次感受、领略他的精神魅力。

## 二、恬静：以外表的漫不经心、嘻嘻哈哈应对强权、愁惨

长着很长的胡须，头上戴着很大的赛勒，倒骑着毛驴的阿凡提，无论置身于何种境地，都始终是一副漫不经心、嘻嘻哈哈的样子，似乎与世无争。有人甚至说，阿凡提傻，缺根筋。其实，才智过人、思维敏捷的阿凡提，正是以这种貌似无所事事的外表，掩盖深藏于内心的锐利的锋芒、谋略，在保护自己的同时，便于更好地讽刺挖苦那些道德败坏和自私自利的人，表达了普通民众的赏善罚恶愿望。

阿凡提式的恬静中，包含着自信、聪慧，彰显出掌控一切的能量。一句话，这份恬静来自内心的丰富与强大，来自对人情世故的敏锐洞察。他能自如地让严肃和滑稽，悲剧和喜剧，生活中的琐屑和愁惨，不幸与无奈，付诸笑谈之中。

试看《如此低头》这篇故事。

阿凡提每次进王宫拜见国王,他都不向国王鞠躬。国王为了让阿凡提低头,叫人在宫门的门框上一半高的地方钉上了一块横铁板。国王心想:这下你该低头进王宫了吧,于是下令叫阿凡提进宫。阿凡提来到宫门,一看便知道国王的用意。他稍沉思了片刻,转过身去,低下头来,后退着进了王宫。国王一见,彻底佩服了阿凡提。

《饭香与钱响》这一故事,同样让我们于恬静、不动声色中,感受到了阿凡提的机警与聪慧。

阿凡提在一家饭铺前摆摊卖货。一天,饭铺的老板对阿凡提说:"阿凡提,你天天在我饭铺前摆摊,天天闻着我饭铺抓饭、烤包子的香味,你应该付我闻饭香味的钱。""难道闻饭的香味也要付钱吗?"阿凡提问。"那当然,不仅抓饭、烤包子收钱,它们的香味也收钱。不然我们到喀孜那里说理去。"饭铺的老板说完,带着阿凡提来到了喀孜那里。喀孜问阿凡提:"阿凡提,这个官司该怎么打呢?""是的,喀孜先生,我天天闻着他的饭香,直流口水不假。但是,这位老板天天听着我数钱的钱响,起了歹意这也不假。我早已用钱响抵消了他的饭香。"阿凡提回答道。

试想,如果阿凡提像手持长矛的堂吉诃德那样,以硬碰硬，一味鲁莽冲撞，除了四处碰壁，让自己遍体鳞伤之外，还能获得怎样的答案？

对阿凡提来说，他的手中既没有可以任意挥霍的财富，也没有凌驾于他人之上的权力，如果与国王、地主老财等发生正面冲突，无疑会让自己处于十分被动的地步。这种特殊的身份、角色，让他只能以这种看似不动声色的方式，以柔中带刚的语言，还击剥削者、压迫者。

恬静不是懦弱，不是退避。对事物的鲜明爱憎和对理想的热烈追求，对广大劳动人民的同情，让阿凡提以玩笑、逗乐、调侃的方式，面对强权与压迫，让国王、地主、法官无地自容。

阿凡提的恬静，本质是一种动——与恶势力较劲，不妥协，让我们领会并体味出生活的严酷与意义，悲苦中有喜悦，喜悦中有忧虑，构成了民间文化的精神文化体系，并以独特的艺术魅力，在文化日益多元化的今天，不断受到读者追捧。

三、豁达：对人生幽微处的洞察，给人以智力和心理的双重愉悦

在阿凡提的故事中我们看到，阿凡提的形象、角色是千变万化的，他一会儿是周游八方的单身汉，一会儿是剃头匠，一会儿是染布艺人，一会儿是牧羊人。然而，不管他的身份如何变化，他都无法逃脱生活在社会底层的被剥削、被奴役的命运。

按照马斯洛的需求层次理论，需求分为生理需求、安全

需求、爱和归属感、尊重和自我实现五类，依次由较低层次到较高层次排列。在这一理论中，生理需求是最基本，也是最重要的需求。如果一个人同时缺乏食物、安全、爱和尊重，一般情况下，对食物的需求是最强烈的。只有当人从生理需求的控制下解放出来时，才可能出现更高级的、社会化程度更高的需求，如安全的需求。

这一理论虽然适合大多数人，但却不适合阿凡提。因为他所处的地位决定了他经常处于忍饥挨饿的状态。尽管如此，他却要在连最基本的生存需求都无法满足的状态下，要满足一己的安全需求、爱和归属感、尊重和自我实现，而不是只有满足了生理需求再去考虑其他。否则，他连最基本的生理需求也得不到保障。为此，他必须要以过人的才智维护自己的尊严，并因此而赢得爱和归属感，由此获得生存所必需的粮食、羊只、金钱，即物质。

在阿凡提的精神世界中，马斯洛分为五个层次的需求层次理论，实则都回归到了第一个，即生理需求。后四者都是为了更好地服务、服从于前者。在阿凡提的世界，即普通民众的生活中，只有拥有了安全感、爱和归属感及他人的尊重，才能获得相对充裕的物质财富。这五个层次的需求是一个链条上的不同环节，任何一环的缺失都会让阿凡提陷入生存困境。试想，如果阿凡提任人蹂躏，他以辛苦的劳作换来的粮食、布匹、牛羊等，是否都会被剥夺殆尽？

为了维持最基本的生活需求，阿凡提就要努力让自己活得更有尊严。那么，他又是如何让这一切成为现实的呢？豁达，成了阿凡提生命中的一个关键词。他以平等的心态看待高高在上的国王、地主、法官等所谓"上等人",以平常心看待生活中可能出现的种种苦难,不以位低而自卑,不以贫苦而叹息。不卑不亢,静水流深,呈现出自己的人生格局,最终反弱为强,实现了自尊地生存。

试看《明天是世界末日》这则故事。

阿凡提好不容易喂肥了一只羊。财主们想吃掉阿凡提的那只肥羊,便商量好一条计策,来到阿凡提的家说:"阿凡提,听说明天是世界的末日,你那只喂肥的羊以后就没用了,今天我们大家聚到一起不容易,就到河边把羊宰掉吃了吧!"

阿凡提同意了,他们来到了河边把羊宰杀后,放到一口大锅里去煮。巴依们为了打发时间,趁肉还没煮熟,脱下华丽的服装交给阿凡提说:"阿凡提,我们先到河边游泳去,请你看好我们的衣服。"

阿凡提看看煮肉的火,随手就把巴依们的衣服全部放进火里。巴依们游完泳回来,见衣服全没了,便问阿凡提要衣服。

"咳,你们也真傻,明天就是世界末日了,还要衣服干什么?"阿凡提回答说。

阿凡提让那些贪婪、自私,总想占便宜的所谓"上等人",望而生畏,不敢随意嘲笑他、戏弄他,让生命从容地绽放出自己独有的光芒，给人以智力和心理的双重愉悦，而不是让愁苦、贫贱的生活压倒自己，从而给生活在不幸中的人们以生活的勇气和智慧。"以不变者而观之，则物与我皆无尽也，而又何羡乎？"（苏轼《赤壁赋》）这同时也是阿凡提的故事家喻户晓，广泛流传的主要原因。

阿凡提的故事看似平淡——表达的是平平常常的感情、普普通通的人情事态、波澜不惊的芸芸众生，却折射着豁达、经验、才情，水到渠成，生动地反映了广大人民群众对于美好生活的憧憬、爱憎感情和不甘受压迫的心理。

哲学家叔本华认为："人一生要做的两件事就是防患于未然和豁达大度。前者是为了使他避免遭受痛苦和损失，后者是为了避免纷争和冲突。"在生存第一的原则下，阿凡提既然不能与国王和达官贵人发生正面冲突，但还要不被凌辱，保持独立的人格，就要该看淡时则淡，该强时则强，该退时则退，该进时则进，自如地在对人生幽微处的洞察中，在心灵的普照中，把生活的芳香瓣成一朵朵的花瓣，奉献给所生活的那个并不美好的世界，让人们因之而品啜生活的万千滋味，并从这种滋味中咂出愉悦、存在感。

尽管一个时代有一个时代的文化色彩和流行时尚，但阿凡提却以故事、电影、绘画、动漫等多种表达、存在方式，跨越民族、国界，超越时代、时空，在我国与世界各国的文化传播、交往、交流、融汇之中，彰显出民间文学的强大生命力与艺术感染力。

# 解密阿凡提的故事

节肯·哈吾提[*]

严格意义上讲，阿凡提的故事是哈萨克民族民间有关阿凡提的故事同其他民族的阿凡提故事相融合而成的作品。他的民间故事源于哈萨克族的传统生活，而其他故事则是通过改编原作以适应本民族意识和世界观，进而使阿凡提的行为被大家理解和支持。比如，在其他民族文学中，他的坐骑是驴，而在哈萨克族中就变成了马；在其他民族中，他的名字是纳斯里但阿派德、阿派丹、莫来纳斯里丹，而在哈萨克中就是合贾纳斯（阿凡提）这种具有本民族特色的姓名。

阿凡提精神的内涵是幽默。这种幽默让他的故事跳出了时代的局限，获得了更深远的社会意义。他这样平凡的人总能凭借口才和智慧战胜可恨的君主、贪婪的富翁、狡猾的骗子、奸诈的小人、**饕餮之徒**、好事的暴徒、勇猛的巨人、七头怪物甚至邪恶的风怪。这些故事都产生于他的双面性——平凡且智

---

[*] 节肯·哈吾提，新疆应用技术学院副教授。

慧。正是通过很简单的话语和动作揭露了人性中的缺陷、愚昧，用强力的口才和思索能力使每个故事都引人发笑。可以认为，这些故事的生命力来源于由民间产生的角色阿凡提所道出的民族意识、思维、价值观。

事实上，我们在阿凡提的故事中找到了奇闻逸事体裁的共有特性，说阿凡提故事是哈萨克逸事体裁的鼻祖一点不为过。在哈萨克族所有逸事体裁作品中能享誉中外且拥有优秀讽刺性的唯有与阿凡提有关的作品。他主要的特点即用简短的语言总结精辟的道理。通过这种能力，阿凡提在暴君的愤怒中存活下来。他用笑话编织的网总能拴住一个个对手。阿凡提表面上呆头呆脑，愚笨不堪，却在愚笨下藏着民众的宽厚性格和独特智慧，所以其对于人类社会有着深远的影响。这些故事看似与哈萨克族从古至今的流传的寓言故事相近，因其具有寓意、诗意，能从例子中映射某种道理，从而推进人们思考。哈萨克族寓言故事的最后往往是得出哈萨克族特有的精辟的谚语，而阿凡提的故事则更具有高度、广度和深度。他的故事具有独特幽默的秘密就是主人佯装愚笨无知，进而引人发笑。这样愚笨的角色实际上也是最智慧的，相反他的敌人们才是真正的愚昧不堪，这就是阿凡提故事中幽默的美学原则。嘲笑不得体的行为，进而培养得体的、逻辑的美学愉悦。

这些优秀故事的主题不是生命、社会、自然中随机的主题，而是虽平凡但不凡的主题，因此才会有如此耐人寻味的哲理。读者在阅读的过程中思考人类发展，社会交往中产生的被忽视的问题，接受其中伸张正义和道德的思想，咀嚼消化后再捧腹大笑。

随着其故事在民众中不断地流传,不断地增添删改,阿凡提的形象趋向复杂多样。故事的多样化为研究揭开阿凡提故事的独特之处带来了许多可能,这也使阿凡提成为历史存在性和民间艺术性共存的饱满形象。阿凡提能呈现公正的领袖、善良的评判者、优秀的雄辩家等不同的身份,是因为他承载了民众心底众多的期盼。这样变幻无常的他,在任何年代或地点,总以合适的形态出现,生动地体现着民族的意志和思想。他的智慧即是百姓的智慧,他的思维即是民众的思维,他的口才即是人民的口才,他的幽默即是大众的幽默。

# 关于传承和发展"恰克恰克"艺术的探索

马合木提·伊沙木[*]

"恰克恰克"是一种"口头文学艺术",翻译成汉语意为"智慧的笑话""风趣的幽默"。无论在喜庆的婚礼、朋友的聚会、节日的欢庆,甚至相互聊天时,你都能听到"恰克恰克"所引发的爽朗笑声。"恰克恰克"艺术的语言简短精悍、故事幽默诙谐、表现风趣机智,这些特点使"恰克恰克"艺术随着历史的发展逐渐在新疆普及开来并迅速向土耳其、阿拉伯,和中亚等国家和地区传播。

被誉为"当代的阿凡提"的伊沙木·库尔班先生是我的父亲。他在讲"恰克恰克"时,能用开玩笑的形式鞭笞假恶丑,弘扬真善美。人们往往在被逗得捧腹大笑之后得到启发,激发起对真善美的追求。2013年9月15日,父亲去世后,我们一直在思考怎样才能更好地、有效地宣传和推广"恰克恰克"艺术。

2013年12月北京大学教育基金会传统文化发展基金之"伊

---

[*] 马合木提·伊沙木,中国伊斯兰经学院讲师。

沙木恰克恰克"艺术研究课题组正式成立，标志着"恰克恰克"文化进入了一个新的时代。2017年4月，在各级政府的关心下，由新疆曲艺家协会、天山笑声俱乐部主办的新疆著名年轻笑星、歌星汪洋拜师维吾尔族"恰克恰克"一代宗师伊沙木·库尔班笑声追忆会成功举办。在上述背景下，我们注册了"北京伊沙木恰克恰克品牌管理有限公司"并在国家商标局注册了"伊沙木恰克恰克""恰克恰克"和"伊沙木小城"等三个商标。现在，"伊沙木恰克恰克"微信公众平台的订阅号和服务号正式用维吾尔语和汉语两种语言为广大"恰克恰克"爱好者们提供服务。同时，"伊沙木恰克恰克"网站也在紧锣密鼓的准备和建设中。我相信，在社会各界的帮助和支持下，我们会克服今天遇到的一切困难，恰克恰克艺术将为新疆的长治久安、为民族团结、为国家的强盛、为中国梦、为传播新疆正能量发挥更大的作用！

# 机智人物故事汇编

# 阿凡提的故事（维吾尔族）

### 饭勺刮锅的声音最好听

一天，阿凡提去朋友家做客。那位朋友是个爱好音乐的人，他拿出了各种乐器，一件一件地演奏给阿凡提欣赏。

一直过了晌午，阿凡提肚子早就饿了，那位朋友还在没完没了地拨弄乐器，还问道："阿凡提，世界上什么声音最好听？是都塔尔还是热瓦甫呢？"

阿凡提回答说："朋友，这会儿世界上什么声音都比不上饭勺刮着锅的声音好听呀！"

### 井底捞月

阿凡提的院子中央，掘有一口井。一天半夜，他提着桶子去打水，去到井边一看，井底有一轮镜子似的明月，他大吃一惊，说："噢呀，月亮从天上掉在井里啦！"说着，转身回屋里拿出根绳索将桶吊在井里。

不料，桶子钩在一块石头上，阿凡提高兴地说："唔，月亮已经装进桶里啦！"说着，就猛劲地拉呀拉。结果铁钩滑开了，阿凡提被摔了一个跟头，面朝天躺在地上。一看，月亮高高悬挂在天空中。他深深地叹了口气，说道："啊！我总算把月亮从井底里捞出,挂在了天上。"

## 一物三吃

阿凡提上街去,看见一个老头儿,独自坐在墙角下,低着头不言不语,好像有很重的心事。他便走过去问道:"大哥,您怎么啦?您有什么心事可以跟我说说吗?"

老头儿说:"国王给我一文铜钱,限我三天内给买个'一物三吃'的食品。要是我办不到,就要杀我的头。我到处打听,谁也不知道哪儿有这样的东西。今天就是第三天,要是还买不着,我就活不成了。"

阿凡提带着老头到市场上买了个哈密瓜,和他一块儿去见国王。国王看到老头儿双手捧着个哈密瓜,就叫道:"刽子手!刽子手!"

"慢着,陛下!"阿凡提走上前说道,"这位大哥已经满足您的要求了,这哈密瓜就是'一物三吃'的食品。第一件瓜瓤,您可以吃;第二件瓜皮,羊可以吃;第三件瓜子,鸡可以吃。"

国王听了,只好放走了老头儿。

## 一碗毒药

阿凡提给乡约[1]当仆人时,一天,有人给乡约送来一碗蜂蜜。乡约刚吃过饭,又有事要外出,便吩咐阿凡提说:"阿凡

---

[1] 奉官命在乡里管事的人,专司稽查,始设于光绪十年(1884年)。

提，我要去县衙门一趟，人家刚才给我送来一碗毒药，你可要看好，别碰翻了碗。"说毕，就骑上马走了。

乡约走后，阿凡提不慌不忙端过来蜂蜜，又拿来乡约吃的油馕，蘸蘸蜂蜜，把一碗蜂蜜吃了个一干二净。然后，把乡约家里的锅碗瓢勺、盆盆罐罐统统砸了个稀巴烂。

乡约回来后，阿凡提装出一副胆战心惊的模样，说："阁下，我今儿闯下了大祸，一不小心打碎了您家的锅碗盆罐！我想，您回来一定会斥责我，让我赔偿。我又是个穷光蛋，左思右想，还是自己死了好，就把人家送来的那碗毒药吞下了肚！可能等一会儿，药性一发作，我就会死去的……"

## 连星期日也不是

阿凡提开了个小小的染坊。一个财主听见老乡们都夸阿凡提的手艺，就不高兴，偏偏要来刁难阿凡提。

有一天，财主挟着一匹布来到阿凡提的染坊，进门就大声嚷道："阿凡提，给我把这匹布染一染，让我看看你的手艺。"

"你要染什么颜色呀，财主？"

"我要的颜色普通极了。它不是红的，不是蓝的，不是黑的，又不是白的，不是绿的，也不是青的。明白了吧！"

"明白了，明白了！"阿凡提把布接了过来，说："我一定照您的意思染。"

"什么，你能染？"财主又说，"好，那么，我哪一天来取？"

"你就到那一天来取吧，"阿凡提顺手把布锁到柜子里说,"那一天不是星期一,不是星期二,不是星期三和星期四,又不是星期五,也不是星期六,连星期日也不是。我的财主,到了那一天,你就来取吧。"

## 骑马

阿凡提应邀到一位挚友家去做客,宴会后倒骑在马背上返回家来。

马驮着阿凡提到了家门口站下来。妻子看见这情形,哭也不是,笑也不是,便放声叫嚷起来:"丢脸,丢脸,阿凡提,你臊不臊,哪有倒骑在马背上走路的!你不怕人笑话吗?"

"谁说我倒骑在马上?"阿凡提说,"那是我上马时,它自个儿倒站着的。"

## 等于把我淹了

阿凡提给伯克当仆人。伯克到一位财主家赴宴,当然少不了要带上仆人同行。

"你在门外等着,宴会完毕,咱们就回。"伯克一边吩咐阿凡提,一连走进财主家大门。

宴会结束后,伯克出来要走,阿凡提问道:"阁下,我还没有吃呀?"

"我吃饱了肚子,就等于你吃饱了一样。快走吧。"伯克跟往常一样说着,理也没理阿凡提,就动身走开了。

他们来到一座独木桥头时，阿凡提好心好意地说："阁下，桥不稳，水很急。让我走在前面，您拉着我的后衣角跟着走，安全些。"

"哼！哪有仆人行前，主人在后之理！"伯克怒冲冲地说，"你牢牢扯住我的衣服后襟，保护好你的主人。"说着，先踩上了独木桥。

他们在独木桥上走着，桥板呼扇呼扇，摇摇晃晃。走到桥正中时，阿凡提放开手里拉的衣角，使劲把桥板一踏，伯克顿时眼花神乱，魂不附体，东一倒，西一歪，"啊呀"一声，就倒栽进湍急的河流里。

"阿凡提！水淹死我了！快救命呀！"伯克怪声怪气地喊道。

阿凡提站在桥上，望着被河水冲去的伯克，挥着手，说："阁下，我没法救您呀！淹死您就等于把我淹死了一样！"

## 叼去也不会吃

阿凡提有一回，从集市上买了副羊肝。卖杂碎的告诉他如何炒着吃的妙法，他详详细细写在纸上，带回家来。

到家里，阿凡提把羊肝挂在廊檐下柱子上，正要生火去炒，忽然飞来一只老鹰把羊肝叼去了。阿凡提望着远去的老鹰，从衣服口袋里掏出张纸条，一边晃着，一边说道："笨蛋，你叼去了也不会吃！瞧，炒羊肝的妙法在我这片纸上哩！"

## 还拉线绳干吗

新登基的国王,是个名副其实的"大草包"。他在跟外国来的使者谈话时,一会儿东拉几句,一会儿西扯几句,说上一口袋话,没一句讲在点子上的。经常出丑丢人,惹得哄堂大笑。国王根据大臣的推荐,请来阿凡提给他当谋士。

阿凡提建议说:"陛下,从今日起,您临朝登上王座前,我在您的脚上拴一根长长的线绳,拉在我手里。要是您说得入情入理,我就静站不动;要是您说得牛头不对马嘴,我就赶紧拉一下线绳,您就别往下讲了,立刻闭嘴。"

国王听了,十分满意,连声说道:"好主意!好主意!"

第二天,邻国来了一位使者,国王问道:"贵国的猫啊狗啊,欢乐愉快吗?牛啦羊啦,平安健康吗?还有……"

阿凡提一听,马上把线绳拉了一下,并解释道:"我王通古博今,学问深奥。他每讲一句话,都是言在此而意在彼,非寻常人所能理解。刚才他说的'猫啊狗啊',是指贵国的文武百官;他说的'牛啦羊啦',是指贵国的黎民百姓。"

使者听毕,蓦地站起来,面对国王,抚胸屈身道:"敬佩,敬佩!"

这时,国王把脸色一变,扭过脖子骂阿凡提说:"呸,笨蛋!既然我说的话含义如此深奥,你还拉拴在我脚上的线绳干吗哩!"

## "至理名言"

阿凡提想挣点钱养家糊口，便带了根绳子到集市上，站在等着打短工的人群里张望。

一个大肚皮的财主走过来了，咋呼道："我买了一箱细瓷器，哪位肯给我背回家去，我就说给他三句'至理名言'。"

短工们谁也没理他，阿凡提却动了心，他想：钱，哪里挣不到，"至理名言"却是不容易听到的，还是替他背了东西，听听他那三句话"名言"，长长我的智慧吧。阿凡提就站出来，背起财主的箱子跟他走。

走着，走着，阿凡提请财主开始说他的"至理名言"。于是，财主说："好，你听着！要是有人对你说：肚子饿着比饱着好。你可千万别信呀！"

"妙，妙极了！"阿凡提说，"那么，第二句呢？"

"要是有人对你说：徒步走路比骑马强，你可绝对别信呀！"

"对，再对不过了！"阿凡提说，"多么不容易听到的'至理名言'呀！那第三句呢？"

"你听着，"财主说，"假若有人对你说：世界上还有比你傻的短工，你可怎么也别信呀！"

阿凡提听完第三句话，猛然松开手里攥着的绳子，"哐当"一阵响，箱子摔在地上了。阿凡提指着箱子，对财主说："如果有人对你说：箱子里的细瓷器没有摔碎，你可真不能相信呀！"

## 留名

有人来找阿凡提,可阿凡提锁着大门不在家。那人很生气,便在门扇上歪歪扭扭写了"毛驴"两字,掉头就回去了。

第二天,阿凡提在大街上碰见了那个人,便说:"哎,伙计,真对不起您呀!昨天您来我家找我,恰巧我不在家。"

那人感到惊讶,问道:"你咋知道我去你家找过你?"

"我怎能不晓得哩,您不是把您的大名留在我家的大门上了吗?"阿凡提说。

## 请外套吃宴席

有一次,阿凡提穿着一身破旧的衣裳,去参加朋友的宴会。朋友怕人家笑他和穷人来往,面子上难看,便把阿凡提推出门外。

阿凡提回家换了一套崭新的外套,马上又赶到朋友家去。朋友见他这回穿得齐整漂亮,立刻另眼看待,请阿凡提坐了上席,十分客气地指着餐单上的各种食物,说道:"请吧,好朋友,快动手,随便尝点吧!"

阿凡提连忙提起衣服,把袖口对着食物,也嚷道:"请,请,新外套,东道主是我的好朋友,别客气,往饱里吃吧。"

主人看了很惊诧,问道:"阿凡提,你这是干什么呀?"

"朋友,"阿凡提说,"我是在请您所尊敬的新外套吃宴席呀。"

## 卖酒瓶

阿凡提小时候，一次他捡来三个空酒瓶，拿到一家店铺里去卖。店铺老板给他每只瓶子算了五个铜板，收下了三个瓶子。这时，一个大人也提着三个空酒瓶来卖，老板却给他的每一个瓶子算了十个铜板。

第二天，阿凡提不知从什么地方又找来三个空酒瓶，并用木棍制作了两条高高的假腿，扎扎实实绑在自己脚上，咯噔咯噔地踩着到那家店铺去卖瓶子。

"纳斯尔丁，你这是在出什么洋相？"老板吃惊地问道。

"哎，来您这儿卖东西，不是个头越高给的钱越多吗？"阿凡提吐吐舌头说，"小孩子卖一个瓶子，您只给五个铜板；大人卖一个瓶子，您给了十个铜板；我想今儿个您一定会一个瓶子给我十五个铜板喽。"

老板害臊得连满腮的白胡楂都在抖动。他怕自己欺骗小孩的事传出去丢人，只好用三十枚铜板买下阿凡提带来的三个瓶子，又补付了昨儿个少给的十五枚铜板。

## 买油

有一天，妻子吩咐阿凡提说："给你碗，你去集市上打一碗清油来。"

阿凡提端着碗到了集市上。卖油的给阿凡提的碗里倒满了油，提儿里还剩一点，问道："阿凡提，这一些油往哪儿倒呢？"

阿凡提身上再没带能盛油的东西，便把手中的油碗翻了个过儿，指着碗底儿道："就倒在这儿吧。"

碗里的油"唰"地洒在地上，周围的人们笑起来。

回到家中，妻子一看问道："你咋只打来这么一点点油？"

"碗里还有呢。"阿凡提将碗翻了过儿，那碗底儿仅仅有的一点油也洒在地上了。

## 梦里卖鸡

有一回，阿凡提梦见自己有一只大公鸡，一位顾主走过来问："哎，阿凡提，大公鸡长得又肥又美，卖不卖呀？"

"多掏几块钱就卖。"

"你想要多少？"

"十二块。"

"给你七块吧。"

"不，太少了。"

"得啦，给你八块好了。"

"不，太少了。"

就这样，两人讨价还价地一直加到九块了，阿凡提从梦中醒来，睁眼一看，原来是场空梦。他又马上紧闭着眼睛喊道："喂，朋友！行，行！九块就九块，卖给你好了。"

## 分鹅肉

一天,一个法官提着一只煮熟的鹅,给国王送去,说道:"陛下,今天是您的生日。您是最喜欢吃鹅肉的,我亲自给您煮了一只送来。请您和王后、太子、公主尝尝。"

两个太子闹着要吃鹅胸脯,两位公主嚷着要吃鹅大腿。国王王后没有主意,索性叫打扫宫院的仆人阿凡提给他们分配。

阿凡提一刀子割下鹅头,递给国王说:"陛下,您是国家的最高首领,应该吃头。祝您永远为一国之首!"

阿凡提又割断鹅脖子,双手递给王后说:"常言道:丈夫好比头颅,妻子好比脖颈。你吃了脖子,愿你跟国王永不分离。"

接着,又割下鹅的两只翅膀,分给两个公主,说道:"公主早晚就要出嫁了。吃了翅膀,有助于远走高飞。"

然后,阿凡提割下鹅爪子,给两个太子每人手里一只,说道:"太子是王位的继承者。吃上爪子,才能稳稳当当立足于王位。"

分完后,阿凡提笑嘻嘻地对国王一家人说:"这剩下的鹅胸脯和鹅大腿,你们今天吃了很不吉利。还是我——纳斯尔丁拿去吃吧。"说完,从王室里走出来,蹲在屋檐下大啃大嚼起来。

## 肉汤的肉汤的肉汤

阿凡提打猎时捕获了一只野山羊,当天吩咐妻子煮了一锅肉,请来自己所有的好朋友吃了一顿。

第二天，几个陌生人来到阿凡提门口，说道："阿凡提，我们是你的朋友的朋友，也盛情地招待我们一下吧。"

"好，请各位到家里。"阿凡提领他们进屋，把朋友啃过的骨头在锅里煮了煮，给每人面前舀去一碗汤，说："请客人们趁热喝吧。"

来人们惊奇地问："这是什么汤，阿凡提？"

"这是肉汤的肉汤呀。"阿凡提说。

那几个人只好每人喝了一碗，走了。

第三天，几个东游西逛的人来到阿凡提家，自我介绍说："阿凡提，不认识我们吧？我们是你朋友的朋友的朋友。听说你打来了只野山羊，还挺肥哩！请不要吝啬，招待招待我们吧。"

阿凡提客客气气地请他们坐到屋里，在洗衣服的大木盆里倒了一盆凉水，又给每人手里递了一把小木勺儿，说道："诸位，喝呀，喝呀！这是肉汤的肉汤的肉汤呀！"

## 肚痛用眼药治

一个人找到阿凡提家来，恳求道："阿凡提，我的肚子很不舒服，请你医治医治。"

"你是不是吃过什么不干净的食物？"阿凡提问。

"没有，没有！"那人回答说，"我只是吃了块发霉的馕饼。"

"噢，嗯……"阿凡提打开药箱，拿出一瓶眼药，说："好，请你仰起头来，睁大眼睛，让我给你点些眼药。"

"别弄错啦!"那人非常惊诧,问道:"阿凡提,你是名医,我的肚子疼,不是眼睛疼,你给我点眼药有何用咧?"

"不会错的。"阿凡提说,"我相信,你的眼睛如果没有毛病的话,绝不会去吃发霉的馕饼。"

## 少学三门功课

阿凡提同邻居在田间劳动,干了半晌,两人精疲力竭地坐在地头休息。邻居说:"阿凡提,你的同学中,有的当了伯克,有的当了喀孜,个个都大大小小混了个官儿当。唯独你,为啥连芝麻大的个官儿也没当上。今天还跟我这个大老粗一样,汗流浃背地在田地抡坎土曼。"

"嘿,伙计,这都怪我少学了三门功课呀。"

"哪三门?"

阿凡提扳着指头回答说:"一,拍马学;二,宴请学;三,送礼学。"

## 上次付过了

有一次,阿凡提去洗澡。澡堂老板见阿凡提是个乡下佬,身上的衣裳脏兮兮的,便带他到一个非常脏的澡盆里去洗,丢给他一条又破又烂的毛巾。阿凡提洗完澡,却在钱盘子里放了比别人更多的钱。

过了一个星期,阿凡提又去洗澡。老板连忙招待,眉开眼笑地把他带到最上等的浴间,递给他一条雪白的新毛巾。阿凡提洗完澡,却一个铜子儿也不给,就走了出去。

"阿凡提,"老板追出来叫道,"你忘了给钱啦!"

"不,是你忘了。"阿凡提说,"上次我不是一起付过了吗?"

## 你说得也对

一天,有人气冲冲地来到阿凡提面前,把他心目中所憎恨的一个人告了。阿凡提听毕,连连点头说道:"是,是,是!你说得对。"说着,打发那人走了。

第二天,被告人也来到阿凡提跟前,把原告告了。阿凡提听罢,也点点头说道:"是,是,是!你说得对。"说着,又打发走了来人。

阿凡提的妻子把这两个人的话从头至尾听得一清二楚,便嘲笑阿凡提说:"嘿!算什么男子汉大丈夫!对昨天那人你也说'你说得对',对今天这人你也说'你说得对'。是非不分,黑白不辨,这对人是多么不负责任呀。"

阿凡提听罢,想了想,点点头说:"是,是,是!妻呀,你说得也对。"

## 请见屁股

阿凡提捉弄了国王,国王生气了,把他撵出宫去,并且对他说:"从此不要让我再见到你的面了。"

隔了没有几天，邻国派来了好几位学者，提了一个难题要国王解答。国王挖空心思，还是答不出来。一个大臣奏道："陛下，我国上下，除了阿凡提，再没有第二人能解答这个问题。请陛下开恩饶了阿凡提，叫他进宫来对付那些学者吧！"

国王没有别的办法，只好下令召阿凡提进宫。

阿凡提来到王宫门口，便背转过身子，把屁股朝着国王，倒着走上殿去。

国王看见，骂道："你这是干什么？阿凡提，还不转过身来，赶快给我办要紧事！"

"我不敢转过来呀，"阿凡提说，"上次您说过，再也不要见我的面了。今天，只好请您见见我的屁股吧。"

## 画匠治病

阿凡提患了重病，好多日躺在炕上起不来。他的朋友们知道了，纷纷前来探望。

一位来看他的朋友说："阿凡提，您病得这么厉害，恐怕是被魔鬼缠住了。"

"很有可能。"

"那我去请位巫师来，为你驱驱鬼，怎么样？"

"不，朋友。"阿凡提摆摆手说，"你还是请位画匠来吧。"

"画匠哪儿能治病呀！"朋友惊讶地说。

"能，能。"阿凡提说，"乡亲们常讲：连魔鬼也怕恶人三分。你请位画匠来画张咱们知县的像，贴在我家大门上。魔鬼看见知县狰狞凶恶的面貌,就再不敢从门外溜进来害我啦。"

## 能取暖的物件

一天,国王带阿凡提去狩猎,晚上两人睡在一个峡谷口的岩石旁边。半夜,山风飕飕吹来,冻得国王像刺猬一样蜷缩成一个疙瘩。阿凡提为了糟蹋一下国王,便将马鞍下的垫子拿过来,轻轻盖在国王身上。

"阿凡提,你把什么东西盖在了我的身上?"国王问道。

"陛下,是马鞍垫子呀。"阿凡提不冷不热地说。

"混账!谁叫你将马身上搭的肮脏东西盖在我的身上?"国王骂着,一脚将垫子蹬在一边。

过一会儿,山风吹得更紧了,寒风刺骨,国王冻得牙关打战,四肢抖索。于是,阿凡提又把马鞍垫子盖在国王身上。

"阿凡提,你又把什么盖在我的身上?"

"陛下,就是方才我在您的贵体上盖过的那样东西——能取暖的物件呀。"

"嘿,笨蛋!"国王生气地说,"刚才我问你时,你就说是样'能取暖的物件'不就得了吗?"说完,蜷缩在马鞍垫子下睡了一夜。

## 两头毛驴驮的东西

有一次,国王和宰相带阿凡提一起去打猎。天气很热,国王和宰相都把衣服脱下来,叫阿凡提背着。阿凡提累得气喘吁吁,国王却好笑起来,说道:"嗬,我的阿凡提!你背的东西真有一头毛驴驮的那么多呀。"

"不对,我的陛下,"阿凡提说,"我背的东西,原本是两头毛驴驮的呢。"

## 猫哪里去啦

一天,阿凡提从集市上买回来三斤肉,吩咐妻子道:"请你做一顿美味的饺子,今儿晚咱两口子好好地吃吃。"

妻子把肉炒熟以后,全部自己吃掉了。到了晚上,给丈夫端去一碗白皮面。

"饺子呢?"

"当我切好了肉,动手揉面的时候,你那只该死的猫,偷偷地把肉全都吃光啦。"

阿凡提捉住猫,放在秤盘上称起来。猫不轻不重,恰好三斤。阿凡提便问妻子:"妻呀,你瞧,如果这是猫的话,那么肉呢?如果这是肉的话,猫哪里去啦?"

## 分羊

这一天,阿凡提隔壁的三个兄弟又高声大嗓地嚷嚷起来。阿凡提走进门一看,院落里不安地站着十几只绵羊,三个小伙眼红脖子粗地一个瞪着一个。经盘问,老大指着绵羊说:"这十七只绵羊，父亲过世前留下遗言：'十七只绵羊，老大应分九分之一，老二应分三分之一，老三年纪小，应得二分之一'，并再三叮咛我们，只能分整羊，不能宰了分……"

没等老大讲完，阿凡提说："噢，原来为这事哩。"

老二说："唉，我们兄弟三人这么分，那么分，分了两天还没有分开，便吵起来啦。因为按照父亲的遗嘱分，哥哥只能得到两只羊少一点，我应得到五只羊多一点，弟弟得到的是八只半羊。阿凡提大叔，你有什么好办法吗？请你给我们分分。"

阿凡提略微思索了一下，说："这很好分嘛！"说罢，回自个儿家中牵来一只羊，问三个兄弟："现在，有多少只羊？"

"十八只。"三人齐声说。

阿凡提说："好，现在我来给你们分；老大得九分之一，请你牵走两只；老二得三分之一，请你牵走六只；老三应得二分之一，请你牵走九只。"

三兄弟把自己应得的羊只圈在一起，院落里还剩阿凡提的那只羊。三人你瞅我，我望你，嘿嘿笑笑，对阿凡提说："大叔，我们真笨，请把你的羊仍然牵回去吧。"

## 理发

阿凡提当理发匠时，有个财主总是来找他剃头，却从来不给钱。阿凡提很生气，想狠狠整他一下。

有一天，这个财主又来理发了。阿凡提先给他剃光了头，在给他刮脸的时候，问道："阁下，您要眉毛吗？"

"当然要,这还用问!"财主说。

"好,您要我就给您。"阿凡提说着,嗖嗖几刀,就把财主的两道眉毛刮下来,递到他手里。

财主气得说不出话。谁叫他自己说过要呢。

"阁下,胡子要吗?"阿凡提又问。

"不要,不要!"财主连忙说。

"好,您不要就不要。"阿凡提说着,又嗖嗖几刀,就把他的胡子刮下来,甩在地上。

财主对镜子一看,自己的脑袋和脸都刮得精光,像个光溜溜的鸡蛋。这一下他可气坏了,大骂起来。

"阁下,这不都是遵照您的吩咐做的吗?"阿凡提说,"要是依我的话,甭说眉毛胡子,连您的头发我也不愿意剃哩。"

采录者:赵世杰、卡哈尔·阿不都热西提、吾甫尔江、艾西丁·塔特里克、阿吉·艾海买提、阿不都许库尔·吐尔迪等

翻译者:赵世杰

20世纪80年代采录于喀什、阿克苏、和田、吐鲁番地区、巴音郭楞蒙古自治州等地州部分县市

# 毛拉再丁的故事（维吾尔族）

毛拉再丁，1815年生于新疆鲁克沁[1]的巴亥热村一个贫苦农民家中。他的父亲是位远近有名的种瓜匠。他6岁入私塾识字读书。由于他天资聪颖，勤奋好学，17岁毕业时在同学中就小有名气，从而大家尊称他"毛拉再丁"。"毛拉"是"先生""学者"的意思。

后来，乡亲们听说吐鲁番额敏王想找一名诙谐者，带在身边给他讲故事，便推荐毛拉再丁入王府。这年他才20岁。毛拉再丁经常通过讲故事对封建统治者的倒行逆施予以揭露，额敏王对此大为恼怒，曾先后八次赶他出王府，但又九次召他回去，称他是"我的甜蜜的敌人"。额敏王去北京朝见清朝皇帝和被晋升为喀什噶尔王时，也带毛拉再丁在身边。毛拉再丁与额敏王相处九年，后来主动请辞，从喀什噶尔返回故乡，一直靠种瓜维持生计，1880年去世。

## 六条腿走路

毛拉再丁从吐鲁番返回鲁克沁时，穿行戈壁，毛驴累得

---

[1] 鲁克沁：今鄯善县鲁克沁乡。

疲惫不堪，便下来牵着毛驴走。路上被几个不三不四的人看见了，奚落道："嘿嘿，毛拉再丁，你真是个大笨蛋！毛驴是不洁净的玩意儿，你还如此爱惜它吗？骑也舍不得骑它！"

"你们才是糊涂虫咧，"毛拉再丁说，"六条腿走路总比四条腿走路要快得多，难道你们连这个也不晓得。"

## 打柴

毛拉再丁的日子过得很苦。为了糊口度日，去一财主家打零工。管家一阵吩咐他干这活，一阵又打发他做那活，像使唤奴隶一般地使唤他。

一天，管家打发毛拉再丁去野外打柴，临行前叮咛道："你一定要把车前车后都装满再拉回来。"

毛拉再丁没有吭声，吆着大车上路了。他回来时，管家一看，车中间是空的，只有车头和车尾捆绑着一小捆柴火。管家顿时大动肝火，咋呼道："咳！……谁让你把车空赶回来的？"

毛拉再丁指了指那两小捆柴火，说："你不是叮嘱我'把车前车后装满拉回来'吗？我这不是按你说的照办了吗？"

## 天使是公的，还是母的

毛拉再丁到了库车，民众中很快就传开了——"有位能言善辩的预言家，来到了咱们县上！"

毛拉们听了，心里很嫉妒，想挖苦他一顿，使他在民众面前丢人现眼。他们在背后叨咕叨咕,便打着有疑难问题要请教毛拉再丁的幌子,把很多群众召集在一起。

一位毛拉干咳几声,站起来神情诡秘地问道:"请问毛拉再丁阁下,天使到底是公的,还是母的?"

毛拉再丁回答说:"你死后到了那世,天使就会来提审你,到时你一看不就清楚了吗?"

### 三个"过错"

一天,鲁克沁王问毛拉再丁:"你有哪些过错?"

"王啊,对于你来说,我有三个'过错'。"毛拉再丁回答说,"第一,我的眼目明亮,可以识破邪恶;第二,我的耳朵不聋,能辨别出口是心非的话;第三,我有胆量,见了不公道的事,听了欺骗百姓的话,便用锋利的言辞予以揭穿,使其暴露在光天化日之下。"

### "我愿嫁你"

几个少妇在门口闲聊,老远看见毛拉再丁走来。她们中间有位名叫阿依木尼莎的媳妇,能说会道,性格开朗,爱开玩笑。伙伴们撺掇她:"你开个玩笑,奚落奚落毛拉再丁。"

阿依木尼莎"嗯"了一声,梳理梳理头发,正在琢磨言辞,毛拉再丁已来到她们面前。一个伙伴捅捅她,阿依木尼莎脱口说道:

>你的名叫毛拉再丁,
>姑娘见你连忙躲开。
>游手好闲邋遢懒惰,
>打一辈子光棍活该。

毛拉再丁哈哈大笑起来,当即说道:

>你的名叫阿依木尼莎,
>若让笑话家配成夫妻,
>假如我毛拉再丁同意,
>你定会说:亲爱的,我愿嫁你。

少妇们笑得伸不直腰,阿依木尼莎脸红得像羊肺。

## 一口袋新鞋

毛拉再丁常年给额敏王赶车,东颠西簸,两只鞋底早就磨穿了。额敏王视而不见,仿佛与他没有关系。这天,额敏王坐车来到热热闹闹的集市上,毛拉再丁干脆脱下鞋子扔掉,挽起裤脚,光着脚丫吆着轿车。额敏王看见了,觉得有伤自己的脸面,让毛拉再丁停住车,吩咐说:"你去鞋市上看看,如有适合穿的新鞋就买上。"

毛拉再丁来到鞋市一个摊位跟前,试着穿了穿,便买了一口袋新鞋请卖鞋的扛回来。

额敏王瞥了一眼,生气地说:"笨货!买一口袋鞋干吗?"

"你不是吩咐我,'有适合穿的新鞋就买上'嘛。这一口袋鞋都非常适合我的脚呀。"毛拉再丁说。

额敏王怕卖鞋的说他吝啬,只好让随从照付了他一口袋鞋的钱。

**不洁的血液**

鲁克沁王在登上王位之前,为了收买人心,拉拢群众,特意举办了一次盛大的宴会。毛拉再丁也被请去参加。宴会后,他浑身发烧,病倒躺在屋里。一位朋友知道了,来他家中问道:"您怎么啦,毛拉再丁?"

"咳,真倒霉!"毛拉再丁长叹一声,气喘吁吁地回答说:"昨天吃了王爷的肉,喝了王爷的酒,结果在我净洁的血液里涌进了一股不洁的血液,折腾得我发起烧来啦。"

**大南瓜与大饭锅**

毛拉再丁从南疆返回家乡途中,半道碰上几位由阿克苏去吐鲁番的人。他们在毛拉再丁面前信口开河地说:"我们家乡的南瓜长得可大啦,一个南瓜足足有一间房子那么大哩。"

毛拉再丁没有开腔。走了几天,他们经过托克逊快到吐鲁番时,开始听到一阵又一阵"叮叮当当"的响声。同路的感到惊奇,问毛拉再丁:"这是在干什么?"

"已经整整三年啦,我们吐鲁番的三百名铁匠还连一口锅也没打好。这正是铁匠师傅们挥舞着铁锤造锅的声音呀。"

异乡的伙伴不信这话,说道:"吹牛,哪有这样大的铁锅咧。"

"你们家乡房子大的南瓜,不在我们家乡这样大的锅里煮,能煮熟吗?"毛拉再丁说。

## 日月躲藏的原因

一天,吐鲁番王突然问毛拉再丁:"我怎么老是看见:白天,太阳常常躲在乌云背后;夜晚,月亮常常躲在乌云背后。这是为什么?"

毛拉再丁回答说:"白昼,太阳望见瘦骨嶙峋的穷人,见他们弯腰弓背在田间劳动,口干舌燥,疲惫不堪,同情怜悯他们,便快快躲藏在乌云背后。夜晚,月亮看见穷苦人腹中空空,忧愁悲伤,唏嘘抽泣,不忍目睹人间的不平,便悄悄躲藏在乌云背后。这就是太阳和月亮时常躲起来的原因。"

## 我没有伙计

毛拉再丁和妻子两人骑在一匹马上,朝岳父家走去。路上,碰见一位放高利贷的财主,财主嘲笑毛拉再丁说:"嘀!我还未见过这号没出息的人,出门还让老婆紧紧贴在自己的后背上!"

"我不这样不行呀。"毛拉再丁笑着说,"我跟你们财主老爷不一样,你们出门可以把老婆托给跟你们伙计,可我没有伙计呀。"

### 两包"铜钱"

毛拉再丁带了一褡裢葡萄干去焉耆卖。他在集市上找了个地方，刚把褡裢搁在地上要卖时，一个收税员过来，眼睛定定地瞅着翡翠色的葡萄干，要他交三十元钱税款。

毛拉再丁明白了他的意思，从怀里掏出碗口大的两包东西交到他手中，低声说："快，悄悄拿上走开。"

收税的把包往怀里藏时，被另一个收税的打老远望见了。他放快脚步赶忙追过去，一把撕住伙伴的衣领，厉声道："一包钱给我，要不老子去报告上司。"

一个不给，一个硬要，两个人厮打起来，彼此打得鼻青脸肿，最后两人言和，拿着包走开了。可是，他们打开钱包清点钱数时，才发现，钱包里装的是一粒一粒干透的骆驼粪蛋！两个家伙傻了眼，追回来找那个卖葡萄干的算账，毛拉再丁早就扬长而去了。

采录者：阿不都热西提·艾合买提、买合穆特·再依丁、玉素甫·艾山、赫维尔·吐母尔、穆汗买提·夏尼牙孜、赫维尔·吐母尔、买合穆特·再依丁等

翻译者：赵世杰

20世纪80年代采录于吐鲁番等地

# 赛莱·恰坎的故事（维吾尔族）

## 应得的份额

赛来·恰坎有个邻舍是财主。赛来·恰坎家每次吃饭时，他都进来说："我真有口福呀，这是我应得的现成份额。"吃饱，他就走开了。

一天，赛来·恰坎跟妻子如此这般地商量了一番，决定妇随夫唱，教训教训喀孜。到吃饭时，财主刚从大门外走进来，他们便一人手提一根棍子，追赶着打起儿子来。

"嘿，住手，住手！出什么事啦？"财主一边问着，一边走过去坐在餐单旁等着吃饭。

儿子跑过去躲在财主身边，赛来·恰坎追过去将财主一棍连一棍地狠狠揍起来。财主惊慌失措，拔腿跑出门外，说："赛来·恰坎，你这是干什么？"

"阁下，我举起棍子打儿子，怎么也打不在他身上，看来这小子今儿不该挨打，现成挨打的份额应该是你所得的。"

## 谁也不再吃馕

赛来·恰坎家来了个他乡的懒汉，喝过汤面后，看见案板上搁着几个油馕，说道："我们家乡是个好地方，喝过汤面还要吃油馕。"

赛来·恰坎收起餐单，笑微微地说："我们家乡遍地生长胡杨，喝过汤面谁也不再吃馕。"

## 全神贯注在钱上

赛来·恰坎当理发匠时，村里有个财主理了发，总是不付钱。一天，财主又来理发，赛来·恰坎剃着剃着，"嗖"的一刀将财主的头皮削掉了一块，鲜血流了财主一脸。财主双目怒瞪，忍着疼理完发，便揪着赛来·恰坎去喀孜裁判所，告了他一状。

"赛来，这位财主是村里的头面人物，你为什么把他的头皮刮掉了这么大的一块呀？"喀孜审问道。

赛来·恰坎回答说："阁下，我已给这位顾客理过多次发了，但他一分钱还没付呢。今天给他理发时，全神贯注在算计他一共该付我多少钱，稍一走神，就划破了他的头皮。"

## 只要不梦见你

赛来·恰坎打光棍时，一位亲密的朋友对他说："常言说：茶不能倒在漂亮的脸蛋上喝。只要女方善于操持家务，心里喜欢你就行，别再挑挑拣拣啦。"

随后，经这位朋友撮合，赛来·恰坎成家了。新婚第二天清晨，新郎一看，只见新娘相貌奇丑，面孔黝黑，满脸麻子！

一天，赛来·恰坎卖完馕回到家，疲惫不堪地上炕睡下了。妻子见丈夫仰面躺着,轻轻捅了捅他,说道:"请侧着身子规规矩矩睡,仰面躺着睡会梦见妖怪,你会魇住的。"

赛来·恰坎连眼皮也没睁,说:"没事没事,只要不梦见你,我绝对不会魇住的。"

## 吃到肚里啦

赛来·恰坎跟一个商人骑马出门远行。后晌时分,赛来·恰坎在路上捉了只石鸡,用小刀宰了,装进褡裢里。又走了一阵,他们来到宿营地,两人拾来柴火烤熟石鸡。商人建议说:"石鸡两人吃的话,谁也吃不饱。因此,你把肉搁起来,今夜咱俩各做一个梦,谁的梦最美妙,明天早晨他一个人吃。怎么样?"

赛来·恰坎同意。两个人躺倒睡下了。

商人琢磨做个好梦,许久没有瞌睡,直到后半夜才像死了一样地酣睡过去。赛来·恰坎发觉商人睡着了,轻手轻脚地爬起来,将石鸡肉吃了个一干二净。

第二天,天刚蒙蒙亮,商人便赶忙爬起来,抢先讲自己做的梦:"昨夜我梦见上到天堂,天堂里金碧辉煌,仙女们花枝招展,她们给我端来山珍海味,盛情款待了我。吃饱喝足后,她们领我四处游览,我欣赏了奇花异草,聆听了百鸟的鸣啼声,大饱眼福。你做了什么梦呀?"

赛来·恰坎以问作答:"你看见的各种鸟儿中,有没有石鸡?"

"没有看见石鸡。"商人回答。

"嘿,我生怕石鸡飞了,吃到肚里啦。"赛来·恰坎说。

## 毛驴

一年古尔邦节前,一位大财主把喀什噶尔城的大小头目都召集在一起,想在众人面前教训一番赛来·恰坎,决定把赛来·恰坎也请去。

贵客们先后都到齐了,只有赛来·恰坎还迟迟不见到来。大财主等了半晌,赛来·恰坎才慢悠悠地迈进客厅,一面向头目们打着招呼,一面大大方方地在席上坐下来。大财主见赛来·恰坎没有向他请安,非常生气,问道:"喂,赛来!你为什么才来?"

"阁下,我办了点小事,就匆匆忙忙赶来了,谁知竟晚了一步。"赛来·恰坎解释说。

大财主冷笑了一声,嘲讽道:"你的胡子足足有一捆苜蓿那么多,是不是胡子太重,拖住你的腿走不快,才一路磨蹭到现在?唔,是吗?"

"你说得很对,阁下。"赛来·恰坎指着大财主说,"有毛驴的地方,缺少了苜蓿可不行呀!"

大财主尴尬不堪,只好溜出客厅。

## 毛驴仿效伯克

一天,赛来·恰坎赶着毛驴,驮着鼓鼓囊囊的驮子到县城,碰上村里的伯克从县官家里走出来。

在宴会上喝得醉醺醺的伯克，龇牙咧嘴地说："赛来阿洪，你的毛驴咋东跌西倒地走不动呀？"

赛来·恰坎立即回答说："伯克阁下，我的毛驴它在仿效你的样子走路哪。"

## 没关系

赛来·恰坎出出进进王府，他的朋友越来越多。其中有位书生，想在王府混个差事干，每天都要去看望赛来·恰坎。后来，赛来·恰坎得罪了汗王，被汗王驱赶出王府。

这天，赛来·恰坎徒步在路上走着，碰上了那位书生骑着头毛驴走过来，便向书生行了个礼。书生受礼后说道："请原谅，我忙着要去办件急事，就不从毛驴上下来了。"

"没关系。"赛来·恰坎说，"等我再进王府供职时，我劝你不要下来，你也会下来的。"

## 您的女儿漂亮

赛来·恰坎赶罢集回来，听说伯克请朋友聚会，他也去参加。

伯克为捉弄他，问道："赛来，今天你去赶集了没有？"

"去了。"

"有没有我所需要的东西呀？"

"集市上样样货物齐全,不知道您需要什么?"

"哈哈哈……你咋不给我带个漂亮的姑娘来哩!"

"我走遍了集市,看见不少姑娘,可哪一位也没有您的女儿漂亮。"赛来·恰坎说。

## 我还以为跟你聊天

一回,赛来·恰坎的妻子做好饭,等了许久,不见丈夫进门来。出门一瞧,原来丈夫正在跟一位性格开朗、爱开玩笑的妇女在门口聊天。

妻子双眼鼓得圆溜溜的,一边揶揄丈夫,一边将他拽回屋里,扯声卖气地吼起来:"哼!你盯着那丑八怪的眼睛眉毛,有什么拉扯不完的话!"

"哈哈,"赛来·恰坎说,"那丑陋女人的脸蛋,跟你没有涂脂擦粉的脸蛋一模一样,我还以为跟你在聊天哩!"

## "棍棒堂"

一天,喀孜请去赛来·恰坎,说:"赛来呀,人们都说你博学多才,字写得漂亮极了。我预备好了一块木牌子,请您在上面题写'喀孜堂'三个字。不过,写的牌子挂出去一定能让大家大吃一惊。不知你有这个把握没有?"

"有把握。"赛来·恰坎说。

赛来·恰坎拿起笔,立刻笔飞墨舞地在牌子上写了"棍棒堂"三个字。喀孜看了，气得咬牙切齿，暴跳如雷，提起刑棍愤愤地说："你胆敢糟蹋喀孜堂！今天，我要揍你个皮开肉绽！"说着，举起刑棍就要打。

赛来·恰坎说："咦，阁下！您瞧瞧，这儿本来就是'棍棒堂'嘛，我写得很对呀，谁看了都会大吃一惊的。"

## 月光和阳光

赛来·恰坎常捉弄县官，县官对他仇视极了。

一年冬天，县官心想：索性让赛来这小子冻死算啦。于是，他唤去赛来·恰坎，道："喂，赛来，衙门里当差的都出远差啦，今晚你上到县府房顶上，看守一夜院子。可不准离开岗位。"

"好啊，阁下，听明白了。"赛来·恰坎答应了。

太阳落山后，赛来·恰坎顺梯子爬上房顶，看守县府院落。寒冬腊月，北风呼呼吹着，像刀子戳在身上。他实在冻得忍受不住了，一转身，见房顶有个大树墩子，走过去抱起大树墩子，一圈一圈地走来走去，直到天亮。就这样，他不仅没有挨冻，浑身上下还热乎乎的。

县官眼看着赛来·恰坎上到房顶，就抽去梯子，溜进暖和的房子里，蒙头睡起大觉来。

第二天早晨，赛来·恰坎从房顶下来，进县官寝室，问道："老爷，还有别的吩咐吗？"

县官把眼睛一鼓，愣了半响，问："嗳，赛来！昨天夜里天上有月亮吗？"

"有，还挺亮哩。"

"唔，那样的话，有月光照着你，你的身上一定很暖和。"县官又嘱咐道，"县府里马上要来一批贵客，你赶快去烧一锅奶茶。"

"好的，"赛来·恰坎在县府院内一棵高大的枯树杈上架起一口大锅，里面盛了一锅牛奶，抱过来一堆干柴火，在树底下点着，自己蹲在一旁烤起火来。

过了老一阵，县官走过来一看，气得脸红脖子粗，吼道："哎，笨蛋，傻瓜！你这样烧奶茶，能够开吗？"

"能呀，能呀。"赛来·恰坎指着天空的太阳说，"既然月光能把我身上晒热，阳光当然能把锅里的奶茶烧开。"

## 早已卖完

赛来·恰坎在书铺当营业员时，一位著名的演员走进来，一看，四面墙壁上挂满了自己的画像，心里乐滋滋的。他装着很谦虚的样子，不露声色地问道："我们的许多同行也有画像，把他们的画像也挂起来，不好吗？"

"请原谅，"赛来·恰坎说，"他们的画像早已卖完了。"

## 磨牙齿

财主备了个新马鞍，带着几个人骑马到邻村参加婚礼。路上走着走着，财主故意扭动着身子，使他的鞍子下面不时地发出"咯吱——咯吱"的响声。

有人开玩笑说:"你的屁股下面是什么东西在作响?"

没等财主回答,赛来·恰坎插话说:"他为了在婚宴上多啃几块羊骨头,现在就开始磨牙齿哩。"

### 毛驴比县官活得长

有人问赛来·恰坎:"赛来大叔,你的毛驴成天价叫个不休,它能活多久?"

"最少要活三个县官的寿数。"赛来·恰坎回答。

这话传来传去,在民众中间变成了这样一句话:"当官的老爷们,连头毛驴的寿命也活不到。"

话传到县官耳里,县官当即派衙役将赛来·恰坎带进审判堂,质问:"哼!你凭什么讲你的毛驴'最少要活三个县官的寿数?'那好,请你拿出证据来,否则……"

赛来·恰坎泰然自若地回答说:"自打我买了头毛驴至今,县上已经换了三个县官。这就是证据。"

### 真的是个糊涂虫

一天,王爷对官员们大发脾气:"我的糊涂,要不是被你们张扬出去,老百姓从何而知!莫非我真的是个糊涂虫吗?你们讲讲!"

官员们惧怕王爷的淫威,一个个藏头缩脑,不敢吭声。

这时,赛来·恰坎蓦地站起来,道:"您真的是个糊涂虫。"

"刽子手!"王爷气急败坏地喊了一声。

"王爷,您海量包涵,我有事实呀。"赛来·恰坎说。

"你讲出来!"王爷威胁说。

"阁下方才讲:'我的糊涂,要不是被你们张扬出去……'这话明明白白告诉我们,连您自己也是承认您真的是个糊涂虫嘛。"赛来·恰坎说。

## 躲避狂风

一天,突然刮起暴风来,人们从四面八方朝自己家跑。只有赛来·恰坎定定地站在门口,仿佛想着什么似的。

人们感到蹊跷,问道:"你怎么不进屋躲避躲避,站在大风里干吗?"

"我老婆在屋里掀起的风暴,比野外刮的风暴还凶呢。"赛来·恰坎说。

## 一根麦草

赛来·恰坎给村上一位财主当长工。年底财主为了找个岔子不付他工钱,一天,对赛来·恰坎吩咐说:"我从房顶上倒一麻袋麦草下来,你可要接住喽,不要使一根草掉在地上。"

接着,财主扛了一麻袋麦草爬上屋顶。赛来·恰坎毫不在意地站在院里等着。财主倒下来的麦草统统飘落在了地上,赛来·恰坎伸手抓住一根麦草,说道:"财主老爷,瞧,这一根麦草没有落在地上啊!"

## 做梦娶媳妇

一天,赛来·恰坎的妻子乐呵呵地对丈夫说:"老头子,昨夜我做了个梦,梦见我生日那天,你给我买了好多漂亮的服装!"

"那是那是!你生日那天,我就给你不买礼物喽。"赛来·恰坎说。

"为什么?"妻子问。

"上回我对你说:'我做了个梦,梦见我又娶了个媳妇。'你说:'梦嘛,人人都做哩,对梦里的事要做相反处理。'这样,我便打消了再讨个老婆的念头。"赛来·恰坎说。

## 装进坛里嫁出去

赛来·恰坎的大女儿出嫁前,妻子对丈夫说:"孩子他爹,既然咱们把大女儿许配给人家,就应该让她把穿的衣服全留下,叫她的妹妹们穿。"

赛来·恰坎想了片刻,说:"好,好!我马上去买一只大坛子来。"转身朝门外走去。

"女儿就要离开爹娘出门了,这会子你忙着买大坛子干吗?"妻子问。

"把女儿装进大坛子里嫁出去。"赛来·恰坎说。

## 吸烟的益处

一个烟鬼问赛来·恰坎:"人们说吸烟对身体有害,是真的吗?"

"对他人有害,对你有益。"赛来·恰坎说。

"对我有什么好处?"烟鬼问。

赛来·恰坎说:"有五个好处:第一,小偷不偷你家,因为你彻夜吭吭哈哈咳嗽;第二,你出门不怕狗咬,因为你手中有拐杖;第三,你能在地上捡到钱,因为你走路老弯着腰,眼睛瞅在地上;第四,你的屋里不用洒水,因为你常往地上吐痰;第五,你的衣服上不落灰尘,因为你时常用口噗噗地吹。"

采录者:阿不力孜·吐尔逊、阿吉·艾合买提、吾其库江·玉买尔等

翻译者:赵世杰

20世纪80年代采录于喀什地区各县市

# 艾沙木·库尔班的故事（维吾尔族）

## 惭愧

一个青年琴手，在艾沙木·库尔班面前嘲讽一位享有盛名的弹布尔大师。他说："哼，他算什么弹布尔琴手！昨天的婚礼晚会上，我演奏了一曲弹布尔，琴声悠扬悦耳，情意缠绵，他越听越惭愧，没等我弹奏完，就悄悄从客厅溜了出去。你看见了没有？"

"看见了，"艾沙木眉毛一挑说，"当你胡乱拨弄弹布尔琴弦时，我发觉走出去的不止他一人，很多人都为你感到惭愧，默默地走出去了。"

## 天堂和地狱

有人逗趣艾沙木说："艾沙木，你死了以后，愿上天堂，还是愿入地狱？"

"我是个手头很困难的人，时常缺这少那。因此，夏季里我愿上天堂——因为天堂里清爽凉快；冬季里我愿去地狱——因为人们都说地狱里有火坑。"艾沙木说。

## 您不是说过

艾沙木小的时候,一天,妈妈带他去亲戚家参加婚礼。

艾沙木一看餐单上摆满了各种各样好吃的食品,指着糖嚷嚷道:"妈妈,我想吃糖哩,给我拿块糖。"

妈妈为了自己的体面,假装没有听见似的,不露声色地跟身旁的妇女们寒暄起来:"我这娃娃可乖啦,家中箱里装满了糖,我给他吃他也不拿。"

艾沙木立刻岔开妈妈的话,说:"妈啊,在家里我向您要糖时,您不是说过嘛,到了亲戚家咱们就可以随便吃糖了。"

## 驴子骑人

艾沙木蹬着自行车,在一条狭窄的街道上急匆匆地行驶。突然,他见一个人骑着毛驴在前面走着,当即按了按车铃。那人装着没听见,未加理睬。

艾沙木很恼火,不停地按着车铃。过了好一会儿,那人转过身子嘲讽道:"乖乖,您咋对驴子也按铃子?"

"啊呀,请原谅,是我闹错了!我还以为人骑着驴子,原来驴子骑着人哪。"艾沙木骑车从那人身边一擦而过。

## 要是再睡一会儿

一天,艾沙木跟一位小伙去大河游泳。来到河岸上,小伙神气十足地夸耀说："我的游泳技术竟然是如此高妙。当我四肢疲累时，可以仰卧在水面上，安安适适地睡大觉！假使你不相信，现在我就给你表演表演。"说着，脱光身上的衣服，"扑通"一声跳进水里。

小伙在水里拼命挣扎着，一会儿沉入水里，一会儿又漂出水面，湍急的河水将他冲向下游。艾沙木发觉事情不妙，立刻跃入河里，费尽九牛二虎之力，才把他拖到岸上。过了老一阵，被水淹得气息奄奄的小伙，神志才逐渐地清醒过来。

这时，艾沙木耸耸肩，严肃地说道："哎哟，你可着实睡得舒坦哪！要是再多睡一会儿，恐怕我再也叫不醒你啦。"

### 只有铃子不响

艾沙木来到市场，见几个人围着一辆自行车讨价还价。经纪人为了从中弄几个钱，滔滔不绝地夸耀破旧不堪的自行车如何如何好，想卖个大价钱。

这时，一位顾主摇了摇车铃，问车主："铃子咋不响？"

没等车主和经纪人开腔，艾沙木对买家说："大哥，铃子虽然不响，可其他部位不是都在咔嚓咔嚓地响吗？"

### 新屋上安装车轮

生产队召开社员大会，讨论规划居民点问题。

艾沙木第一个发言说："我建议今年为社员修盖的新屋，

统统装上车轮。"

"为什么？"主持会议的队长没听明白，问道，"艾沙木大叔，这有啥好处？"

"队长，它的好处是很明显的。"艾沙木坦率地说，"这几年建设居民点，队干部今年叫社员把新屋盖在这儿，来年又让修在那儿，着实折腾得社员够呛。假如今年盖的新屋安装上车轮，明年你们再让搬移时，各家各户把自己的房屋往那儿一推，不就得了吗。"

### 走到悬崖边上

艾沙木所在的生产队每年年终总结工作时，队长都这样检讨："乡亲们，我缺少智慧，笨头笨脑，没有好好参加劳动，犯了错误，走在悬崖边缘上，深感痛心！请乡亲们热情地帮助帮助我。"

队长这样连续检讨了三年。第四年年底，他又检讨道："乡亲们，由于我没有虚心听取大家的意见，辜负了你们的期望，不知不觉又走到了悬崖边上……"

没等队长检讨完，艾沙木打断他的话说："慢着，队长，我真不明白，以后你领导我们搞生产、改善社员生活呢，还是专门领导我们从悬崖边上拉你呢？"

# 霍加·纳斯尔的故事（哈萨克族）

## 做梦

有一年，是个灾年。霍加·纳斯尔到一家简陋的毡房里做客。这座毡房里住着两个吝啬的亲兄弟。毡房中除了他俩，再没有旁人。当霍加纳斯尔走进毡房时，他们的锅里正煮着一只鹌鹑。

霍加·纳斯尔一来到，他们马上撤去了锅下的柴火，在锅架上挂上了一壶茶。

"你们干吗煮茶添麻烦呢？我们喝上一碗肉汤，让油花沾沾嘴唇，不就行了吗？"客人说。

"您先喝碗茶吧！锅里煮的只有一只鹌鹑，我和我弟弟两人打算睡觉时分别做个梦，第二天喝早茶时，各自把梦讲述一遍，我俩谁的梦好，这只鹌鹑就归谁吃！"哥哥说。

"这么说，我也需要做梦吗？"霍加·纳斯尔问道。

"当然，您同样需要做梦。假如您的梦比我们两人的梦都好的话，鹌鹑就归您吃！怎么样？现在请喝茶吧！"两兄弟中的大哥说。

就这样，霍加·纳斯尔在这一对吝啬兄弟的捉弄下，肚子仍然瘪着就躺下了。

第二天清晨,当他们起床穿衣服的时候,霍加·纳斯尔便先问起大哥夜里所做的梦来。

大哥说道:"哎呀呀!霍加坎[1],您猜怎么样?我梦见我和妻子及两个孩子全都披绸穿缎,骑着神鸟,在辽阔的蓝天里自由翱翔,穿过一团团的白云,向天空中最美的太阳和月亮飞去。那里应有尽有,地上遍布着财宝,可是,我连看都不看一眼。天空中星星眨着眼睛,感到十分惊奇。我们越飞越高,星星都簇拥在我们周围。"

"那么,你又做了什么样的梦呢?"哥哥的话音刚落,霍加·纳斯尔便问弟弟道。

弟弟马上接着说开了:"我哥哥在天空飞翔的情景,我也在梦中见到了。但是,我的梦更奇特。我一下子娶了三个老婆,又生下了十三个孩子。我们全家想吃什么便有什么,过上了非常富裕的生活。我又被百姓们推选为可汗。一天,我们坐上了轿子,来到了海边。然后,又坐上船,在无边无际的大海里游玩、散心。世上的百姓全都惊异地望着我们。可是,我们连看也不看他们。"

这时,霍加·纳斯尔说道:"嗬,嗬,你们两个的梦都很有趣。我在梦中一直看着你们俩干这又干那,我自己却一直没有做梦的机会。然而,我想,你们两个都过上了这样幸福、豪华的生活,一个在天上飞,一个在海里游,对你们说来,这口黑锅中煮的这只又小又不好的鹌鹑,还有什么用呢?于是,我

---

[1] 霍加坎:霍加·纳斯尔的昵称。

半夜爬起来,把它吃了!"

两兄弟目瞪口呆,把锅盖掀起一看,肉没有了,正像霍加·纳斯丁说的那样,早已被他吃到肚子里去了。

## 谁比可汗的力量大

一天,可汗问霍加·纳斯尔:"在世界上还有比可汗的力量再大的人吗?"

霍加·纳斯尔说:"有。"

"是谁?"

"种庄稼的。"

"种庄稼的有什么力量?"

"种粮食呀!庄稼人要是不给你粮食吃,可汗的力量从哪里来呢?"

## 吝啬的巴依养瘦狗

有一个吝啬的巴依,一天,他把霍加·纳斯尔找来说:"喂!霍加,我听人们说你是一个好猎手,请你给我找一条机警的瘦猎狗来。"

一星期之后,霍加·纳斯尔给这个吝啬的巴依牵来一条像毛驴一样肥大的狗。巴依生气地说:"这样肥的狗能打猎吗?"

霍加·纳斯尔说:"别生气呀,巴依!这样肥的狗要让您养,我保证不过一个星期就会变瘦的。"

## 假证人的回答

霍加·纳斯尔的邻居无故诬赖人家借了他的小麦没还,要和人家去打官司,并拉着霍加·纳斯尔去做证人。

审判的喀孜问霍加·纳斯尔:"你的邻居借给这个人小麦的时候,是你亲眼看见的吗?"

霍加·纳斯尔说:"当然了!大人,我亲眼看见过我的邻居借给这个人大麦。"

这时,霍加·纳斯尔的邻居在旁边很圆滑地说:"不!霍加,你忘了,我借给他的是小麦。"

霍加·纳斯尔说:"唉!管它小麦、大麦呢?反正我是假证人。"

## 饭的味道和钱的声音

有一天,霍加·纳斯尔在路上散步,听见路旁饭馆里闹哄哄的。他好奇地走进去一看,肥胖的掌柜正在打一个穷汉,穷汉的衣服都被撕破了,可是凶狠的胖掌柜还是边打边骂。

霍加·纳斯尔赶紧过来给他们劝架,把可怜的穷汉拉到一旁,向掌柜的问道:"你为什么打他?"胖子气呼呼地说:"这个穷家伙不给钱就想跑,所以我才打他。"

霍加·纳斯尔又问:"他都吃你什么了?该给你多少钱?"掌柜的理直气壮地说:"他进了饭馆以后,掏出一块馕来,坐了很长的时间也不吃,一直坐到厨房的香味儿渗到他那块馕里以后，他才吃。当然他得给我钱了，我那饭菜的香味又不是白来的。"

霍加·纳斯尔说："对呀！你有理。"然后回头问穷汉，"你说说你的理由吧！"

穷汉说："我上他饭馆里来是真的，坐在门槛上吃馕也是真的。我来的时候本想吃点菜，但他这儿的菜太贵了，我的钱不够，想等点剩菜。哪知道这个不知道可怜穷人的老爷，什么也没给我，我只好吃了自己的馕。您想想就这样他应该找我要钱吗？"

霍加·纳斯尔点了点头说："你说得也对，可是你有钱吗？"穷汉说："我只有两三个小钱。"胖掌柜在旁边跟着就说："少点儿也行，给我吧！要不你就甭想走！"说着就伸着手要钱。霍加·纳斯尔说："掌柜的，你先别着急，你先到那边等等再来。"

胖子走了以后，霍加·纳斯尔和穷汉说了几句话，要过钱来，两手握着钱喊道："掌柜的，请过来吧。"爱钱如命的胖子以为会给他很多钱，就很高兴地跑过去，对霍加纳斯尔说："谢谢您，谢谢您。"

霍加·纳斯尔双手拿着钱，在他耳朵旁边使劲摇了几下以后，把钱又交给穷汉说："你也再等一会儿走。"胖掌柜的在旁边急得直冒汗，嚷了起来："你这是干什么？凭什么不给我钱？"

霍加·纳斯尔不慌不忙地说："我是喜欢做公道事儿的人，他不是没吃你的东西吗？只是闻了闻你的饭菜味儿吗？可是你也听了他的钱的声音了。你们这叫两够本，你那点饭菜的味儿也就值听听这几个钱的声音,你还想干什么?"

胖掌柜气得没话可说,愣住了。那穷汉感激地紧紧握着霍加·纳斯尔的手,和他一起走了。

## 霍加·纳斯尔和可汗

有一天,霍加·纳斯尔和一个财主吵了架,两个人纠缠不清,便扭到可汗那里去,请可汗审判这场官司。

霍加·纳斯尔早已料到财主将要给可汗行贿,可汗会替财主说话。于是他便暗暗在怀里揣了一块大石头前去见可汗。

当可汗听毕双方的理由,准备宣布判决时,霍加·纳斯尔连忙咳嗽了一声。可汗望了望他,霍加·纳斯尔又用拳头指指怀抱,可汗见他衣襟里鼓鼓囊囊的,以为是给他带来的金银,喜出望外,心想:霍加·纳斯尔一定是向我在示意说,你要是替我说话,我就把这些黄金都给你。于是,他很严肃地宣布霍加·纳斯尔无罪。财主对这个判决很不满意,便生气地走了。

财主走了以后,可汗嬉皮笑脸地把霍加·纳斯尔叫到跟前说:"霍加大哥,我叫财主在你面前低头认输了,你对我很满意吧!现在该把你怀里的金子给我了。"

"可汗,我并没给你带来什么金子银子,我怀里装的是块石头。"霍加·纳斯尔说着,就把怀里的石头往可汗的面前一扔。

"那么,我刚才审判你们的案件时,你用拳头指怀抱,又向我挤眉弄眼,是什么意思?"可汗失意地问。

霍加·纳斯尔不慌不忙地答道:"哎!可汗,我用拳头向怀抱示意是说：可汗，你要公道一点，不然，我就用这块石头砸死你。"

可汗无言对答，只得放他回去。

讲述者：艾尼瓦尔别克
采录者：黑纳什坎·卡木扎、尤素夫·赫捷耶夫、朱曼·阿布什等
翻译者：常世杰、李增祥、姚成勋等
20世纪80年代采录于伊犁哈萨克自治州各地

# 阿勒达尔·阔赛的故事（哈萨克族）

## 巧夺宝马

阿勒达尔·阔赛离开了家乡，徒步到远方去游历。有水的地方他白天走，无水的荒原夜里过。累了就到种田人的村庄，或者到巴依牧工的游落[1]去投宿。走了一月又一月。有一天，他住在一个牧羊人的家里，附近牧驼人的儿子急匆匆跑了进来告诉大家：

"奇海巴依养的那个狠毒的强盗牵着一匹儿马到奇海巴依小老婆的毡房里来了。那马浑身上下的毛像缎子一样光溜，马鬃、马尾赛水獭，牙齿像珍珠，眼睛亮得像明星。人都说这马小跑追飞鸟，大跑赛疾风，可是个宝马。奇海巴依想要配出好马驹，叫贼从远处替他偷的。他怕路上的尘土落到马身上，吩咐用绸子做马被，给马披上，又用丝线绾了笼头把他牵了来。我爸爸见了这匹马，说真是应该传种的好种马。可是奇海巴依怕别人知道了来留种，要把它赶到人们到不了的深山里去，这宝马该绝种了！"

"可不是，要能配出好马驹来该多好啊！"牧工们只是叹息。

---

[1] 游落：游牧民族的流动居民点，最小的不过一两顶毡房。

阿勒达尔·阔赛说："这有什么难的！我去从强盗手里把宝马弄过来，叫你们都有个好马驹。"

屋里的人你一言我一语地说开了："小伙子啊，那家伙心狠手辣、老奸巨猾，可不是好对付的。"

"奇海巴依自己舍不得穿的衣服给他穿，自己舍不得骑的好马让他骑。这样的大盗能让你得手？"

阿勒达尔·阔赛问："那贼什么时候动身？走哪条路？"

"明天一早穿过橡树林到奇海巴依的家里。"

"那我今天就动身。"阿勒达尔·阔赛说完就走了。他沿着橡树林中间的羊肠小道，来到一个拐弯处静静地等着。

日头一竿高的时候，贼进了树林。他在奇海巴依小老婆的毡房里喝了一夜马奶酒，没顾得上睡一会儿，这会儿天一热，他瞌睡上来了，在马背上打起盹来。阿勒达尔·阔赛等的就是这个时机。强盗刚一过来，阿勒达尔·阔赛顺手一把就把牵在他后头的那匹宝马的笼头扒了下来，把马牵进路旁树木浓密的地方拴起来，然后，他揭下马被，披在自己身上，抓起一把青泥抹在自己脸上，再把马笼头套在自己头上，任凭强盗牵着走。

走出一段路以后，阿勒达尔·阔赛猛然停住不走了。骑在马上打盹的贼睁眼看到他的模样，魂都吓飞了。哪儿来的这么个怪物，自己还以为牵着马呢。强盗扔下缰绳，狠抽自己骑的马，没命地跑了。

"嘿！你把我当儿马吗？可别把我扔到这死树林子啊！"阿勒达尔·阔赛呼扇着身上的马被，追出去老远。

"怪物快走！"强盗嘴里嚷着，只顾没命地跑，一口气跑到奇海巴依家，讲了路上的遭遇。奇海巴依一听，夺了他的马，扒了他的大衣，把他狠揍一顿，赶出了毡房。

阿勒达尔·阔赛呢？骑着马回到游落，穷人家把骡马都赶来放进了宝马的小群里。哈萨克的良种大宛马就是从这儿传下来的。

## 阿勒达尔·阔赛赢了国王六千金币

从前有一个国王，对百姓非常刻薄。他绞尽脑汁，寻思了十年，挖空心思，筹算了三十年，发明了一个掠夺百姓的新花招。他派人对他统治下的臣民传下旨意：

"不管是谁，只要他说谎能把我说得信服了，我就给他六千金币。是巴依的，我封他做省城的伯克，任凭他从四十个公主里面选一个他最喜欢的做妻子，还赐给他一只翅膀嵌满珠宝、红宝石做嘴巴、绿翡翠做尾巴的金鸟。假如骗不了我，有钱人，我要剥夺他的全部财产，穷人，我要他的命。"

百姓们听到国王的旨意，纷纷议论道："俗话说，'无聊的国王揉搓衣襟。'这回，国王又玩出新招数来了。要说那只金鸟，那还是老国王攻打七个小国，用抢来的珠宝打制成的。而今，谁要是能把咱们国王骗得晕头转向，这只金鸟就归谁了。看来，总会有那么一个人把它弄到手的。不是巴依，就是伯克，要么就是商人或者头目，因为这些人都是靠说谎过日子的。至于咱们，一辈子靠卖力气给一家老小挣饭吃，我们把命交给国王,全家人只有饿死了。金币啊,金鸟啊,与我们什么事?"穷人们没一个到国王那儿去的。

巴依和伯克们,想金子想得心焦,盼官位盼得眼红,听说有这么个升官发财的好机会,都想施展一番骗人的本领。他们一个个来到王宫,变着花样编开谎来了。

他们从古代的故事传说里偷来塔孜夏的四十个谎话,裁裁剪剪,拼凑出一篇谎话,唯恐国王的奖赏先被别人夺了去。国王闭着眼睛,等来人把话说完,才把眼睛睁开问道:"讲完了吗?你还有什么说的吗?"

"讲完了,陛下……"

国王说:"好极了……就这个还算得上谎话吗?没降生以前,谁没给自己的老祖宗放过马?就在昨天我还骑着甲虫,捉了九只兔子,用老鼠胡子捻成绳子,把兔子拴在狐狸背上,捎回我家。……这类谎话你还是拿回家哄孩子去吧;来呀,卫士们!把这个人的财产全部充公,锁进国库!"

什么"骑着灰马飞上蓝天的人们"啦,"到天堂去摘来果子的人们"啦,全是些陈词滥调,算不成谎话,骗不了国王。结果来讲这类"谎话"的人,家产都被国王剥夺了,国王的金库都快涨破了。

这时,阿勒达尔·阔赛到王宫来了。他胳肢窝夹着一个杂色的粗毛大口袋,看来大得足能装进一个骑马的人。

"国王陛下,我有话要禀明陛下。"

"你是想要我相信你的谎话,好拿金子吗?"

"不是的,陛下,我一辈子就没编过谎,连真话我还记不完呢。我住在那边大平原上，我父亲的名字叫阿勒旦，我自己叫阿勒达尔·阔赛，是个老老实实的百姓。我来找您是有件小事。我先请问，您是昂拉马斯汗的儿子阿拉帕尔汗吗？"

"你说得正对。"

"那么请您听着，是这么回事：当年您父王昂拉马斯汗骑着白马在各处浪游的时候，有一次迷了路，到了我们家。我父亲热情地款待了他。临走时，他指着我对我父亲说：'等我儿子阿拉帕尔继承了我的王位，传旨说，谁要能让他相信自己的谎话，他就给谁金子的时候，你就让这孩子到王宫里去拿金子。'说完，您父亲就用这条口袋装满金子拿走了。"

阿勒达尔·阔赛说着把叠成八层的大口袋打开，撑开口，给国王看："陛下，您要说我讲的是'谎话'，您就把您许下的东西给我，您要说是'真话'，您就用这只口袋给我装满金子。"一边说，阿勒达尔·阔赛一边立起身来，撑着两角，把口袋抖开。

国王一看就害怕了，即使把他祖宗八辈的尸骨都搬来，也填不满那个大口袋。没办法，只好把他答应要给的东西给了阿勒达尔·阔赛。阿勒达尔·阔赛没要那个官位，拿着六千金币和那只金鸟回自己村去了。

### 到财主家里做客

很久以前，我们哈萨克有这么一个人，他的名字叫阿勒达尔·阔赛[1]。这个人聪明机智,最凶恶的毒蛇也伤不着他,最狡猾的狐狸也骗不了他。

那时候,有一个非常吝啬的财主,名叫拜尔买斯巴依。他的牛羊多得数不清,他的财宝多得没处放。可是,他像一只"铁公鸡"——一毛不拔;别人和他交往,不但占不到他半个小钱的便宜,还少不了要吃点亏。因此,人们在表示自己肚子饿的时候,往往说这样一句反话:"我的肚子饱得像在拜尔买斯巴依家做客一样!"

一天,阿勒达尔·阔赛想到拜尔买斯巴依家里去做客。人们听到了,都笑着说:"阔赛,小心点,别把你的肚子撑破啦!"

"走着瞧吧!"阿勒达尔·阔赛挤挤眼睛说,"我反正不会饿着肚子回来的。"

阿勒达尔·阔赛骑上自己的白鼻梁马,朝着拜尔买斯巴依家走去。他愉快地唱着歌,想着要逗一逗这个吝啬的财主。当他来到拜尔买斯巴依的帐篷前面的时候,便轻轻地下了马,踮着脚尖走近帐篷,从帐篷缝儿里向里一看,见拜尔买斯巴依正蹲在火炉旁边切马肠子,他的老婆在揉面,姑娘在拔鸡毛,仆人在烤羊头。阿勒达尔·阔赛咳嗽了一声,笑着走进帐篷去。一听见咳嗽声,主人忙忙乱乱,就把正在干的活儿都收拾了。

拜尔买斯巴依让阿勒达尔·阔赛坐下,便假装殷勤地闲扯起来:"亲爱的客人!你到我家来,我感到很高兴。可有什么

---

[1] 阔赛:意为"没胡子的男人"。

新鲜事儿谈谈吗？"

"世界上的新鲜事儿可多啦！"阿勒达尔·阔赛微笑着答道，"让我讲亲眼见到的呢，还是讲听到的呢？"

"听到的也许不真实，还是讲讲看到的吧。"拜尔买斯巴依说。

"好，让我讲讲今天最后看到的新鲜事儿吧！在我走向你们这儿的路上，遇到了一条很大很大的蛇。这条蛇，它足有你座下的马肠子那么粗；我用像你仆人烤炙的羊头那么大一块石头，打了它一下；它就像你老婆背后的面团一样缩成一堆！亲爱的主人！我若说了一句谎，就让我像你姑娘裙子下边的鸡儿一样，被开剥肚子！"

"嗬，真是新鲜事儿！"拜尔买斯巴依摇了摇头说。他实在不乐意招待这个客人，但是，既然自己正在准备的食物，全让阔赛瞧见而又说出来了，按照哈萨克的习惯，也就只好拿出来叫他吃了。

阿勒达尔·阔赛美美吃了财主一顿。财主心里很不高兴，便和老婆悄悄商量：等到半夜里，想法把阿勒达尔·阔赛的马杀了。可是，阿勒达尔·阔赛早都随时留心着财主的行动。他们偷偷商量的时候，全叫阿勒达尔·阔赛听到了。天一黑，阔赛先暗暗走到外边去，把自己的马的白鼻梁用泥涂掉，又用白粉给财主的马画了个白鼻梁。然后，回到帐篷里安安稳稳睡去了。

半夜里，拜尔买斯巴依摇醒了阿勒达尔·阔赛，大惊小怪地说："喂，客人！你的马得了重病，正在瑟瑟发抖，怎么办呢？"

阿勒达尔·阔赛起也不起来，随口回答说："宰了它吧，好让我们吃肉！"

拜尔买斯巴依心里说："这回该你倒霉，可怪不着我啊！"便在黑地里找着白鼻梁马杀了，剥了皮，打发老婆把马肉煮了一大锅。当肉煮熟了的时候，阿勒达尔·阔赛起了床，大块吃着熟肉，大碗喝着肥汤，又美美饱餐了一顿。

第二天，拜尔买斯巴依知道了杀死的是自己的马，又气又羞，有苦说不出，只好呆瞪着两眼，瞅着阿勒达尔·阔赛大摇大摆地骑着马回家去了。

## 骑魔鬼

一次，阿勒达尔·阔赛出外去旅行。路上，碰到了一个魔鬼。魔鬼要求和阿勒达尔·阔赛结伴同行，阿勒达尔·阔赛答应了，于是，他们两个便在漫长的旅途上跋涉着。走了很久，都感觉疲乏了，魔鬼心生一计，想要占一点阿勒达尔·阔赛的便宜。

"朋友！"魔鬼说，"我们两个都这样千里步行，实在没啥意思。咱们何不轮流着一个骑一个走呢？"

"好得很！好得很！"阿勒达尔·阔赛满口赞成说，"但是，到底谁先骑呢？这还需要我们商量一下。"

魔鬼想了想，说："这样办吧——哈萨克人有个习俗，对年长者应该尊重；咱们说说谁的年纪大，就让谁先骑好了。"

"好办法!"阿勒达尔·阔赛说,"那么,请你先说说你的年纪有多大吧!"

魔鬼得意扬扬地念道:

> 当我出生的时候,
> 我就观察了宇宙,
> 那时候的大地呵,
> 不大不小,恰像我一只手!

听魔鬼这么说,阿勒达尔·阔赛忽然呜呜咽咽哭起来了。

魔鬼惊异地问道:"喂!你这是干什么?莫非因为轮到我先要骑,你就发愁了吗?"阿勒达尔·阔赛摇着头,越发哭得凄惨。

"究竟为了什么?你说呀!"魔鬼恳求道。

"唉!"阿勒达尔·阔赛叹口气说,"当你一提到你出生的时间,就使我回忆起自己过去的悲痛:

> 当你出生的时候,
> 有一个盛大的婚礼宴会,
> 我骑着马去参加,
> 不料我小儿子就在那时死去!

说着,他摇头皱眉,显出非常难受的样子。魔鬼安慰他说道:"既然这样,就请骑到我的脖子上吧!你的苦楚也够大的了。"

阿勒达尔·阔赛跳起来，骑到魔鬼脖子上，说："亲爱的伙伴！你很尊敬老人，那么，快走吧！"

魔鬼问道："你骑多久呢？"

"我唱一支歌子，直骑到这歌唱完了为止。"说着，阿勒达尔·阔赛便"阿罗来！阿罗来……"地唱了起来。

这样走了很久，魔鬼实在疲乏极了，问道："你这'阿罗来'啥时候才唱完呢？"

"'阿罗来'还没有唱完，就是唱完了，还要接着唱'阿里牙达'呢！"阿勒达尔·阔赛回答。

阿勒达尔·阔赛的"阿罗来"唱个没完没了，魔鬼累得要死。后来，他想了个摆脱阿勒达尔·阔赛的办法。在一个地方休息的时候，魔鬼问道："世界上每个人都有他自己最害怕的东西。亲爱的伙伴，请你告诉我，你最最害怕的东西是什么？"

阿勒达尔·阔赛回答说："嗬！那莫过于煮熟的马肠子和带酒味儿的酸奶子了。"

等阿勒达尔·阔赛睡着了以后，魔鬼跑到一个地方，找来了马肠子和酸奶子，放在阿勒达尔·阔赛的身旁。他想，阿勒达尔·阔赛醒来时，一看见这东西，吓得不跑才怪呢！

第二天，阿勒达尔·阔赛醒来了。他看见面前现成的马肠子、酸奶子，没有吭声，抓过来又吃又喝，吃了个饱。

魔鬼奇怪地问："你不是很害怕这两样东西吗？"

阿勒达尔·阔赛打着饱嗝，回答说："正因为我非常害怕，就赶快把它们咬碎嚼烂，吞下肚里去，这样就比较安全了。好，咱们上路吧！"

阿勒达尔·阔赛又骑到魔鬼脖子上，口里不住地唱着"阿罗来""阿里牙达"，欣赏着一路美丽的自然风光。他觉得他这次长途旅行，实在快乐极了。

### 母马掉驹

很久以前，阿尔卡山的旁边有一个城市，城市里住着一个狡猾的毕[1]，他统治着城市，还统辖着山里的哈萨克人。人们谁也不敢违抗他，否则就要受到严酷的处罚。

一天，毕的一只母马掉了马驹。毕说："这是由于山上的儿马嘶叫，才使它掉驹的。"于是派人去告诉山里的人，叫他们赔偿。

山里昏庸的官员听到了这个消息，忙成了一团，赶快去查问谁家的儿马叫过，好叫谁家去赔。这时，阿勒达尔·阔赛来了。他对官员说："这件事你们派我同他讲理去吧！不过你们要借给我一头公牛和一支枪。我骑在公牛背上，手里还要抱着一只山羊。"官员们虽不知道他葫芦里卖的什么药，还是把这些东西给他准备好，派他到城里去了。

阿勒达尔·阔赛直接来见毕。毕问道："你们的官员和毛拉呢？"阿勒达尔·阔赛说："你找我们的官员吗？他笨得像我骑的公牛一样。你找我们的毛拉吗？他懦弱得像我抱的山羊一样。你想说什么就对它们说吧！"说着，阿勒达尔·阔赛就

---

[1] 毕：旧时哈萨克族官员的名称。

朝着毕的狗开枪。

毕急忙说："你疯了吗？你为什么朝着我的狗开枪？"阿勒达尔·阔赛说："我们山里的羊被狼吃了，你的狗在城里为什么不叫？要这样的狗有什么用？干脆打死算了。"毕说："阿尔卡山离这里少说也有五十里路，你们的羊在山里被狼吃了，我的狗在城里怎么会知道？"阿勒达尔·阔赛说："那么我们的儿马在山里叫，你的母马怎么能听到呢？你的母马掉驹，又怎么能怨我们呢？"

这样一来，毕没话可说了。阿勒达尔·阔赛胜利地回到山里去了。

讲述者：俄布拉依木
采录者：师忠孝、魏泉鸣
翻译者：常世杰、郝关中、金炳喆等
20世纪80年代采录于伊犁哈萨克自治州各地

# 吉林谢的故事（哈萨克族）

## 木栅栏

一天，吉林谢和几个伙伴围坐在一棵大树下闲聊乘凉。可汗的小儿子一看吉林谢也坐在那里，就想借人多，好好奚落吉林谢一番。于是，他大摇大摆地来到树前，说："吉林谢，几天不见你又变了，你看你多像这棵老朽树呀，身躯干瘪，外表焦黑，没一点生气了。"

"哎，傻小子。"吉林谢和颜悦色地说，"你可不能拿这些树做比喻呀，要知道这些树是专供可汗做坟墓四周的栅栏用的。你看，"吉林谢指着几个露出地面的树墩子说："那棵你祖爷用了，那棵你爷用了，这棵是特意留给你用的。"

"那我父亲用哪棵呢？"

"你父亲上次来，他嫌这棵树太湿，怕挨冻，他要找个热一点的地方去。"

"那什么地方热，我也去。"

"火狱里不就很热吗？"

## 洗牛肠

吉林谢有个漂亮的妻子。汗王总想霸占她。当一个个阴谋被挫败后，他仍不死心。一天，他又召来大臣，为他出谋划策。

此时，一个大臣说："陛下，我看给吉林谢四十头犍牛，让他宰了后，给我们交四十副干净的肠子来，但不准用水洗；要是肠子里有一点杂物，我们就把他处死。"于是，汗王召来了吉林谢，给他交代了此事。

吉林谢回家后，把此事给妻子讲了。他妻子卡拉恰希安慰他说："别急，我自有办法对付。你先找上四十个屠夫，跟他们约好，请他们过几天帮咱们宰牛。另外，准备上两根结实的鞭子。其他的事你就别操心了。"

离规定的期限只剩六天了，整整有五天，卡拉恰希没有让这四十头犍牛吃一口草，喝一口水。到了第六天，当汗王前来察看时，她让两个强壮的小伙子，挥舞长鞭使劲抽打着牛群向山上跑去。当牛跑得筋疲力尽，一步也走不动时，四十个屠夫一拥而上，把牛全宰了。

几天没吃草、喝水的牛，肚里早就空空如洗了；即使有点杂物，在剧烈的奔跑中也给颠出来了。当吉林谢拿着干干净净的肠子来到汗王面前时，汗王一看就傻眼了。

## 活着进天堂

一天，可汗又和往常一样，在吉林谢面前口若悬河地炫耀起自己的宫殿来："吉林谢，听人说天堂里的宫殿和我的宫殿一样富丽堂皇、雄伟壮观。你看，我在这儿住久了，一旦到天堂里去，也不会感到陌生呀。"

"汗王陛下,人们都想到天堂去,那天堂究竟有多大,能容纳下那么多的人吗?"吉林谢问道。

"哎,像我们这样的人,上天早有安排,留着好地方呢。"

"陛下,要是比你大的可汗先去占了,你又到什么地方去呢?"

"这倒是个问题。"

"依鄙人之见,你还是早点去为好,免得将来争争吵吵的。"

"怎么个早去法呢?"

"你七天七夜不吃饭,不就能早去吗?"

"胡扯,七天不吃饭不就饿死了?"

"那你还想活着进天堂吗?"

可汗无言对答。只好悄悄地溜走了。

## 往下长

一天,矮墩墩的可汗腆着肚子去找吉林谢,说:"吉林谢,人从娘肚里生出来后都是往上长的。你看我那小儿子今年才十二岁,长得竟比我高半个头,而我怎么老往下长呢?"

"陛下,因为你吃的苛捐杂税太多了,所以,你的肚子总是鼓鼓囊囊的,老拽着你往下长哩。"

"那么请你想个办法,别再让我往下长好吗?"

"陛下,请你不必为此发愁,这对你来说正是一件好事!"

"这话怎讲?"

"陛下,越往下长,不就离坟墓越近了吗?"

讲述者：艾尼瓦尔别克
采录者：胡尔满哈吉
翻译者：马雄福
1985年采录于塔城地区沙湾

# 阿尔嘎其的故事（蒙古族）

## 阿尔嘎其与小偷

有一天夜里，阿尔嘎其到外面去方便时，发现有个小偷，偷了他的邻居家的东西，正要背着往外走。他悄悄地走到那小偷旁边，对他说："你得把人家的门关好，不然的话，还会有人来学着你偷这一家东西的。"

小偷听了，吓得扔下东西就慌慌张张地逃跑了。

那小偷没能偷成东西，非常记恨阿尔嘎其。有一天，趁阿尔嘎其不在家，摸进他的家里，偷了他家的东西，背着往回走。阿尔嘎其回到家一看，就知道是什么人干的。于是，他从家里把小偷偷剩下的东西背上，赶紧从小偷后面追了过去。追上小偷后，对他说："谢谢你，你为我搬家背东西很辛苦，不过你用不着再去了，剩下的东西我都背回来了。"

"大哥，我错了！你真不愧是阿尔嘎其，我再也不敢偷你的东西了，你饶了我吧！"小偷急忙磕头求饶。

从那以后，那小偷再也没敢靠近阿尔嘎其。

采录者：莫·加勒斯来
翻译者：乌恩奇

## 跟王爷换袍子

阿尔嘎其经常找机会整治那些欺压老百姓的王公贵族和财主。因此他们特别仇恨他，总想找个机会报复他。有一天，他们抓住了阿尔嘎其，脱掉他的皮衣后，把他关进了一间冰冷的房间里。

寒冬腊月，阿尔嘎其只穿着一件单袍子，被关在这间冰冷的房间，冷得他直发抖。照这样下去，非冻死不可，他得想个办法救自己的命。突然，他看到墙角有块大石头，于是，就抱起那石头，在房间里来回跑步。就这样，他跑一阵，歇一阵，一直到天亮。

第二天早上，王爷开门进来一看，阿尔嘎其不但没被冻死，而且还满头大汗地坐在那里，用自己的袍子扇风纳凉。王爷非常吃惊，问他怎么会是这样。

阿尔嘎其回答说："禀报尊贵的王爷，我这件袍子是会发热的神衣。只要穿上它，再冷的天气都不害怕。"

贪婪的王爷，很羡慕阿尔嘎其的这件"神衣"，想用自己的缎袍，换他的袍子。阿尔嘎其先是不答应，经王爷再三请求，他便答应了。穿上阿尔嘎其的袍子后，王爷说："今晚，我要试一下你这件神衣的魔力，你把我关在这儿，明天早晨再过来看。"

第二天早上阿尔嘎其过来时，王爷早已冻成了一块冰疙瘩。

采录者：布·苏克巴特尔
翻译者：乌恩奇

## 驳倒财主

有个贪心的财主，经常讹诈别人，敛取钱财。有一天，他骑着马进城去，走到一片榆树林。突然，有一只乌鸦从树上飞起，财主骑的马受惊跳了起来，把财主摔倒在地，使他臀部受了伤。

这时，阿尔嘎其恰好路过这里，财主见了他，就向他哭喊着诉苦道："我路过这片榆树林，树上落脚的乌鸦突然飞起，使我骑的马受惊，把我摔倒在地，我就受伤了。这都怪种这些树的人，他们就是让我受伤的罪人。他们如果没有种这些树的话，乌鸦会在树上落脚吗？乌鸦没有飞起的话，我的马能受惊吗？我的马没有受惊的话，我会摔下来吗？我没有摔下来的话，能这样受伤吗？所以种这些树的人，得给我赔一笔钱！"

阿尔嘎其早就看出了财主的鬼把戏，他是又想借机讹诈人，于是，走上前去，对他说："财主老爷，你说错了。如果你没从这树林中路过的话，乌鸦能起飞吗？乌鸦没起飞的话，你的马会受惊吗？你的马没受惊的话，你能摔下来吗？你没摔下来的话，能受伤吗？所以呀，归根结底，这都是你自己找的。"

财主听他这么一说，无话可说，知道这回是讹诈不成人了，只好一瘸一拐地走了。

采录者：斯·阿拉
翻译者：乌恩奇

## 给贝子老爷当厨师

有一天,阿尔嘎其骑着马,路过贝子老爷家附近。贝子老爷叫住他说:"今天,我家厨师有事外出,你会不会做饭?能不能给我当一天厨师?"

"行,块块儿肉的糜子粥,炖肉大米饭,我都拿手。"

阿尔嘎其走进贝子老爷家的厨房,把牛肉切成拳头大的块儿,炖在锅里,倒进了几碗糜子,等到快煮熟时,又倒了几碗大米。贝子老爷走进厨房,问他饭熟了没有。阿尔嘎其舀出一些糜子,让他尝。贝子老爷尝了尝说:"糜子粥熟了。"

"请稍等,还有。"阿尔嘎其又舀出了一些大米,让他尝。

他尝完后问:"糜子已经煮熟了,可是大米怎么还是硬硬的?"

"那就对了。春季,糜子和大米是要一前一后煮熟的。"

一辈子没有靠近过锅台,养尊处优的贝子老爷信以为真,回去继续等,大米将要煮熟时,阿尔嘎其又往锅里加了一碗糜子。过了一会儿,贝子老爷饿得受不了,跑过来问饭熟了没有,阿尔嘎其又让他尝了一些。老爷说:"刚才是糜子熟了,大米没熟,可现在是大米熟了,糜子没熟,这是怎么回事?"

"那就对了呀!糜子和大米正在锅里比赛呢。一会儿这一个占上风,一会儿又另一个占上风,互不相让啊。"

阿尔嘎其就这样把贝子老爷折腾了一整天,最后让他吃了一顿夹生饭,拉了一宿肚子。

采录者：阿·太白
翻译者：乌恩奇

## 洗雪罪名

有个可汗，他特别喜欢欣赏画，因此他不仅自己聘娶了画家夫人，而且让手下的五个大臣都娶了会画画的姑娘当了夫人。

有一次，可汗手下的五个大臣都有公事外出，他们的五个夫人闲得无聊，就在一起炫耀各自的见识多。

夫人甲吹嘘道："你们听说没有？我们的汗国里，有个叫阿尔嘎其的人，他不仅见多识广，聪明伶俐，而且长得也特别帅。"

"你只是听说呀？我还在一次婚宴上，亲眼见过他呢！"夫人乙吹得更胜一筹。

"咳！你只是见见而已，我还跟他坐在一起喝过酒，唱过歌。"夫人丙不甘落后，吹得更厉害。

"你们那些算什么！我在当姑娘的时候，跟他还是知心朋友呢。"夫人丁吹得胜过前三个夫人。

最后剩下的夫人明知自己吹不过她们几个，但又不甘心自己在她们面前显得没有见识，妒火中烧，就跑到可汗那里诬告说："你的一个大臣的老婆，趁自己的丈夫不在家，偷偷地把阿尔嘎其叫到家里，喝酒玩乐，最后还跟他睡在了一起。"

可汗听了非常生气，立刻把阿尔嘎其叫来问罪："吃了豹子胆的家伙，敢跟我的大臣的夫人偷情。"

"可汗大人，青天在上，别说跟您的大臣夫人偷情，我连她的面都没有见过一次。"阿尔嘎其如实回答。

可汗不信:"大胆奴才,你还敢隐瞒,那些大臣夫人都炫耀自己跟你喝过酒唱过歌,你还抵赖不成,来人!狠狠地抽他三七二十一皮鞭,看他招不招。"

"英明的可汗,请稍等片刻,我有个办法,很容易弄清这件事。"阿尔嘎其连忙请求道。

这时,坐在可汗旁边的可汗夫人对可汗说:"您先让他说说吧,咱看看他有什么办法可以洗清自己的罪名。"

"行,你说说怎样弄清这件事?"可汗答应了。

阿尔嘎其说:"我听说可汗夫人和您的大臣们的夫人,个个都是画画高手。我请求您让她们每人画一张我的相,如果她们见过我的话,会画得很像,如果没有见过我的话,肯定画不像。"

可汗觉得,这倒是个很高明的办法。于是,可汗把大臣们的夫人召集到一间屋里,问她们:"我的汗国里,有个叫阿尔嘎其的人,他非同一般,你们谁曾见过他?"

可汗夫人首先说见过,大臣夫人乙、丙、丁三人虽然不曾见过阿尔嘎其一面,但都在同伴面前吹嘘自己见过他,也只好硬着头皮说见过。可汗发给自己的夫人和众臣夫乙、丙、丁四人每人一块画板,让她们凭着记忆画出阿尔嘎其的长相。结果,除了可汗夫人以外,没有一个人画得像,这才真相大白。

这时,可汗夫人对可汗说:"可汗大人,今后您别听信这些无聊女人的话,她们是在闲得无聊乱嚼舌头,惹是生非。"

可汗一方面对那些无聊的女人生气,另一方面对自己不分青红皂白，错怪了阿尔嘎其而有些羞愧。他想出了一条既能惩罚那些招惹是非的夫人，又能挽回面子的办法，任命阿尔嘎其为汗府的内务管家，专管那些夫人，监督她们天天干活，免得她们无所事事，乱嚼舌头，惹是生非。

阿尔嘎其走马上任后，给她们每人发了一把大扫帚，整天打扫可汗宫殿里里外外。

从那以后，那些大臣们的夫人，再也没有时间嚼舌头了。

讲述者：土·贾木措
采录者：达·达瓦加甫
翻译者：乌恩奇

# 伊斯哈的故事（回族）

## 白虎入门

伊斯哈住的村上有个吝啬的地主，他从不请别人到他家做客，而是整天想着怎样能把佃户的粮食全部骗为己有。这些事，伊斯哈看在眼里，恨在心头，可是没办法整治地主。

有一天，伊斯哈路过地主庄园时，发现地主门前的鸡笼子里粪堆得特别高，鸡都抬不起头了，伊斯哈马上计上心来。第二天，他来到地主家对地主说："我的好掌柜，你们家要有灭门之灾啦！"地主一听，眼睛圆瞪，嘴里喷唾沫星子，手指着伊斯哈的鼻子骂道："放你娘的臭屁！"伊斯哈不但没生气，反而神秘地摆摆手，拉着地主的手说："掌柜子，别大声叫了，让白虎听着了就不好办了。"地主吃了一惊，不敢吭声了，伊斯哈又对着地主的耳朵小声说道："我的好掌柜，你们家的公鸡是不是几个月不叫鸣了？"地主一惊，忙回答："是呀。"

伊斯哈一看到了火候，对地主又说："掌柜子，我夜观东方，有白虎降到你们家了。"说完，伊斯哈手向后一背，迈着八字步出了门。

地主一听这话，吓出一身冷汗，一下愣在那儿，等他明白过来后，伊斯哈早已出了大门不见影子了。地主回到屋里一想："对呀，我们家的鸡好几个月不叫鸣，伊斯哈说他夜观东方,有白虎降到我们家了,又说我们家有灭门之灾,看来真有此事。"他越想越害怕,连夜来到伊斯哈家,一看伊斯哈坐在炕上正喝着茶。他上前一把拉着伊斯哈的手说:"我的好兄弟,看在我们多年住在一个村子的分上,你就救救我们全家老小的性命吧!"

伊斯哈喝了一口茶,慢声细气地说道:"我这一生,逢人就做好事。不过我不是看你的面子,而是今天不捉了这白虎,以后成了气候,把你全家吃光后,还会害众乡亲的。"

地主听后才放下心来,献媚地说:"是呀,谁不知你伊斯哈为大伙儿做了不少好事,别人不知,我是清楚的。"

第二天,地主把伊斯哈请到家里,命丫鬟摆席款待。地主问:"老兄捉白虎时需要带什么东西?""这白虎已经到你们家七七四十九天了,再有六天就成气候要吃人了。如果这次捉不成,神仙来了也降不住它,你得花血本。"地主听后更是毛骨悚然,吓得他全身冒冷汗,颤抖着说:"伊斯哈,我知道你的魔法无边,只要你能捉住它,我是不怕破财的。"

伊斯哈想狠狠整治一下这个地主,为乡亲们出出气,于是说道:"捉这只虎,除非你的黑儿马和白公牛不可。"地主听后好像剐他心头肉一样,倒吸了一口冷气,差一点晕了过去。伊斯哈识破了他的心事,说:"只因你的黑儿马全身没有一根杂毛,白公牛全身没有半根黑毛,才镇得住白虎,不然早就成精了,把你们全家人生吞活剥了。既然你舍不得,我也没办法。掌柜保重。"说完,他做着要走的样子。

地主一看伊斯哈要走,急忙拉着伊斯哈的袖口哀求道:

"舍得,舍得,只要你捉住白虎,你就是我们全家和全村人的大恩人呀。""那好,我现在就捉,你去找来十个十七八岁的棒小伙子,听我使唤。"地主一溜烟地出去请来了十个小伙子。

伊斯哈命十个小伙子把黑儿马和白公牛杀了,牛、马血溅在鸡圈上,又把牛、马肉分给全村人,给地主连一根牛马毛都没留下,又让地主杀了两只羯羊款待了众乡亲。天黑后,伊斯哈对地主说:"这只白虎厉害,你们全家都搬出去,不准任何人进院子,否则,虎出来伤害了人,我可不负责。"地主最迷信,赶快把全家搬了出去。半夜三更,伊斯哈在院中点了一堆火,把鸡粪掏出来撒在火堆上,烧得一干二净,又把鸡放进笼子里。

第二天,天刚亮,他把地主叫了回来。地主一进大门就听见公鸡在叫,高兴得赶快给伊斯哈深施一礼,道:"我的活神仙,你真是神通广大,手到妖除,我一辈子也忘不了你的救命之恩。"

伊斯哈扶起他说:"你不要感谢我,今后多行善,少作恶,你自然就会平安无事的。"

## 捉弄县官

伊斯哈看到有些坏人犯了法,只要送些钱财贿赂县府,就会被无罪释放。为此,他很气愤,想找机会捉弄一下县官。

这天,伊斯哈路过一个村庄,迎面碰上几个官差。官差不问青红皂白,就把他捆起来。伊斯哈问官差:你们为何抓我?官差回答说:"昨晚前面一家被盗,报案到县府,我们正好碰上你,准是你偷的。"说罢,揪着伊斯哈往衙门去。

在去衙门的路上,伊斯哈趁解手的空子拾了一块石头,用手帕包好掖在腰带里。到公堂见了县官,伊斯哈跪在县官面前大声喊道:"冤枉啊,我的老爷!我是路过了那里的,根本就没偷东西。"

县官一听是伊斯哈,不由得火冒三丈,一拍惊堂木,喝道:"伊斯哈,你多次戏弄本官,这次又在我面前胡说八道。"

伊斯哈说:"我实在冤枉!我伊斯哈是个良民,从不干违抗王法的事情,更不用说偷人东西了。"他边说边将腰带里的手帕掏出来,轻轻塞到公案桌下,放在县官的脚背上。

就在伊斯哈说话时,县官觉察到脚背上放了个沉甸甸的东西,心想,伊斯哈准定是偷了人家,所以才贿赂我。他用脚掂了掂脚背上的东西,足足有五十两重,心中说:"一定是元宝。"县官慢慢地把脚背上的那个包儿挪到了脚后,笑容满面地说:"是呀,谁不知你伊斯哈是个安分守己的人,肯定是抓错了人。老弟,你回去吧!"说完,下令把伊斯哈放了。

等公差们退堂后,县官拿着脚下用手帕包着的东西,高高兴兴地打开一看,里面竟包着一块石头!县官这才明白又受了伊斯哈的戏弄,气得暴跳如雷,喝令衙役马上抓回伊斯哈,衙役跑出大门去抓时,伊斯哈早走得无影无踪了。

## 借车轴

有一天,伊斯哈跟几个车夫赶着满载货物的大车,经过一个地主的庄园门口时,一辆大车因路不平将车轴颠断了。伊斯哈从地主家大门往里一看,见院内墙角正好立着一个车轴,就对大伙说:"咱们去借地主的车轴用一下。"车夫们说:"别想得太天真了,地主的本性你还不知道?他家的凉水都不肯给穷人喝一口,他还会借给你车轴!"

伊斯哈神秘地笑了笑,说:"我们去问一问,也许能借来。"大伙跟着伊斯哈正要走进大门,突然听到地主对他儿子说:"主麻,你去看看你妈的药吃过了没有?"伊斯哈听了这话,高兴地对大伙说:"有办法了,不但能将车轴要来,还能吃上肉。"

"你有什么办法?"大伙不相信地问道。

伊斯哈微微一笑说:"有办法,你们在门外躲藏起来,莫让地主看见。我一个人进去。"

车夫们听了他的话,在墙外等着。伊斯哈挺着胸走进了大门,见了地主,手向前胸一抚问了声好,说道:"我是专捉鬼降妖的施切子[1]。"

地主听后说:"先生,我家有鬼吗?你真能降妖捉鬼!"

伊斯哈一本正经地答道:"当然能捉鬼,我说说你听听,要是说对了,我给你捉鬼,要是说不对,你赶我出去。"地主眉开眼笑地表示同意。于是,伊斯哈说道:"车轴顶南墙,野鬼缠住了主麻的娘,要想捉走鬼,还得掌柜的领头大羯羊。"

地主吓得"唰"地变了脸色,说道:"先生,你真是魔

---

[1] 施切子:指有法术的人。

法无边，真的我儿叫主麻，是他娘病了，整天迷迷糊糊，口中乱说。先生你捉鬼要什么？它是怎么来的？"伊斯哈回答说："刚才我不是说过了吗？正因为你的车轴顶着南墙，日晒雨淋成了气候，招来了鬼。后来你又没有施舍，所以缠住了主麻他娘。只要把那只领头的大羯羊宰了，鬼就会走的，主麻他娘的病也就好了。"

地主立刻派长工抓来领头大羯羊宰了，把血洒在车轴上。伊斯哈把羊肉分成八大件，自己踩着车轴上到墙头，让地主一块一块地递给他。伊斯哈把羊肉交到墙外的车夫们手中，又对地主说："掌柜子，这车轴搁在你家里不吉利，你抬起来我扔出墙外去。"

地主只怕野鬼再来，赶忙把车轴递给伊斯哈。伊斯哈把车轴递给车夫们，说："野鬼，快点走！你们吃了羊肉又要车轴，要是掌柜子明白过来，会跟你们算账的！"车夫们带着羊肉，赶着大车走了。伊斯哈在墙头上一直看着车夫们走远了，才跳下墙头，大摇大摆地从大门走了出去。

地主听见门外有大车轱辘在响，以为鬼真的推着车轴走了，吓得三天没敢出门。

讲述者：袁忠孝
采录者：龚茂夫
1989年采录于米泉白杨河乡

## 到海底去赶羊

从前，有家财主，父子三人非常歹毒，整天生着法子害穷人。可他们又很愚蠢，到头来总是自己吃亏。他家有个长工叫伊斯哈，被他们逼急了，就同媳妇一起想了个办法，来对付财主和他的两个儿子。

有一天，伊斯哈在财主家假装和媳妇吵架。吵着吵着，伊斯哈举起棒子把媳妇打了几下，媳妇当即倒在地上，装着死去了。过一会儿，伊斯哈要叫媳妇干活，过去用棒子把媳妇拨拉了几下，媳妇就又活过来了。在一旁看热闹的财主见了很奇怪，就问这是咋回事。伊斯哈说："嘿，这你都不懂，我拿的是打死拨活棍。要她不听话，我就先把她打死。要用着她的时候，再用棍子把她拨活。"财主一听，便要伊斯哈把这棒子让给他，并答应多算几年工钱。

有一次，财主和自己的老婆吵架。吵着吵着，他拿起棒子，就朝老婆狠狠打，边打嘴里边说："我看你再顶嘴。"结果几棒就把老婆打死了。等财主气消了，想起让老婆泡茶了，就拿着棒子去拨拉，可拨过来拨拉过去，怎么也拨拉不活。这下财主可慌了，忙把两个儿子叫来，把打死拨活棍的事说了一遍。两个儿子一听父亲上当了，当即要去找伊斯哈算账。财主连忙把儿子拦住，说此事张扬出去丢人，他们便商量了一个整治伊斯哈的鬼点子。

有一天下午，他们将伊斯哈叫来，二话没说，就把他锁在了磨坊里。当时正是腊月天，他们想把伊斯哈冻死在磨坊里，然后人不知鬼不觉地拉出埋掉。伊斯哈被关在磨坊里冻得受不住，就推着磨转了一夜。快天亮时，财主的两个儿子以为伊斯哈冻死了，便前来收尸。打开门一看，伊斯哈非但没冻死，反而浑身直冒热气哩。财主的两个儿子惊呆了，就问伊斯哈："你咋这么热？"伊斯哈笑着说："嘿，你们不知道，我穿的是冬暖夏凉的宝背心。天越冷我越热，天越热我越凉。"财主的大儿子一听，眼珠转了两转，满脸堆笑地对伊斯哈说："你的这件宝背心能不能让给我。我给你钱，给你皮袄。"伊斯哈说："行是行，但有一个条件，我这宝背心第一次穿上，必须马上出去溜一趟，不然就要失灵。"财主大儿子一听很高兴，当即穿上背心，骑着马向山里奔去，结果被冻死在山里了。

财主得知大儿子被冻死在山里的消息，更是气得说不出话来。这时，他的二儿子对他说："我非要让伊斯哈知道我的厉害。"

有一次，财主的二儿子躲在门后，叫人把伊斯哈喊来。伊斯哈刚一进门，就当头挨了一棒，昏倒在地。财主的二儿子把伊斯哈装进口袋，准备扔进房后的河里。当他把伊斯哈拖到河边时，正好过来一些人，就没敢下手，放到草堆里准备天黑了再说。到了下午，伊斯哈慢慢地醒过来了。他听见不远处有吆喝羊群的声音，听声音像是财主的管家吴红眼。他就喊："吴红眼，吴红眼！"财主的管家听见有人喊，就走了过来。吴红眼走过来打开口袋一看是伊斯哈，觉得十分奇怪，便问："你钻进口袋里干啥？"伊斯哈说："嘿，你不知道，我的眼睛经常发红，神仙托梦叫我在这里捂红眼。你看，我现在已经捂好了。"吴红眼一听，忙说："我的眼睛也经常发红，咋看也看不好，叫我在这里捂一下吧。"伊斯哈说："行啊！你钻进口袋，我给你把口袋扎住，你在里面捂吧。不过，在没捂好之前，千万不能叫喊。有人动你也不要吭声，不然就捂不好了。"就这样，吴红眼被装进了口袋，伊斯哈赶着羊群就走了。到了晚上，财主的二儿子便把口袋扔进了河里。

过了几天，伊斯哈赶着羊群又来到财主家。财主和他的二儿子一见吓了一大跳，就问伊斯哈从哪里来？伊斯哈说："我从海底龙宫里来。龙王见我要招我当女婿，我没当。龙王的女儿长得实在太漂亮了，但我已经有家了，只好回绝了。龙王一听，便给我这些羊，叫我卖了好安顿媳妇。钱用光了，再去拿。"

财主的儿子一听，眼睛都红了。他想，这么美的事我要抢到他前头去，不然就来不及了。于是他跑到河边，一头扎了下去。

又过了几天，伊斯哈雇了一个赶车的，给车夫交代说："如果有人问你从哪里来，你就说从龙宫里来。"说完，就坐着马车来到财主家。伊斯哈进门就说："龙王让我来看你来了，还给我雇了马车。不信你去看。"财主跑出去一看，果然有一辆车。就问赶车的："这车从哪儿来？"赶车的回答说："从龙宫里来。"财主一听是真的，忙回去找伊斯哈。这时，伊斯哈趁财主不在，拿上了财主装金银的匣子从后门溜了出来，坐在车上对赶车的说："还不快走！你哄了财主，财主找了官兵要抓你的。"赶车的一听这话，连抽两鞭子马车飞快地跑走了。财主到处找不见伊斯哈，再一看，装金银的匣子也没有了，门口的马车也没有，这时，他才明白自己又上当了。他想到老婆、两个儿子和金银财宝，顿时白眼一翻，活活给气死了。

聪明的伊斯哈把得来的金银财宝全部分给了穷长工们，让大家都过上了好日子。

讲述者：马玉德 男 回族
采录者：海明义
1990年采录于昌吉呼图壁

## 伊斯麻智斗刘财主

从前，有个穷汉叫伊斯麻，双亲早亡，孤苦伶仃，靠上山打柴为生。每次，他把打完的柴火往驴背上一驮，斧头往鞍子上一别，自己先回来吃饭，驴随后慢慢就回来了。时间一长，便引起大家的注意。

一天，刘财主来到了伊斯麻的家，想看个究竟。伊斯麻在铡草，不一会儿，驴驮着两捆柴火回来了。刘财主问伊斯麻："你的驴真会自己砍柴、驮柴吗？"

伊斯麻说："那当然！我这是宝驴。"刘财主眼热地说："你这头驴卖给我行吗？"伊斯麻假装说："谁稀罕你的臭钱，多少钱我也不卖！"最后，刘财主给了五个大元宝，伊斯麻才勉强答应了。

刘财主将驴拉回家，也把斧头朝鞍子上一别，将驴赶出去驮柴火，谁知驴却端直跑回伊斯麻家去。伊斯麻赶紧把驴藏起来，用刘财主给的元宝，买回一匹瘦马。晚上，刘财主左等右等,不见驴驮柴返回,知道上了伊斯麻的当,连夜来逼伊斯麻归还五个元宝。

伊斯麻买回瘦马后,特意喂了豆瓣子,把马的四蹄子都撑硬了。然后,他在马的尿眼里塞了一根金条,屁股里塞了一块元宝,牵到刘财主面前喊道:"憋尕尕,憋尕尕!"刘财主瞪着眼珠子说:"啥叫憋尕尕,快还我元宝来。"伊斯麻说:"我的马会屙金尿银哩!"刘财主当然不信,非叫伊斯麻表演一下。伊斯麻拉着马转了一大圈,马一拉肚子,一个元宝憋出来了,再转一圈,一个金条尿出来了。刘财主看得眼热极了,当下就要买伊斯麻的宝马。伊斯麻说:"你那是死钱,我这是活钱,不卖!"刘财主吼道:"给你一千两银子,你卖就卖,不卖,我就把你拉到衙门坐笆篱子!"伊斯麻说:"好,卖给你,算我吃亏。"

刘财主很高兴,他想,今后我可是远近闻名的大财主啦!第二天,他在院子里铺了一个大花地毯,请来了许多贵客,想当众炫耀炫耀。客人们听说马能屙金尿银,觉得很稀奇,都想开开眼界。

刘财主叫把"憋尕尕"拉出来,使劲地转了几圈,由于马吃得太多太饱,肚子胀鼓鼓的,只听"扑哧"一声,马屁股冒出了稀尿,腥臭难闻,喷到许多人的脸上。客人们都捂着鼻子,咧着嘴跑了。刘财主才知上当,连嘴都气歪了。他立即叫人把伊斯麻给绑了起来,将伊斯麻痛打了一顿,关进了破磨坊,想活活把伊斯麻冻死。

此时,正值寒冬腊月,滴水成冰,伊斯麻只穿着一件破汗衫，冻得牙齿直打战，实在冷得没办法，他就推着磨跑了一晚上。这一来，伊斯麻热得浑身直冒汗。第二天天刚亮，刘财主心想：这下伊斯麻肯定冻硬了。他穿着狐皮褂子，带上狗腿子来到磨坊，打开门一看，咦，这家伙不但没冻死，还蹲在磨盘上扇凉呢！刘财主说："你为啥没冻死？"伊斯麻说："我穿的是冬暖夏凉的宝衣裳，能冻死我吗？"刘财主一听，眼睛又红了，赶紧把伊斯麻请到家里，好菜好饭招待了一番。刘财主说："好兄弟，你把这衣裳干脆卖给我吧。"伊斯麻说："这是我的命根子，你就是打死我我也不卖！"刘财主说："那么，把我的狐皮褂子也搭上吧。"伊斯麻无可奈何地说："那好吧，要换就换死，不能反悔。"

刘财主穿上伊斯麻的破衣服，当晚就叫儿子把自己锁在磨坊里，亲自试试宝衣的魔力。

第二天，儿子打开磨坊门一看，哎呀，财主早被冻僵了。刘财主的四个儿子二话没说，便把伊斯麻五花大绑装进口袋，吊在一棵老榆树上，要将伊斯麻活活整死，替老爹报仇。老大说："先将他吊着，等我们吃饭回来，再扔到江里喂鳖去。"说完，兄弟四人扬长而去。

这时，刘财主家的狗腿子"烂眼猴"吆着一群羊走过来。伊斯麻听见有人来了，连忙喊道："快来呀，我的病全治好了。"烂眼猴把口袋解开，把伊斯麻放了出来。伊斯麻对烂眼猴说："我钻进这个宝口袋，浑身的疮都好了。"烂眼猴忙问："我的眼睛能治好吗？"伊斯麻说："当然能。"烂眼猴很高兴，连忙钻进口袋，叫伊斯麻把自己吊在树上，伊斯麻吆着羊群走了。

天黑了，刘财主的四个儿子吃饱喝足后，就将口袋扔到了江里。没过多久，他们见伊斯麻吆着羊群走来了。刘财主的大儿子感到很奇怪，忙问伊斯麻："你咋没死呢？"伊斯麻说："我到龙王那儿刚做完客，龙王还送给我一群羊，这不，刚进村。"刘财主的大儿子忙问："是真的吗？"伊斯麻说："当然是真的，如果你们四个少爷去的话，龙王更高兴，会给你们送更多的东西呢。"

老大对三兄弟说："我先下去，我要是一招手，你赶快往下跳。"说完，"扑通"一声就跳下了江，喝了几口水，憋得两手直拨拉。老二、老三、老四见老大招手，接二连三都跳了下去。就这样，刘财主的四个儿子再也没有上来。

伊斯麻吆着羊回家了，一路上漫着"花儿"，唱道：

　　财主的心比蛇蝎毒哩，
　　穷人饿得肠子断哩。
　　害人最终害自己哩，
　　这都是真主的安排哩。

讲述者：韩生元
采录者：杨杰
1989年采录于米东长山子马场湖

# 玛纳坎的故事（柯尔克孜族）

## 斗智

一天，玛纳坎有要事急急忙忙在赶路，半路碰上一个巴依。巴依一把揪住玛纳坎的衣襟，将他拉到自己家里，对他说："人们都说你机智聪明，今天咱俩就斗斗智吧。假如你能骗了我，我就把哄弄到手的东西全给你。"

玛纳坎说："老爷，您说哪儿的话哩！要是哄了您，上天能宽恕我吗？您听我说，今天我确实有要紧事。我的一个亲戚得了急症，眼看不行了，需要请个医生来。请您不要见外，让我把您的坐骑用一用，等我把医生请来后，再上您这儿来，跟您斗智，行吗？"

巴依听了说："也好，你就骑我的马去吧，快去快回！"

玛纳坎骑在巴依的马上，他并没有去请什么医生，而是扬鞭打马，去办自个儿的事了。巴依等到天黑还不见玛纳坎回来，才知玛纳坎骗了他。

# 霍加·纳斯尔的故事（柯尔克孜族）

## 送药

有一天，霍加·纳斯尔到汗王家里要油吃，汗王送给他一罐清油。霍加·纳斯到家里一看，不是清油而是人尿。从此，霍加·纳斯尔把这件事牢记在心里，他想，你等着瞧吧。

有一天，听说汗王的牙疼得厉害，于是，霍加·纳斯尔用自己的粪便制作了一服药，并宣称自己有治牙疼的妙药。汗王听说后立刻召来了他。霍加纳斯尔进宫说："尊贵的汗王，请您张开嘴，由我亲自喂您，立刻能止疼。"

汗王张开了大嘴，他把骆驼粪蛋大的"药丸"放进汗王的口里，说："尊贵的汗王，请您嚼吧。"汗王嚼了几口，吞下去后皱着眉头问霍加纳斯尔："你的药这么怪，好臭呀？"

"我怎么知道臭不臭呀，我是用您上次送我的清油渣做的。"

好像汗王也明白了事情的缘由。霍加·纳斯尔将剩下的"药丸"撒在汗王的席上，笑着说了一句："您多吃一点儿就会好的。"便退出了汗宫。

## 又活啦

有一天，霍加·纳斯尔去打柴，他爬到一棵大杨树的尖上开始砍自己下方的树干。有一个过路人看到后说："喂，霍加·纳斯尔，你要死！你不能这样砍。"

霍加·纳斯尔从树上下来，死死抓住那人问："你知道我死，我什么时候要死？"

"你爬到树尖上砍身下的树干，当树被砍倒的时候你不就死了吗？所以我才说的。"

那人怎么解释都不行，霍加·纳斯尔纠缠不休，追问个没完："我什么时候死，你是知道的，告诉我！"

"当你的驴放三次屁时，你就会死。"那人说完，便上了道儿。

霍加·纳斯尔把柴驮在驴上，走着走着，驴放了一个屁，他便说了一句："天呀，我的头。"他的驴又放了一个屁，他又叫了一句："哎哟，天呀，我的肚子。"当快过完一条河时，他的驴又放了一个屁，霍加·纳斯尔这次说了一句："这次我死了"，便躺在了河岸上，驴却驮着柴回了家。

就在霍加·纳斯尔自认为死了，躺在岸上时，来了一位牵着骆驼的商人。霍加·纳斯尔想给商人指一下渡口的位置，猛一抬头，不料惊吓了骆驼，他驮的杏子水果撒了一地。霍加·纳斯尔认为这就是天堂的杏子水果，便开始捡着吃了起来。商人见他如此无理，便狠狠地把他给揍了一顿。霍加·纳斯尔心想：过去听说在阴间过关时要遭打，原来就是如此。便照旧躺在原地任凭挨揍。商人打累了，驮好自己的东西就走了。

霍加·纳斯尔的家属找到他，一看他死在那里了，便将他裹在芨芨栅里通知了乡亲们。乡亲们把他扛往墓地。当来到一条河边时，人们找不着渡口停了下来。这时候，死了的霍加·纳斯尔抬起头来说："喂，渡口在那个地方，我活着的时候经常从那儿过河的。"

抬"尸"的人们惊恐万状，喊着："霍加·纳斯尔又活啦！"便抛下他，撒腿向四处逃窜而去。

讲述者：阿勒腾哈孜克·车奥玛依
采录者：那玛孜·叶斯卡
翻译者：巴赫特·阿曼别克依斯哈别克·别先别克
1982年采录于伊犁特克斯科克铁热克

# 霍托的故事（锡伯族）

## 熟石皮

巴彦为人尖刻，爱钱如命，牛录里的穷人谁也不愿到他家当长工。这一年，巴彦眼看着雪化柳绿，农活没人干，急得团团转。霍托听说后，想了想，就去找巴彦。

"巴彦老爷，您雇我吗？我什么都能干哪，吃得还少，干的活多。"霍托说。

"那好。"巴彦同意雇霍托给他当长工。

霍托在巴彦家干了一年，巴彦奸诈地笑着对霍托说："秃子，人都说你很聪明，有一件事如果你能做到，我就加倍给你工钱；如果你做不到，那就休想从我的手里拿走一粒粮食。怎么样？"

"巴彦老爷，您吩咐吧。"霍托说。

"好吧，你若能用这块石头给我做一双靴子，我就照上面说的办！"巴彦指着门前的一块大石头说。

霍托一声不吭地把石头抱进自己的屋里去。当日半夜，巴彦正睡得香，突然被一阵阵从窗户外撒进来的沙土打醒。他不知是怎么回事，眼睛不开，嘴张不开，用被子蒙着头，走出门大声吼道："住手！是哪个狗崽，半夜三更往我家屋里撒土呀！"

"是我，老爷，我是在熟石皮呀！"霍托一边用熟皮勾棍顺风往窗口撒土，一边回答说。

"你！你又想捣鬼！我问你，谁家的石头能熟石皮？"

"老爷，不熟石皮，您的石头靴子怎么做？"

巴彦无话可说，只好如数照付给霍托一年的工钱。

讲述者：灵美

采录者：吴文龄

1975年采录于伊犁察布查尔乌珠牛录

# 巴图和他的章京岳父（锡伯族）

从前有一个富有的章京，他有满箱满柜的金银珠宝，他的大小牲畜一群又一群，遍布山野，打下的粮食装得满仓满囤。他穿着绸缎衣服，坐在鹅绒褥垫上，吃着香喷喷的肉食，喝着美酒琼浆，把牛录的公事一概抛到脑后去了。他对自己应有尽有的财产还不满足，一心想发更大的财，只要有利可图的事，一点也不含糊。他吝啬得要从石头里挤出水来，贪心得要穿过每一个铜钱的小孔，连一粒米大小的东西都舍不得给人。因此，牛录的乡亲们都说他是个"拿麻雀肠衣灌香肠的章京"。

章京有两个女儿，都已出嫁。大女婿是个富贵人家的儿子，章京觉得这个女婿给自己脸上增添了光彩。二女婿巴图是个穷汉，章京恨自己当初只看上他有牛一样的力气，没有看出他是个笨蛋，只会干活，不懂发财致富的窍门，这个穷鬼损害了自己的名望。二女儿因家里贫寒，常常来娘家要点什么，这样，吝啬的章京对二女儿也开始讨厌起来了。有一天，二女儿拿着面瓢来娘家想借一点面，被章京看见了。章京本来就想找个机会出出满肚子的气，此刻看到二女儿又拿走一瓢白面，便大发雷霆，指着女儿的鼻子破口大骂："今后，不许你拿走我家的东西！"就这样，把女儿赶出了门。二女儿哭哭啼啼回到自己的家，把被辱骂赶出来的事一五一十地告诉了丈夫。巴图听了很生气，愤愤地想：这是什么话呀！我当牛做马给他做了十几年的长工女婿，他当上了章京，发了财，就嫌弃我来了，岂有此理！且看我巴图如何回敬你这老财主吧。他准备把章京丈人好好教训教训。

第一次教训：

那年正值腊月的数九寒天，巴图想妥了一个妙计。他从柜子里拿出仅有的一件淡灰色单衣袍穿在身上，头上戴着雪白的宽檐礼帽，手里拿着一把扇子，走出了门。到了街上，他抓起一把雪，团成小雪球，放在帽子里，往章京家走去。帽子里的雪球遇到热气，融化的雪水顺着巴图的太阳穴慢慢流下来。巴图假装若无其事走进老丈人的房子，掏出手巾擦着满脸的"汗水"，打开扇子扇风驱热。大冷天，老丈人和丈母娘正躲在屋里，坐在南边的热炕上养神，见巴图走过来，冷冷地斜视了一眼，暗暗想道：真讨厌，又来要东西了。巴图走上前去，向岳父岳母请了安，就恭敬地退到离火盆较远的北边炕沿上坐下，不断地用毛巾擦"汗"，又打开扇子扇起来。章京两口子看着觉得很惊奇，就问："孩子，你为什么出汗？"

巴图说："真热呀！"

章京说："这是什么话！腊月的大冷天，只穿一件棉布单长袍，还嫌热呀？"

巴图装出热得有点受不了的样子，一本正经地说："岳父大人，你不知道这里头的底细。我穿在身上的这件衣服，是我家祖传的宝衣，冬天穿它，浑身感到温暖；夏天穿它，凉快得叫人特别舒心。不论一年里头的哪个季节，只要有了它，就用不着准备别的衣服了。"

　　章京听了这番话，很吃惊，他的心动起来了，便很和善地对巴图说："孩子，把你这件宝衣送我吧。你是知道的，我是一个牛录的章京，得经常出外办事，和那些有名望的人打交道，用得着。你把衣服给我吧，我给你一百只羊。"

　　巴图答应了。交易谈妥，巴图把衣服脱下来，交给岳父时，又装出不放心的样子，对章京说："岳父大人，我怕你老人家不会使用这件宝贝衣服，放心不下呀。我再一次告诉你老人家，请千万记住：这件宝贝可不是随便能穿的，否则它就会失灵。每一次穿好后，必须把下面的口诀一口气连念三遍，中间不能停顿，更不能呼吸。请记住口诀：'宝贝宝贝快快来，我的心愿你来显！'这口诀念对了，宝衣才能显灵。"

　　章京把这神奇的衣服拿到手，心里可高兴了，立刻把它锁到衣柜里，等待好时机将它穿出去，好向众人夸耀。

　　好容易才等到正月十五。这一天，天还没亮他就起了身，叫醒几个跟丁赶快套车、鞴马。没过多大工夫，一切都按他的吩咐准备妥当了。章京匆匆忙忙喝了奶油茶，早饭也顾不得吃就打开了衣柜。他脱去了身上的冬装，在衬衣和内裤上套上了那件冬暖夏凉的神衣，把雪白的宽檐礼帽戴在头上，手里拿着一把扇子，扬扬得意地跳上马车起程去总管衙门。

　　几个跟丁骑着马，在马车的前后左右护驾。这一队人马闹哄哄的，飞快地驶出牛录的东门。他们赶得很快，没过两三个小时就跑完了一半路程。这正是严冬季节，雪花飘飘，北风凛冽，章京越走越觉得受不了。他刚才那股盛气凌人、扬扬自得的劲头早已没有了。他心里想：这珍奇的神衣难道这么一点严寒也抵挡不住吗？这不可能，大概它还没有显灵吧。他催车夫加快速度。马跑得更快了，这一下寒风就像利剑一样刺入他的骨髓，使他冻僵了，话都说不出来了，只是露着牙齿目不转睛地瞪着马车夫。马车夫以为章京老爷的宝衣显灵了，在这样寒冷的天气一点也不觉得冷，反而热得笑起来，称赞不绝。

他们赶到总管衙门了。其他各牛录的章京都纷纷到大门口去迎接。等马车停下来后，人们都迎上去向他问候行礼。但是，这位章京一句话也不回答，只是露着牙齿笑嘻嘻地坐在车上，一动也不动。大家都很惊讶，有人走上去拉了一下手，这才知道他已经冻僵了，急忙把他抱下车来，拿出铺在热炕上的毡子把他裹起来，安顿在火炕最温暖的一角。当大伙知道章京竟如此愚蠢，都抿嘴讪笑。章京在热炕上一直躺到大半夜，才发出微弱的哼哼声。人们看到他得救了，赶快端来一碗热腾腾的羊肉汤喂他，章京这才渐渐苏醒过来。他羞得无地自容，第二天趁人们没注意时，悄悄地爬上自己的马车回家去了。不过，他可没有忘记用那条毡子把自己紧紧地裹起来。

第二次教训：

巴图上次整了一下章京，还是没解气，而且他知道章京会来找他算账。于是，他想出了另一个办法。他从城里的牲畜市场买来了一头壮壮实实的白色毛驴，给它配了一套很讲究的、尺码合适的鞍具和嚼子，驴背上披着大红披衣，头上插着美丽的羽毛。他又买来了各种颜料，把这头毛驴的头部、颈部、四条腿甚至蹄子都染成花花绿绿的，简直把它打扮成人们只听到过,但从未见过的麒麟一般。巴图整天骑在驴背上训练它,要它在牛录的东西南北几个城门之间,一口气飞一般地疾驰。过了些日子,这个牲畜奔跑的速度简直能赛过骏马了。

话说章京从总管衙门回来以后,多半是羞愧的缘故,在自家的炕上躺了一些日子养神,才起来走动了。他来到巴图家,见了巴图二话不说,举起拐杖没头没脑地打了起来。每打一棍,嘴里咒骂道:"要饭的穷汉,兔崽子,骗子,快还我的羊!"

巴图装出受惊的样子,劝道:"岳父大人,你怎么啦?请你冷静下来,有话好说呀,别动手动脚的,多不好看。"说着,就把他夹在腋下带进屋里。章京虽然气得要命,但被巴图有力的胳膊夹得毫无办法。进了屋以后,把经过的事情气呼呼地说了一遍,又把巴图臭骂了一顿。巴图急忙问道:"岳父大人,你在穿那宝衣的时候,可曾把我教给你的那个口诀念了?"

章京回答说:"没有。"

"坏了,坏了,坏了!"巴图很惋惜地使劲拍了拍自己的大腿,用责备的口气说,"您怎么搞的!我不是一而再再而三地告诉过您吗,您怎么能把它忘掉了呢。真可惜呀,您把宝衣给毁了啊!"巴图装出很难过的样子,又把岳父责备了一番。最后他说,"现在已经晚了,那宝贝已失灵了,追不回来了。谁知道这阵儿它隐到什么地方去了?"

章京听了这话,知道自己犯了不可饶恕的错误,后悔万分,并把自己责备了一顿。

章京刚才走进巴图的院子时,就已注意到了巴图的那头与众不同的毛驴,心里早已打好了算盘,就问道:"孩子,你那拴在院里柱子上的是什么东西？"

巴图回答说："那是我从南山老林里捕到的沙比屯[1]驹子。"

听说是个沙比屯驹子，章京的心立刻又动起来了，便问道："它有什么本领？"

巴图不慌不忙地讲了起来。他说："它跑起来能赛过千里马，性情比牛还温驯，走起路来比骆驼还稳，个头不大，上下方便，吃草不多，却能不停歇地跑十天十夜的路。"

章京心里想：好家伙，真了不起，我还从未见过这样的奇兽呢。他那贪婪的心又不让他安静了。但他有上一次的教训，就叫巴图当面骑给他看一看。

巴图把被染成五颜六色的毛驴牵了过来，当他纵身一跳，刚刚骑在它的背上时，它便立刻竖起了两只大耳朵，发疯似的跑出了大门。章京急忙跟出来。巴图这时候早已跑到西城门下了。从西城门返过头来，转眼之间，又奔到东城门下了。就这样来回跑了三四趟。章京把这一切看在眼里，相信自己的二女婿没有说谎，心里很高兴，并打定主意要把这头沙比屯弄到手。开头，他转弯抹角地试探着，把话头一步一步地拉到正题上来。最后双方谈定：章京出二十匹马换走巴图的这头沙比屯。章京得到了这头奇兽，那股高兴劲儿叫人无法形容。他亲自把它牵回家，给它专设了考究的食槽，指派专人喂养。事过不久，有一天总管衙门来了传票，要他去商量要事，限定龙时务必赶到衙门。

---

[1] 沙比屯：锡伯语，即麒麟。

这一天，章京并不着急，慢腾腾地起了身，吩咐两个跟丁各自准备一匹最好的跑马，跟他出门。他自己则胸有成竹地洗完了脸，舒舒服服地坐在炕上，一边喝着奶油茶，一边给自己的老婆夸耀沙比屯神速奔驰的本领。眼看兔时快要过去，龙时就要到来，跟丁们都着急起来了，跑进堂屋请章京赶快上路。章京不耐烦地说："急什么？我有沙比屯驹子，它能像飞箭一样，一眨眼工夫就会把我送到目的地的。"

章京又磨蹭了半天，才从屋里走出来，一个跟丁立即把章京举世无双的沙比屯驹子牵了过来，扶他骑上去。这一下，那神兽立刻竖起了两只大耳朵，飞一般地跑出了大院，到了大街，跑得更快，一刹那间就到了东城门下。章京回过头望了一下，两个跟丁这时还没有跑出大院呢。"真了不起！"章京从心里赞美着自己的神兽，乐不可支。

"怎么啦？"那毛驴跑到东城门下，突然停下来不肯走了，差一点把章京弹出五步之外。他用皮鞭抽打着它的臀部，用硬靴后跟猛击它的肚子，却不能使它往前迈出一步，它的四条腿就像钉子一样牢牢地定在城门下，一动也不动。这时两个跟丁也赶上来了，一个在前头拉，一个在后边推，折腾了半天，仍然无济于事。章京发起火来，把缰绳使劲往旁边拉了一下。这一拉不要紧，毛驴又竖起大耳，翘起尾巴，猛回头直奔西城门，跑速之快，完全能赛过全牛录最有名的跑马。跑到西城门下，又像刚才一样，死死地钉在那里不肯走了。

牛录的乡亲们三三两两走过来看热闹，人越来越多，对这位愚蠢的章京纷纷讥笑不止。章京则恼羞成怒，气急败坏地牵着那沙比屯，直奔巴图家去算账。

第三次教训：

这时，巴图早已思谋好了另一个计策。他弄来一个旧木柜，在它的四面和上下画满了稀奇古怪的图案，有海底下的龙宫，天上的仙境。这天早晨，他叫妻子做了各种美味可口的饭菜，当章京就要到来的时候，他把这些热腾腾、香喷喷的饭菜，悄悄放进房子中央的木柜里。他叫妻子守在门外，自己则穿上宽大的长袍，手里拿着一根木杖，绕着那柜子信步转圈，嘴里念着神秘的咒语：

神柜神柜快快开，
美味的饭菜端出来。

这时，章京牵着那倒霉的沙比屯，怒气冲冲地跨进大门，直奔屋里去找巴图。他女儿在门口挡住了他。

"爸爸，即使有天大的事，你也得等一等，你女婿正在屋里请神仙呢。"女儿说。

他仰起脖子向屋里瞧了一眼，里边异乎寻常的情景，使他惊得眼睛瞪得圆圆的，张着嘴在那里发呆。这时候，巴图不露声色，从从容容地打开了食柜，从里边端出一盘又一盘、一碗又一碗的饭菜。章京走进屋里一看，这些饭菜还冒着香喷喷的热气哩，八碗九碟，摆在桌面上。贪婪的章京被眼前的情景迷住了，已把沙比屯的事忘在一边。他惊奇地望着这个柜子，品尝着从里边端出来的饭菜，心里想：真好吃啊！在这个世间谁也做不出这样美味的食物。

他问道:"女婿呀,你这是什么柜子,怎么这样奇妙?"

巴图说:"这是我曾祖父从京城带回来的神柜,你想吃什么,它就会给你什么。以前它还不到显灵的年限,我一直把它藏在家里,谁也不让看见。现在年限已到,最近以来,我们每天就是靠它过日子的。"

章京听了这话,信以为真,惊叹不已。心里想:我快老了,又没有个儿子,将来无人依靠。若能得到这个宝贝食柜,哪怕花它个千两万两黄金又算得了什么?一辈子可以不愁吃喝了……于是,他心里又打起主意来了。

巴图这次很痛快地答应了,没讨价还价,就把神秘的食柜送给老丈人了,并教会他用饭前必须念的那段咒语。章京想起过去的经验教训,把咒语一句一句地记下来,乐呵呵地把旧木柜背回家去了。第二天,他把牛录里的朋友、绅士请来吃饭。客人们发现章京家并没有做菜备饭的动向,只看到在宽敞的客堂中央,摆了一口花花绿绿的木柜,都感到奇怪,彼此耳语起来。这时章京走过来,很神气地向大家解释说:"这是我曾祖父从京城带回来的神柜,是无价之宝,你想吃什么,它就给你预备什么,我们一家人都靠这口神柜吃饭哩!"客人们听了这话,个个惊讶得目瞪口呆,赞叹不已。

章京穿上宽大的长袍,迈步绕木柜缓行,用木杖有节奏地捣着地,嘴里念起巴图教他的咒语来:

　　神柜神柜快快开,

美味的饭菜端出来!

绕了几圈,他庄重地停下来,打开了自己的神柜。客人们全拥上来想看个清楚,柜子盖掀开一看,里边什么也没有。章京像傻子一样呆住了,他怀疑自己念错了咒语,决定重新来一次。但第二次打开木柜盖看时,和第一次一样,里边还是空空的。

章京的太阳穴上直冒冷汗,真想立即去找巴图。可刚才他还郑重宣布,这是他的曾祖父从京城带来的神柜。请来的客人看到这般情景,一个个推说家里有事告辞而去。等最后一位客人告别以后,章京怒不可遏地立即手持一根大棒去找巴图,但这时巴图一家人已不在原来的地方了。章京仍不肯罢休,到处打听他们的去处。不过,用不着为巴图担心,他聪明机智,自有办法惩罚这贪心的章京。

讲述者:伊克津泰

采录者:鄂哲英

翻译者:忠录

1957年采录于伊犁察布查尔孙扎齐牛录

# 乌拉迪·莫尔根的故事（达斡尔族）

## 吓跑了"大力士"

早先，有一个达斡尔人众所周知的汉子，名叫乌拉迪。他是个猎手，胆大无畏，力大无比，人们都管他叫乌拉迪·莫尔根[1]。

一天，邻屯一位自夸自己是"大力士"的人，来找乌拉迪·莫尔根。他来到乌拉迪·莫尔根的家门口，对正在忙着做木工活的乌拉迪·莫尔根说："喂，请你告诉我，乌拉迪·莫尔根住在哪儿呀？"

乌拉迪·莫尔根站起来，将那人上下打量了一番，说道："怎么，你找他有事吗？"

"我想跟他比比力气。"

"原来如此！"

说罢，乌拉迪·莫尔根将踩在脚下准备做车架用的，直径足有一米粗的一根榆木，用斧子轻轻砍了一下，就砍成了两截。然后，他将半截拿在手里掂了掂，漫不经心地用木头向前指了一下，说道："那儿就是他的家呀！"

---

[1] 莫尔恨：达斡尔语，是猎人、猎手的意思。

那人见此情景，惊恐地自语道："这么重的木头，在他手里轻似稻草。这里的一般木工都这样有劲儿，乌拉迪·莫尔根就可想而知了。"想到这里，那人急忙上马，转身溜走了。

# 阿凡提的故事（乌孜别克族）

### 国王的同胞

有一个雨天，阿凡提赶驴走路。路上积了很多雨水，驴驮得很重，走过后全成了泥浆。驴子走路乏了，就掉到泥里。阿凡提来回地吆驴，拉驴尾巴，但总是拉不起来。阿凡提对驴说："阁下，走呀，不然我老婆给我留下的肉汤会凉的。快起来走！"驴子还是不起来。阿凡提就抄起一条棍子打它，一边说："懒东西，起来走，不然我要把你的腰打断。"

这时候，国王走过来了，见阿凡提打驴子，就生气地说："你为什么这样折磨可怜的驴子呢？难道你不知道为人要仁慈吗？与其这样打它，你不会把驮子卸下放在自己肩上吗？"说完就把阿凡提按到地上，打了十棍子。

阿凡提从地上爬起来，对驴子鞠了一个躬说："啊！驴子阁下，我不知道你是国王的同胞兄弟。"

### 在国王身上犯罪

一天，国王对阿凡提说："你在我身上犯个罪，还要比我想象得严重一些。"

不久，国王带阿凡提在花园里散步游赏。两人并肩信步来到一处僻静的地方时，阿凡提机敏地在国王的大腿上拧了一把。

"真是无礼的举动！"国王斜瞪了阿凡提一眼，气愤地说。

阿凡提笑悠悠地说："伟大的国王，敬请宽恕！我还把您当作王后哩。"

国王听了，由气愤传为暴怒，脚颤手抖地吼叫起来："放肆！你还想超越过我，去拧王后的大腿吗？！"

"高贵的陛下！我犯的这个罪，不正是比您想象的严重一些吗？"阿凡提说。

## 在意料之中

阿凡提的妻子脾气很坏，动不动就跟丈夫大嚷大闹起来。一回，她在家中又掀起了一阵狂风，无故把阿凡提数落了一顿。阿凡提没有还嘴，不吭不哈地从屋里走出来，蹲在门口跟邻居闲聊起来。可是，妻子还不肯罢休，端着一盆洗过衣服的脏水，走过来"哗"地泼了阿凡提一头一身。

阿凡提打了个寒战，站起来一边擦着头上脸上的污水，一边说道："我早就意料到，在家中掀起一股暴风后，接着就会下一场倾盆大雨的。"

## 由于你老啦

阿凡提行医时，一位年迈的老人拐嗒拐嗒地来看病。他说："我站起来，坐下去困难；坐下了，站起来又很困难。"

"由于你老啦。"阿凡提说。

"我的四肢抽筋,浑身肌肉抽搐发痛。"

"这是由于你老啦。"

"无论吃什么食物,都消化不良。"

"这也是由于你老了的原因。"

"耳朵有些聋,眼目昏花,看不清东西。"

"这些都是由于你苍老了的缘故呀!"

老头子火了,大声嚷嚷起来:"阿凡提,你算什么医生!难道你再无别的话可说吗?"

"你动这么大的肝火,也是由于你老了的缘由呀!"阿凡提并不生气地回答说。

附 录

# 民间文化是我们生活方式的积淀

——访中国文联副主席、中国民间文艺家协会主席潘鲁生

玛依古丽·艾依提哈孜

2017年8月20日至26日，中国文学艺术界联合会副主席、中国民间文艺家协会主席潘鲁生带领国内从事阿凡提类型故事相关研究的专家、学者一行赴新疆伊犁哈萨克自治州，就中国民协重点工程——"一带一路"民间文化探源工程子项目"阿凡提类型故事"展开调研，并对新疆民间手工艺现状进行了考察。

调研组很接地气，共访问了40多位普通民间艺人，深受各民族民间艺人的欢迎，专家、学者与艺人们零距离交流、畅谈，使得他们深受感动、备受鼓舞。记者就"一带一路"民间文化探源工程的目的、调研一行收获等相关问题采访了潘鲁生。

**记者：**为什么推出"一带一路"民间文化探源工程子项目"阿凡提类型故事"这个项目？

**潘鲁生：**"一带一路"民间文化探源工程是国家文化艺术基金项目，是配合"一带一路"倡议，由中国民间文艺家协会策划并实施的重要工程。作为国家财政扶持的文化艺术发展的重点项目，"一带一路"民间文化探源工程涉及民间文学、民俗学、民族学等诸多学科领域，是一项浩大的综合性文化工程。

过去也有过考古、文化学等角度的探源，这次是从民俗学、民间文化角度展开，对活着的历史进行探源，要回溯和探寻的是民间的生活状态，目的是观察文化生态和内在的联系。

选择新疆作为调研基地，并确定子项目"阿凡提类型故事"，是因为千百年来，新疆各族人民创造了丰富多彩的民俗文化，是优秀传统文化的重要组成部分。新疆各族人民热爱生活，创造了大量鲜活丰富的口头民间文学。从对伊犁地区的"恰克恰克"调研就可以看出来，"阿凡提类型故事"体现了中国民间文学的爱憎分明、惩恶扬善、幽默诙谐等共同特点。

为落实中华优秀传统文化传承项目《中国民间文学大系》出版工程和国家社科基金特别委托项目《中国民间工艺集成》等重大课题，此次调研从民间文学和民间工艺两个方面进行，结合"一带一路"中国民间文化探源工程，对民间工艺的考察主要以田野调研的方式进行，深入到艺人所在的社区和作坊中，了解他们的生产生活、技艺传承情况。

**记者：**民间文化发展对推动"一带一路"倡议有什么样的作用？

**潘鲁生：**从世界发展格局看，"一带一路"倡议站位非常高，文化是交流联系的重要纽带。丝绸之路沿线的民间文化遗产保护逐渐成为各方关注的焦点，挖掘深厚丰富的民间文化资源，提供民间文化保护的对策与思考，不仅是国际合作往来的选择，也是我国文化传承发展的内容。

通过此次调研活动，大家提高了认识，凝聚了力量，增强了信心，促进了中国民协"一带一路"民间文化探源工程的全面展开，也为推进新疆民间文艺事业的发展做出了积极的努力。

**记者：**这次"一带一路"民间文化探源工程子项目"阿凡提类型故事"调研，您都有什么收获？

**潘鲁生：**民间文化生活很精彩，丰富而又充实。比如"恰克恰克"注重观察生活的细节，艺人很睿智，没有刻板的模式。三个人聊天，拿出一个话题，看谁幽默地、达观地解读，给生活带来快乐。

中国民间文艺家协会一直在倡导"学术立会"，几十年来坚持民间采风，走进田野调研，让专家、学者深入基层来研究现实问题，服务民间民众生活。通过这次探源项目，让专家和艺人有个互动，深入了解新疆各民族的生活状态和对文化的需求。调研期间我们采访了许多民间艺人，一个共同的特点是重德为艺，中华民族很多优秀的传统在民间，我们很受感动和鼓舞。

随着我国民间文化保护传承工作的推进，新疆各级民协加大了这方面工作的力度，成效显著。伊犁地区是新疆的一个缩影。新疆要努力保护和发掘最具民族特征的文化资源，为传承中华优秀传统文化而贡献力量。要从文化生态的高度去做好保护传承工作。民间文化是我们的生活方式的积淀，通过探源式的考察，我们要不断探索适宜地方和民族特点的保护和传承方式。

# 多彩边疆文艺民间故事溯源

## ——"一带一路"中国民间文化探源工程之"阿凡提类型故事"调研侧记

玛依古丽·艾依提哈孜[*]

  2017年8月20日至26日,中国文联副主席、中国民协主席潘鲁生,中国民协党组成员、副秘书长吕军,自治区文联党组成员哈德别克·哈汉,中国民协副主席、自治区文联副主席、自治区民协主席马雄福,中国民协分党组成员、副秘书长王锦强,维吾尔族民间达斯坦研究室主任玉素甫·依莎克以及国内从事相关研究的专家学者一行赴新疆伊犁哈萨克自治州,就中国民协重点工程——"一带一路"民间文化探源工程子项目"阿凡提类型故事"展开调研,并对新疆民间手工艺现状进行考察。

  阿凡提故事充满了智慧,深受各族人民喜爱。在维吾尔、哈萨克、柯尔克孜及蒙古等民族中均有类似阿凡提式的机智人物,在学术研究中被统称为"阿凡提类型故事"。新中国成立

---

[*] 玛依古丽·艾依提哈孜,《新疆日报》记者。

后,"阿凡提"这个艺术人物形象通过书刊、舞台、动画片等媒介,在全国范围内广为流传,并为大家所熟知。但是将"阿凡提类型故事"作为国家级课题,有组织、有规模地将国内专家、学者组织起来探讨、调研,这在新疆尚属首次。

## 民间文化探源少不了"阿凡提类型故事"

8月25日,潘鲁生、吕军、哈德别克·哈汉、马雄福以及中国传媒大学教授王杰文、中央民族大学维吾尔语言与文学系教授艾克拜尔·卡德尔等领导、专家学者与被誉为"当代的纳斯尔丁·阿凡提"的民间笑话大师伊沙木·库尔班的后代马合木提·伊沙木及当地民间艺人进行了交流。

大家纷纷就"阿凡提类型故事"源流考、边疆少数民族口头文学传统与民间文化生态环境、如何开辟民间口头文学传播与交流的"现代丝绸之路"和口述文化理论与民间文化资源利用等话题展开热烈的讨论,并提出了一些新的学术观点。

新疆与蒙古国、巴基斯坦、哈萨克斯坦、吉尔吉斯斯坦等8个国家接壤,是陆路"丝绸之路"的重要地段,东西方文化的交汇点,民间文化类别繁多,资源丰厚。

调研组一行走访了伊宁市、特克斯县、昭苏县、察布查尔锡伯自治县、伊宁县等地。通过与艺人座谈交流、田野考察等方式展开深入细致的调研,调研组共访问了40多位民间文艺家和普通民间艺人。

中国民协分党组成员、副秘书长王锦强说:"我们通过对

'一带一路'民间文化的研究,包括阿凡提类型故事等民间艺术的调查、走访,对话、交流,可以激发文化自信,丰富人类艺术宝库,为世界更好地发展,提供我们中华民族的民间智慧和经验。"

据了解,"阿凡提类型故事"在哈萨克斯坦、吉尔吉斯斯坦、乌兹别克斯坦、土库曼斯坦等多个国家也广泛流传。为了深入开展"一带一路"中国民间文化探源工程之"阿凡提类型故事"项目挖掘研究工作,调研组将广泛开展深层次的田野调查工作,应用现代科学技术、工作方式系统地采录、搜集第一手资料,探明故事储量、故事类别、传承方式和流传地域。

"阿凡提类型故事"中的"恰克恰克"发源于新疆伊犁地区,以口口相传形式广泛流传于我国新疆地区和中亚各国。"恰克恰克"还是伊犁地区维吾尔族麦西来甫中的重要组成部分,无论喜庆婚礼、朋友聚会、节庆娱乐都能听到由"恰克恰克"点燃的爽朗笑声。

2009年,"恰克恰克"被定为自治区级非物质文化遗产;2011年,"维吾尔民间艺术恰克恰克"被列为国家级非物质文化遗产保护项目。

潘鲁生表示,这次"阿凡提类型故事"来到伊犁地区调研,目的就是对伊犁地区"恰克恰克"资源进行搜集、梳理,追溯其文化渊源,明晰发展脉络和传承现状。

## 创新民间文化传承方式,使其更贴近生活

笑话是民间文学中的一种艺术表现形式,是语言艺术的提

升，也是人们综合社会实践产生的智慧结晶。笑话在弘扬真善美、鞭挞假恶丑、促进社会文明进步中发挥着作用。

马雄福告诉记者，"阿凡提类型故事"在新疆传播很久，经历了不同的发展时期，过去大多数的"阿凡提类型故事"是代表穷苦老百姓的"阿凡提"与地主老爷的斗争；新中国成立后，民间文化瑰宝之一的"阿凡提类型故事"也在发展变化，现在的故事大多是以社会主义核心价值观、审美观来创作的。

在当代，"阿凡提类型故事"的内容需不需要提升？"阿凡提类型故事"的传播需不需要改进以前口口相传的形式？

中央民族大学维吾尔语言与文学系教授艾克拜尔·卡德尔认为，维吾尔民间艺术"恰克恰克"研究应尽快吸收新的理论精髓，借鉴其他学科的相关理论，注重自身特点，打开视野，促进维吾尔民间艺术"恰克恰克"的深化、优化。

现实生活中，在伊犁地区，"恰克恰克"具有浓厚的群众基础，而且有了一个新气象，有的"恰克恰克"艺人已经开始职业化，成为家庭聚会、婚礼等不可缺少的角色，展现了民间艺术的顽强生命力和影响力。

民间笑话大师伊沙木·库尔班的后代马合木提·伊沙木告诉记者，他的父亲去世后，大家积极研究如何更好地、有效地宣传推广"恰克恰克"。2013年北京大学教育基金会传统文化发展基金会之伊沙木"恰克恰克"艺术研究课题组正式成立，马合木提·伊沙木等注册成立了北京伊沙木"恰克恰克"品牌管理有限公司，注册了伊沙木"恰克恰克"等商标。现在伊沙木"恰克恰克"微信公众号用汉语和维吾尔语两种语言为"恰克恰克"爱好者提供服务。马合木提·伊沙木还在积极争取以剧场的形式推广"恰克恰克"。

目前，以"阿凡提类型故事"为基础，逐渐形成了独特的"阿凡提类型故事"文化产业，它为新疆文化产业的发展提供了新思路。

## 新疆民协：担起民间文化传承与发展责任

新疆独特的历史和人文背景决定了新疆民间文化的丰富性，在整体文化中地位显赫，无可争议地成为新疆文化的主体。

自20世纪70年代起，第一代新疆民间文艺工作者用骑马、骑牦牛和徒步等方式，深入边远乡村牧区，用最原始、最笨重的采录设备和手工记录等办法采录抢救回来大批非常珍贵的民间文化资料。

为全方位展示新疆民间文化的优势，有组织、有计划、有步骤地开展民间文艺工作，早在1980年，自治区文联就成立了新疆民间文艺家协会。

新疆民协自成立以来，就以保护、抢救、推介、研究新疆各民族民间文化，继承、弘扬各民族优秀文化传统，促进各民族的文化交流，繁荣发展我国科学文化事业为宗旨。

马雄福告诉记者，多年来，新疆民协初步完成了《玛纳斯》《江格尔》《格萨（斯）尔》三大史诗、民间文学集成等一系列影响深远的重点文化工程；多次举办了以少数民族民间文化为主题的国内外学术研讨会；逐步搭建起了一个更为广阔的舞台，使各族民间文艺工作者得以尽情展示自己的技艺，使协会成为名副其实的民间文艺工作者之家。

实际上，自2005年以来，随着我国非物质文化遗产保护工程的全面启动，新疆民协被确定为联合国教科文组织非遗保护项目《玛纳斯》，国家级非遗保护项目《江格尔》《格萨（斯）尔》、维吾尔族达斯坦、哈萨克族达斯坦和新疆维吾尔自治区非遗保护项目柯尔克孜族达斯坦、蒙古族图兀勒等七个非物质文化遗产项目的责任保护单位。

马雄福表示，今后新疆民间文艺工作主要放在集思广益、全力以赴投入实施"中国民间文学大系出版工程"与"中国民间工艺传承传播工程"。在实施好这两大工程的同时，还需持续做好其他民间文艺类别的搜集、保护、研究工作，包括拟编纂《新疆民俗志·县卷本》系列丛书，将新疆各县的民俗事象以文本的形式保存下来；出版居素普·玛玛依演唱版本《玛纳斯》第六至八部汉译本；出版《新疆民俗大典》维吾尔、汉、哈萨克、蒙古、柯尔克孜等文种卷本。《新疆民俗大典》是一部国家级经典文化工程项目，重点对新疆各民族民俗文化事象进行规范性叙述，解决了社会上关于新疆民俗书籍种类繁多、部分民俗事象叙述差异较大，不够准确等问题。

新疆民间文艺家协会秘书长赵军说，下一步还将编纂《中国民间剪纸集成·新疆卷》，拍摄新疆各民族民俗文化影视纪录片，拍摄三大史诗《玛纳斯》《江格尔》《格萨（斯）尔》传承人影视纪录片，建设新疆民间文艺资料数据库及网站等一系列工作。

# "一带一路"民间文化探源工程走进新疆伊犁

覃 奕[*]

2017年8月20日至26日,由中国民间文艺家协会主办,新疆维吾尔自治区民间文艺家协会、伊犁哈萨克自治州文联共同承办的"一带一路"民间文化探源工程走进新疆伊犁,30余名专家学者深入特克斯县、察布查尔县、昭苏县、伊宁县等地开展"阿凡提类型故事"调研工作。中国文联副主席、中国民间文艺家协会主席潘鲁生,中国民间文艺家协会党组成员、副秘书长吕军,自治区文联党组成员、副主席哈德别克·哈汉,中国民间文艺家协会副主席、自治区文联副主席、自治区民间文艺家协会主席马雄福,伊犁哈萨克自治州文联主席巴合提·木哈买提,以及来自中国传媒大学、中央民族大学、中国伊斯兰经学院、伊犁师范学院、新疆应用技术学院等单位的专家学者参与了本次活动。

新疆位于中国西北边陲,与蒙古国、巴基斯坦、哈萨克斯

---

[*] 覃奕,中国农业博物馆农业历史研究部研究助理。

坦、吉尔吉斯斯坦等14个国家接壤，是陆路"丝绸之路"的重要地段，东西方文化的交汇点，民族民间文化门类繁多，资源丰厚。其中，阿凡提故事诙谐幽默，充满了智慧，在新疆可谓家喻户晓，深受各族人民喜爱，在中国哈萨克、柯尔克孜及蒙古等民族中均有类似阿凡提式的机智人物。此外，阿凡提类型故事在哈萨克斯坦、吉尔吉斯斯坦、乌兹别克斯坦、土库曼斯坦等多个国家也广泛流传。新疆阿凡提故事类型多样，传承时间久远，地域特点明显，以乌鲁木齐、伊犁、喀什、和田、吐鲁番、哈密等地最为典型。继2016年9月中国民间文艺家协会在乌鲁木齐组织召开专题学术座谈会，并前往库车、阿克苏、石河子等地调研，初步了解和掌握新疆阿凡提类型故事的现况之后，2017年，田野调查工作的重点放在了阿凡提类型故事主要的传承地之———"笑话的故乡"伊犁。

在具体调研过程中，项目组奔赴乌孙文化兴盛地、八卦城特克斯县，天马故乡昭苏县，农牧业大县伊宁等故事的传承地和发源地，穿插使用实地考察、集体座谈、个别访谈、现场展演、入户家访等多种形式，系统地采录、搜集第一手资料，探明被当地人称为"恰克恰克"的幽默故事和民间笑话的储量、类别、传承方式和社会意义。

特克斯县地处天山北麓西部，位于伊犁河上游，特昭盆地东段，集乌孙文化、草原文化、丝路文化、易经文化于一身。当地恰克恰克艺术氛围浓厚，大部分艺人都有家传背景，他们从生活中提炼出的短小精辟、风趣幽默，内涵丰富的段子往往让人忍俊不禁，同时又发人深省。他们雄辩的口才、过人的胆识、敏捷的反应和丰富的想象力与日常生活紧密联系在一起：在各种聚会和欢庆的场合，他们逗趣、说笑，成为人群中最引人注目的焦点；在牧场和村镇中，他们打草、放牧、放鹰、教书、办公，积累着最朴实的生活经验和智慧；在广阔的草原上，他们摔跤、骑马、射箭，展示着草原民族的勇敢豪放；在灿烂的星空下，他们弹起心爱的冬不拉，与亲人朋友一起品味诗歌的悠扬。

昭苏县有天马故乡的美誉，也是中国民协命名的"哈萨克族传统马文化之乡""哈萨克族冬不拉艺术之乡"。昭苏县的"冬宰"、天马节、民间社火、敖包会等传统节俗文化丰富多彩，也拥有着丰厚的民间故事、民间叙事长诗、民歌、民间笑话等民间文学资源。这些民族文化和民间文艺资源将"一带一路"倡议深入到民心相通的层面，通过文化的相互理解、尊重和社会生活的民间认知与交流达成相近、相亲、相通。受人员的限制，昭苏县目前民间文学收集整理工作仍有缺憾，但其传承和发展的潜力巨大。昭苏民间既有能唱诵数百首达斯坦的老辈艺人，也有出口成章、才辩无双的青年阿肯，同时，阿肯阿依斯特等民间文学艺术通过学校、少年宫培训的形式深入青少年中。此次调研活动将推动昭苏民间文学的抢救发掘和传承保护向深入、细致的方向发展。

在伊宁，调研组来到了国家级非遗项目恰克恰克传承点，与传承人艾合买提江·玉素甫以及"恰克恰克"大师伊沙木·库尔班的后代马合木提·伊沙木等民间艺人进行了深入交流，被恰克恰克现场讲述的热烈氛围所感染。此次幽默笑话类节目和民族艺术展演的盛会，是伊犁地区各类语言艺术体裁的相互交融和影响，以及各民族充满娱乐精神和幽默风格的民间艺术的集中呈现，也是群体创造力的集中体现。调研的最后阶段，调研组在伊宁召开了"一带一路·中国民间文化探源工程——阿凡提类型故事座谈会"。与会的专家学者从恰克恰克的形成发展、种类特点、文化内涵、传承方式、研究现状、产业开发、精神实质和影响力等不同角度展开了热烈讨论，在"一带一路"的框架下探讨民族文化的发展。观照过去，立足当代，面对现在的环境、现实来探索未来的发展方向，为丰富人类文化多样性提供中国智慧与中国经验。

# 对精神世界的探索永无止境
(代后记）

阿凡提是影响了一代又一代人的传奇人物，是民间文学史上的一颗璀璨明珠，给人们带来无尽的欢乐与无穷的愉悦。当然，其身上毕竟有着深深的时代烙印，有关阿凡提的故事更是体现出鲜明的时代特色，在如今这个人们的价值观、审美观及生活方式、文学追求更加多元化的当下，从理论、学术的角度去研究、探讨阿凡提的精神世界，无疑是一种挑战。

然而，阿凡提作为"'一带一路'探源工程"不可或缺的文化经典，是一个无法也不应该绕开的存在。尤其令人感动的是，从阿凡提诞生到现在，在漫长的时光中，无数的专家学者摒弃各种利益诱惑，沉浸在阿凡提的世界中，倾力研究阿凡提，探索其深邃、智慧的心灵所在，多维度地解读、挖掘阿凡提精神的文学价值、现实意义，让阿凡提源于生活却高于生活，变得更加生动、可亲，成为能持续不断地让人或兴奋或开怀一笑或沉思默想的经历岁月洗礼的永恒篇章。这也是我们编辑这部书的内在力量。

在编辑过程中,在研读这些理论文章时,我们一次次地感受到,无论是年长的专家学者,还是年轻的专家学者,无不是以严谨的治学态度,把阅读、研究阿凡提时所获得的来自个人内心的点滴感悟,转化、上升为具有独到见解的理论文章,把个人化的情感转化成逻辑缜密的理性思考,行文中处处闪耀着思想的光辉。他们这种认真的学术研究态度,让我们深为感动,并激励我们埋头于书著的编辑中。

新疆民间文艺家协会给我们的编辑工作以极大的支持。他们千方百计联系国内知名阿凡提研究专家,给我们提供编辑思路,不断完善编辑思想,让书著的框架一点点地变得清晰。

新疆文学艺术界联合会的负责人还排除各种干扰,给我们提供了一个相对安静的空间,让我们能静心研究、梳理阿凡提及其所处的时代与当下的关联,并在这种研究中不知不觉地与阿凡提融为一体,触摸到了阿凡提那哲学家般睿智的让人为之激动、震颤的思想、精神,感受到阿凡提独特的魅力,并再次认识到了编辑这部书著的现实意义和学术及史料价值。

王国维认为:"古今之成大事业、大学问者,必经过三种之境界:'昨夜西风凋碧树。独上高楼,望尽天涯路',此第一境也。'衣带渐宽终不悔,为伊消得人憔悴',此第二境也。'众里寻他千百度,蓦然回首,那人却在,灯火阑珊处',此第三境也。"这三重境界同样适用于我们编辑这部书著时所走过的心路历程。当我们终于完成了该部书著的编辑任务,轻轻合上书稿之时,我们最想说的是,深深感谢每个从策划、组稿到编辑，为书著的出版提供了各种支持的专家学者们，是你们以自己孜孜以求的对精神世界的不懈探寻精神，让我们享受到了民间文学的盛宴。

编 者